Ralf Kramp

Abendlied

Ein Herbie-Feldmann-Krimi

KBV

Originalausgabe

www.kbv-verlag.de
E-Mail: info@kbv-verlag.de
Telefon: 0 65 93 - 998 96-0
Fax: 0 65 93 - 998 96-20
Umschlaggestaltung: Ralf Kramp
unter Verwendung von: © Pitopia, Herbert Esser, 2006
Lektorat: Volker Maria Neumann, Köln
Druck: CPI books, Ebner & Spiegel GmbH, Ulm
Printed in Germany
ISBN 978-3-95441-357-7

»Wenn er zwischen der Möglichkeit,
unschuldig gehängt zu werden, und der Gewissheit
der öffentlichen und verdienten Schande wählen muss,
zögert ein mutiger Mann nicht lange.
Nach drei Schlucken von dem heißen,
nach Schnupftabak riechenden, schmutzigbraunen
Gebräu, das auf den Straßen Londons als Absud
der Kaffeebohne ausgegeben wird,
stand Gideons Entschluss fest.
Er würde es ohne die Polizei machen.«

Robert Louis Stevenson & Lloyd Osborne,
Die falsche Kiste

Für Sandra, Jürgen, Peter, Tatjana,
Carsten, Kathrin und Sabine,
die dabei waren, als ich Herbie wiederbegegnet bin.

1. Kapitel

Ein kleiner, feiner Landregen hat noch niemanden umgebracht. Er ist im Gegenteil etwas ganz Wunderbares, wenn er am Abend eines heißen Sommertags wie ein feuchter Schleier durch die Luft weht und sich in unzählbare, winzige Tröpfchen auflöst, die sich auf die Blätter und Blüten, auf nackte Unterarme und erhitzte Stirnen legen und erfrischende Kühle mit sich bringen. Wenn der Himmel sich für eine absehbare Zeit grau färbt – ein helles, fast freundliches Grau, nicht das marmorne Grabsteinplattengrau des Herbstes –, dann kann man die Sommerluft schmecken, kann sie sich von den Lippen lecken, möchte sich an ihr betrinken.

Aber auch die feinsten Tröpfchen sammeln sich zu einem Rinnsal und füllen irgendwann Furchen und Mulden.

Constanze bückte sich über die Ansammlung krumm und schief ineinandergestapelter Blumentöpfe, die durch die Regengüsse der letzten Tage voll Wasser gelaufen waren. In einigen wimmelte es vor Mückenlarven, in anderen verfaulte altes Laub, und in einem größeren Topf aus einem hässlichen Marmorimitat schwamm der Körper einer toten Maus. Constanze hatte die Töpfe vor ein paar Tagen am Rand der Ligusterhecke abgestellt, als sie begonnen hatte, das alte Gewächshaus aufzuräumen. Sie wusste noch nicht, was sie mit all den Behältnissen aus Messing, Terrakotta und Porzellan anstellen sollte. Die Hauptsache war erst einmal gewesen, das große, gläserne Gewächshaus leer zu räumen und mit neuem Leben zu füllen. Sie hatte viel vor diesen Sommer. Der Gedanke an all die Beete und Pflanzgefäße, an die Samentütchen und Blumenzwiebeln erfüllte sie mit Euphorie.

Als sie den Topf hochhob, schwappte das Wasser träge hin und her, und für einen kurzen Moment sah es so aus, als bewegte sich die kleine Maus und genösse ein erfrischendes Bad.

Die winzigen Äuglein glänzten pechschwarz, die Nase und die darunter sitzenden, kleinen Schneidezähne ragten aus dem Wasser hervor, ebenso wie die beiden Vorderpfötchen. Sie musste schrecklich lange versucht haben, an den glatten Wänden des Behältnisses emporzuklettern und sich zu retten. Es war sicherlich ein langsamer, qualvoller Kampf gewesen, an dessen Ende sie doch ersoffen war.

Constanze seufzte. Sie hielt ihren Zeigefinger über das Näschen und war versucht, das Tierchen zu berühren, tat es aber doch nicht. Unwillkürlich betrachtete sie ihren fleckigen Handrücken. In den Falten ihrer blassen, alten Haut saß der Schmutz tagelanger Gartenarbeit. Die schwarze Erde hatte sich tief unter ihre Fingernägel gegraben. Es sah hässlich aus, aber es befriedigte sie. Wie sehr hatte sie der Anblick des verkommenen Gartens betrübt. Jetzt hatte sie schon einiges begonnen und viel altes, verrottetes Gerät beiseitegeschafft.

Es wurde Zeit, dass hier wieder Leben reinkam.

Sie holte Schwung und goss den Inhalt des Topfs einfach in die Hecke. Irgendein Tier würde schon was mit dem Mäusekadaver anfangen können. Eine Katze, ein Marder, ein Fuchs … der Wald war ganz nah.

Dieses Sammelsurium an Töpfen würde sie wahrscheinlich auf den Müll werfen. Constanze summte leise vor sich hin, als sie durch den sanften Schleier des Nieselregens zu dem kleinen Teich hinüberging, der etwas unterhalb der großen Kastanie ebenfalls ein freudloses Dasein fristete. Solange sie denken konnte, hatte diese Melodie immer ihren Schlendergang begleitet, war in ihrem Kopf gewesen, wenn sie sich besonders wohlgefühlt hatte. Diese kleine, sanfte Tonfolge, das Abendlied.

Diesen unnützen Teich würde sie demnächst zuschütten lassen. Für so etwas hatte sie kein Geschick. Das durfte man sich in ihrem Alter ruhig einmal eingestehen. Und Fische fand sie auch noch schrecklich langweilig. Wenig kommunikativ, nur mit Fressen und Umherschwimmen beschäftigt. Jemand würde mit einem kleinen Bagger kommen müssen. Das Ufergestrüpp musste als Erstes weg.

Als ihr linker Unterschenkel sich unerwartet in etwas verfing, dachte sie zuerst, es sei eine Schlingpflanze. Constanze stolperte. Sie stürzte nach vorne. Verfluchtes Gestrüpp, schoss es ihr durch den Kopf. Aber im Fallen sah sie als Letztes eine Schnur, bevor ihr die Brille von der Nase glitt und alles um sie herum undeutlich wurde. Die Schnur, die am Rand des Teichs gespannt war. Eine Schnur? Wer hatte hier eine Schnur gespannt? Wer tat so etwas? Wozu sollte das nütze sein?

Für den Bruchteil einer Sekunde hatte sie das absurde Gefühl, sie könne den Sturz abwenden, indem sie mit den Armen ruderte und versuchte, das Gleichgewicht zurückzuerlangen. Aber im nächsten Moment schlug sie schon auf dem brackigen Wasser auf, ihr Gesicht grub sich in den Schlamm, der nur ein paar Handbreit unter der Oberfläche ruhte. Instinktiv machte sie mit hektischen Bewegungen den Versuch, sich mit den Händen abzustützen, sich aufzurichten, um den Kopf aus dem Wasser zu bekommen. Aber der glitschige Grund machte es unmöglich, sie fand einfach keinen Halt.

Sie dachte an die Maus, an die schwarzen Knopfäuglein, an die Todesangst, die das kleine Tier gehabt haben musste. Schlamm quoll ihr in den Mund, als sie zu schreien versuchte.

Da war wieder die Melodie. Die Töne drangen durch das Brausen des aufschäumenden Wassers in ihren Ohren. Der Rhythmus harmonierte jetzt nicht mehr mit ihren Bewegungen. Ganz sanft und langsam ging der Takt, anders als ihr panisches Gezappel. Es dauerte eine qualvolle Weile, bis Takt und Gesten wieder zueinanderfanden.

Das Letzte, an was Constanze dachte, war das Abendlied – und dass nun doch alles anders kommen würde.

2. Kapitel

Schwarz mit einem bläulichen Glanz, Schwarz mit einem Hauch von Braun, Schwarz mit einem feinen, grauen Schimmer ... alle trugen Schwarz, natürlich. Etwas anderes hätte man zu diesem Anlass auch nicht erwartet. Eine Beerdigung wie diese konnte nun einmal nur innerhalb der strengen, katholischen Rituale vonstattengehen. Mit den flehentlichsten Orgelklängen, mit der finstersten Predigt und den bittersten Mienen der Trauergäste.

Selbst das schwache Nachmittagslicht, das durch die Fenster von St. Chrysantus und Daria hereinfiel, schien zu trauern. Herbie roch durch den Weihrauch hindurch Altmännerherrenwasser und Tosca. Um ihn herum war allenthalben rasselndes Atmen zu hören.

Weinte da etwa einer der im Seitenschiff bereitstehenden Sargträger? Der Mann kramte umständlich ein Taschentuch aus der schwarzen Hose und schnäuzte sich geräuschvoll. Nein, eindeutig Schnupfen.

Auch das Gesicht auf der schwarz gerahmten, großformatigen Fotografie, die von Blumen umkränzt direkt neben dem Altar aufgebaut worden war, ließ jegliche Heiterkeit vermissen. Herbie hatte das Foto von Tante Hettie selbst ausgewählt.

»... aber wir wissen es doch alle, wie wir hier sind. Sie war eine Frau, die immer zuerst an andere dachte. Erst ganz zuletzt, nämlich dann, wenn niemand anderes mehr da war, dem sie ihre selbstlose Hilfe und ihre warmherzige Fürsorge angedeihen lassen konnte, erst ganz am Schluss kam sie selbst!« Der Trauerredner war einer von Tante Hetties sogenannten Freunden. Ein steinalter Oberregierungsrat aus dem Bergischen, den Herbie ein paarmal auf runden Geburtstagen gesehen hatte und der ihn trotz seiner schon mehr als vierzig Jahre immer noch mit einem »Du bist aber groß geworden« begrüßte. So auch vorhin vor der Kirche, als die riesige Menge von Trauernden auf den Straßen und durch die Gassen der Stadt auf das Portal zugewabert war.

Herbie hätte nie gedacht, dass es so viele waren, die sich aufmachen würden, seiner Tante das letzte Geleit zu geben. Sie war ein beinhartes, altes Reptil gewesen, eine unnachgiebig geizige Schrulle mit einem beispiellos schlechten Charakter. Warum nur trauerten all diese Menschen um sie?

Tante Hettie war tot.

Wenn Glocken zu diesem Anlass läuteten, so sollten sie eine fröhliche Melodie über die Dächer von Bad Münstereifel schicken. Der Organist müsste einen Walzer intonieren, wenn nicht sogar einen Cha-Cha-Cha.

Aber mit einem Mal erkannte Herbie: Sie alle trugen zwar trauernde Masken, aber es weinte niemand. Das Schnäuzen und Röcheln kam von einem Sommerschnupfen oder vom eigenen körperlichen Verfall. Niemand vergoss eine Träne. Im Gegenteil schienen die meisten der Anwesenden ziemlich aufgeräumter Stimmung zu sein. Herbie spähte durch die Reihen und glaubte jetzt sogar das ein oder andere Zucken in den Mundwinkeln erkennen zu können. Sogar der Pastor zeigte den Anflug eines Lächelns, wie Herbie jetzt entdeckte.

Was war das? Warum zitterten seine Schultern unter dem Messgewand? War das etwa … ja, es war … kein Zweifel … es war ein kaum verhohlenes Kichern.

Rechts in der Menge prustete jetzt einer. Weiter hinten schnaubte jemand amüsiert. Das erste laute Lachen ertönte links an der vorderen Säule. Und es ging weiter, pflanzte sich durch die Reihen fort, steckte alle an. Sie lachten laut los, meckernd, dröhnend. Schlugen sich gegenseitig auf die Schultern, einige applaudierten sogar.

Auch Herbie ließ nun seinen wahren Gefühlen freien Lauf. Er ließ das Glucksen die Kehle hinaufperlen. Er öffnete den Mund, ließ die Mundwinkel nach oben tanzen. Er blickte zu den Menschen, die ihn umstanden, nickte ihnen lachend zu.

Ja, genau! Die Welt war wieder schön!

»Herbert!«

Es war ein Freudentag!

»Herbert Feldmann!«

Die Gewaltherrschaft seiner Tante hatte ein Ende! Er warf das Joch ab und fühlte sich befreit!

»Was grinst du so dämlich? Ich habe dich was gefragt, hörst du!«

Herbie schrak zusammen.

Seine Tante stieß die Spitze ihrer orientalischen Krücke mehrmals ungeduldig auf den Parkettboden. »Ich verlange, dass du mir zuhörst, wenn ich versuche, dir etwas zu erklären! Du Tagedieb vertrödelst kostbare Zeit mit deinen ewigen, unnützen Träumereien! Was habe ich dir gerade gesagt?«

»Ähm ... Tagedieb ... Träumereien ...«

»Vorher! Was habe ich vorher gesagt?«

Nur zu, such dir was von der langen Liste aus. Nichtsnutz, Versager, Niete ... Der große, fette Julius stand vor dem großen Spiegel im Barockrahmen. Ein Spiegelbild gab es nicht. Nicht einmal der Spiegel konnte ihn sehen. Nur er, Herbie, konnte das. Was eines seiner größten Probleme war.

Seine Tante warf mit einer dramatischen Geste, die eines Stummfilmstars würdig gewesen wäre, den weiß gelockten Kopf in den Nacken. »Hach!«, seufzte sie laut auf. »Warum hat mich das Schicksal nur mit diesem Unmenschen von einem Neffen geschlagen? Ein Mann im besten Alter und dennoch völlig lebensuntüchtig! Zu nichts hast du es gebracht! Keinen Beruf, kein eigenes Einkommen, keine Frau, keine Kinder ...« Sie stutzte und warf ihm einen scharfen Blick zu. »Obwohl man für Letzteres eigentlich dankbar sein sollte. Wenn ich mir vorstelle, jemand wie du würde sich fortpflanzen ...« Sie schüttelte sich.

Seit seiner Kindheit war sie sein Vormund. Seinen Vater hatte Herbie nie persönlich kennengelernt. Er war das Ergebnis einer kurzen Liaison seiner Mutter mit einem der reichsten Männer der Nordeifel. Der Kerl hatte sich nie um ihn gekümmert, und gerade, als er den

Versuch machte, die kurze Beziehung zu Herbies Mutter wiederzubeleben, fanden die beiden gemeinsam den Tod in seinem Auto, auf spiegelglatter Straße am Nöthener Berg. Herbie hatte niemanden außer seiner Tante Hettie … und Julius, seinen Begleiter, der für den Rest der Welt ausschließlich in Herbies verknoteten Gehirnwindungen existierte. Der aber dennoch für ihn so real war wie beispielsweise der widerliche Köter seiner Tante, Bärbelchen, das Vieh, das zur Abwechslung mal wieder seinen Knochen beiseitegelegt hatte und knurrend an Herbies Hosenbein herumkaute.

»Lass den Hund in Ruhe und hör mir zu!«

Herbie breitete die Hände aus, um zu signalisieren, dass er voll bei der Sache war.

»Du wirst dir einen Job besorgen!«

»Aber ich habe schon mehrfach …«

»Schweig! Ich will nichts mehr von diesen Katastrophen hören!« Sie stieß donnernd mit ihrer Krücke auf den Parkettboden. »An der Tankstelle bist du in hohem Bogen rausgeflogen, im Sägewerk waren es gerade mal drei Tage, bis du …«

»Moment mal, die sind pleitegegangen!«

»Wegen dir! Nach nur drei Tagen!«

Das war blanker Unsinn, aber es hatte überhaupt keinen Zweck, mit seiner Tante zu diskutieren. Er senkte den Kopf wie ein geschlagener Feldherr. »Jaja, schon gut, ich werde mir einen Job suchen.«

»Ansonsten gibt es kein Geld mehr, hörst du!«

»Ich habe verstanden. Kein Geld mehr …«

»Nicht ›weniger Geld‹, sondern überhaupt keins mehr!«

Er hatte ein unanfechtbares Anrecht auf diese Zahlungen. Vor dem Gesetz galt er als geistig beeinträchtigt und erhielt seit seinem Klinikaufenthalt vor vielen Jahren eine durchaus zufriedenstellende Rente. Aber für die Portionierung des Geldes war nun mal Tante Hettie zuständig. Und die hielt es für ihre Pflicht, ihn so knapp zu halten, wie es nur eben ging. Er war der Erbe eines beträchtlichen Vermögens, aber diese Tatsache galt so viel wie der Besitz eines Quadratmeters Mondoberfläche. Dem unerbittlichen Regiment seiner Tante würde er Zeit seines Lebens ausgeliefert sein. Nein, nicht seines, sondern ihres Lebens. Immerhin ein winziger Lichtblick.

»Du darfst jetzt gehen.« Sie hatte ihm den Rücken zugekehrt und machte eine Handbewegung, als verscheuchte sie eine Fliege.

Herbie erhob sich aus dem Sessel, was Bärbelchen offenbar noch mehr anfeuerte. Die kleinen, spitzen Zähne des Pudels hatten sich in den Stoff der Hose verbissen, und Herbie versuchte ungelenk, sich ihm zu entziehen. In seiner Not schüttete er den letzten Schluck Sprudelwasser nach dem Hund, was diesem ein empörtes Jaulen entlockte.

»Du sollst den Hund in Ruhe lassen! Raus!«

Schade, dass wir schon gehen müssen. Ich mag es, wenn du mit dem Hundchen spielst. Ich glaube, insgeheim seid ihr ganz vernarrt ineinander.

»So wie wir beide«, knurrte Herbie kaum hörbar.

»Wie bitte?« Seine Tante, die sich zum Fenster gewandt hatte, fuhr herum. »Mit wem redest du da?«

Immer, wenn ihr der Verdacht kam, ihr nichtsnutziger Neffe unterhalte sich wieder mit seinem ominösen, unsichtbaren Begleiter, schrillten bei ihr die Alarmglocken. Wenn er damit wieder in der Öffentlichkeit anfing, dann …

»Nichts, Tante Hettie, nichts«, rief Herbie, und sein Blick streifte den hämisch grinsenden Julius. »Mach's gut. Ich komme dich sicher bald wieder besuchen.«

»Der Umschlag!« Ihre Stimme war schrill, als sie mit der Spitze ihrer Krücke auf den großen, braunen Umschlag auf dem Couchtisch wies. »Vergiss ihn ja nicht!«

Herbie zuckte entschuldigend mit den Schultern. »Irgendwann vergesse ich noch mal meinen Kopf«, sagte er kleinlaut.

»Das wäre natürlich auch eine Lösung«, zischte seine Tante und wandte sich wieder zum Fenster, um sich der Betrachtung ihres weitläufigen Gartens hinzugeben.

Während er das Anwesen von Henriette Hellbrecht verließ, schimpfte Herbie unentwegt leise vor sich hin. Sein großer, dicker Begleiter hatte die Daumen in die Armlöcher seiner karierten Weste geschoben und stolzierte neben ihm her wie ein Auerhahn im April.

Für meine Begriffe statten wir deiner Tante viel zu selten einen Besuch ab. Wenn sie dereinst mal nicht mehr ist, wirst du dir Vorwürfe machen, dich nicht mehr um sie gekümmert zu haben.

Herbie holte den Schlüsselbund aus der Hosentasche und suchte unter lautem Geklimper den Wagenschlüssel.

Sei froh, dass sie das Ungetüm da nicht gesehen hat.

»Du meinst, es hätte ihr nicht gefallen?« Er hatte den Schlüssel gefunden. Ein verbogenes Ding mit einem giftgrünen, rissigen Gummiring.

Sie hätte auf dem Amt angerufen, um es umgehend wegschaffen und entsorgen zu lassen.

»Ich brauche es ja nur so lange, bis Köbes meinen Volvo repariert hat.«

Das kann dauern, das weißt du. Manchmal glaube ich, die Fahrzeuge suchen seine Werkstatt auf, um dort friedlich zu sterben, so wie die Elefanten ihren Friedhof.

Bei dem Wohnmobil, das am Straßenrand auf sie wartete, handelte es sich mehr oder weniger um einen gigantischen Berg von Altmetall, den auf irgendeine unerklärliche Art vier Räder durch die Gegend zu transportieren vermochten. Auf dem Gefährt gab es mehr Schweißnarben als gestrichelte Linien auf einem Schnittmusterbogen. Den unterschiedlichen Lackfarben nach zu urteilen, waren Teile von mindestens sieben verschiedenen Fahrzeugen zusammengeschraubt und an nicht passenden Stellen mit dem Hammer passend gemacht worden. Dazu kam Rost in allen Ausformungen und Farbschattierungen, die jahrzehntelange, gnadenlose Korrosion hervorzubringen imstande war.

»Nur bis ich mein Auto wiederhabe«, murmelte Herbie erneut, während er mit dem Schlüssel die Beifahrertür öffnete. Das Schloss der Fahrertür war kaputt.

Er kletterte in die Führerkabine und warf den braunen Umschlag auf die Kunststoffabdeckung des Armaturenbretts.

Als er den Zündschlüssel drehte, schüttelte sich das Fahrzeug wie ein nasser Hund und entließ eine schwärzliche Qualmwolke in die klare Luft über der durchaus noblen Wohngegend am Ortsrand von Bad Münstereifel.

3. Kapitel

Hinter vorgehaltener Hand hatte schon so manch einer gesagt, dass Dr. Paul-Ernst Wrobel aussehe wie ein Vogeljunges, das aus dem Nest gefallen war. Ein etwa achtzigjähriges Küken. Von seinem fast kahlen Kopf standen einzelne, dünne Haare ab wie der zarte Flaum eines frisch geschlüpften Sperlings. Sein Hals war ebenso faltig, die Haut mit einem fast bläulichen Ton ausgestattet, um seine Augen herum lag ein Kranz tiefer Runzeln, und seine hakenförmige Nase hatte tatsächlich eine leicht gelbliche Färbung. Er sah ein bisschen so aus, als würde er jetzt gleich nach den Insekten picken, die um ihn herumschwirrten.

Er hatte gerade den flachen, weißen Hut mit dem Netz von seinem glänzenden Schädel gezogen und legte die blecherne Pfeife zur Seite. Eigentlich brauchte man diese Dinge als erfahrener Imker nicht unbedingt. Nur wenn die Waben hervorgeholt wurden und die Bienen in Aufruhr waren, empfahl es sich, kein unnötiges Risiko einzugehen.

Wrobel hegte eine tiefe Liebe zu den emsigen Tierchen. Seit vielen Jahren beschäftigte er sich mit ihnen, studierte ihr Verhalten, sorgte für sie und ließ sich dafür mit köstlichem Honig belohnen. Er kannte jedes seiner sechs Völker und wusste um ihre unterschiedlichen Temperamente.

Wenn sie in der Sommersonne durch die Luft trudelten, war ihr Summen wie Musik für ihn. Er antwortete mit einer kleinen, einfachen Melodie. Mit der, die ihm tagein, tagaus durch den Kopf ging. Sein Summen und das der Bienen verschmolz, und er betrachtete dabei zufrieden die kleinen, schwarzbraun glänzenden Leiber mit den blassgelben Streifen, die flink in den Schlitz des Bienenstocks hineinkrabbelten, und die anderen, die munter herausgekrochen kamen und sofort in einen eleganten Steigflug übergingen. Hier bei seinen Bienen war er glücklich. Da vergaß er beinahe seine Angst.

Als es in diesem Moment drinnen im Haus an der Tür klingelte, reckte er alarmiert den Kopf in die Höhe und legte die Lupe weg. Augenblicklich umfasste die Panik mit ihrem kalten Klammergriff seine Brust und presste sie zusammen. Halb zwölf. Er wartete auf den Paketboten, der heute mit einer ganz besonderen Sendung zu ihm kommen würde.

Aber es konnte auch jemand anderes sein. Besuch bekam er so gut wie nie. Wrobel durfte kein Risiko eingehen. Das hatte ihn schon einmal fast das Leben gekostet.

Er zwang sich, ruhig zu atmen. Vielleicht war es auch nur jemand aus der Nachbarschaft. Oder von irgendeinem Amt. Oder die widerlichen Kinder von gegenüber erlaubten sich wieder einen Scherz.

Es klingelte ein zweites Mal.

Geduckt hastete Wrobel über das kurze Rasenstück zum Haus, schlüpfte durch die Terrassentür und verschloss diese wieder sorgfältig hinter sich. Er pirschte sich an das Esszimmerfenster heran, von wo aus er sehen konnte, wer auf dem Bürgersteig vor dem Gartentor stand und etwas von ihm wollte.

Ein Bote, wie es schien. Gott sei Dank!

Die sahen heutzutage gar nicht mehr wie Boten aus. Da war nichts Amtliches mehr, nichts Vertrauenerweckendes. Von den Uniformen war nicht mehr viel übrig geblieben. Manche trugen T-Shirts oder kurzärmelige, gemusterte Hemden oder sogar dreiviertellange Hosen. Verschwitzt waren sie alle. Der, der jetzt da stand, kam ihm jedenfalls völlig unbekannt vor. Das war nicht gut. Den anderen Mann vor drei Wochen hatte er auch noch nie zuvor gesehen gehabt, und er war einen Moment lang zu vertrauensselig gewesen, hatte einen fatalen Fehler gemacht. Beinahe wäre alles vorbei gewesen. So etwas durfte er sich nicht noch einmal erlauben.

Er ging mit zögernden Schritten zur Haustür, während ein weiteres Mal die Klingel ertönte. Als er vorsichtig aufmachte, schien ihm die Sonne ins Gesicht.

»Wer sind Sie?« Seine Stimme krächzte regelrecht.

»Hermes Paketdienst.« Die Aussprache klang osteuropäisch. Der Mann hatte schwarze, dichte Locken und ein unrasiertes Kinn. Sahen so Paketboten aus?

»Doktor Paul-Ernst Wrobel? Sin Sie? Habe Paket für Sie!«

»Woher weiß ich, dass Sie wirklich der Paketbote sind? Da kommt sonst immer ein anderer Mann.«

»Muss Unterschrift haben. Und bin Urlaubsvertretung. Wollen Sie haben Paket oder wollen nicht?«

Wrobel kämpfte einige Momente lang einen harten Kampf mit sich selbst, bis er schließlich einen Knopf neben dem Türrahmen drückte und damit ein leises Summen auslöste. Es hatte schon alles seine Richtigkeit, so beruhigte er sich. Immerhin war ihm ja mitgeteilt worden, dass er heute die erhoffte Sendung erhalten würde.

Der Mann schob das Gartentörchen auf und trottete über die verwitterten Gehwegplatten auf ihn zu. Wrobel wich ängstlich ein paar Schritte zurück. Noch konnte er die Tür zuschlagen. Aber dann würde der Mann das Paket wieder mitnehmen. Er versuchte zu erkennen, worum es sich handelte. Ein großer, recht flacher Umschlag aus Pappe. Etwa zwanzig mal dreißig Zentimeter. In der Mitte etwas gewölbt. Es war das übliche Maß.

Wrobel knetete nervös seine Knöchel. Er war sich noch nicht ganz sicher. War da irgendwo eine Waffe? Die Hände des Kerls waren groß, der bräuchte wahrscheinlich gar keine Waffe. Er kam näher … näher … näher.

Grinste er? Nein, er machte zwitschernde Geräusche, als er etwas aus den Zahnzwischenräumen heraussaugte.

Der Mann reckte ihm ein klobiges Gerät mit einem kleinen Kunststoffgriffel entgegen. Hastig kritzelte Wrobel seinen Namen auf das Display, ohne den Mann dabei aus den Augen zu lassen. Dann grabschte er nach dem Päckchen. Ganz leicht war es. Der ganze Rand des Kartons war durchlöchert, sodass ausreichend Luft zu dem Transportgut gelangte. Im Absenderfeld des Aufklebers entzifferte er die Adresse der Firma Singer aus

Niederösterreich! Ein kleiner Laut des Jubels gluckste aus seiner faltigen Kehle empor. Erleichterung und Vorfreude spielten in seiner Brust Bockspringen.

Und mit der Rechten warf er die Tür zu, die keine zwei Zentimeter vor der Nase des Paketboten donnernd ins Schloss fiel.

Andächtig trug er das Päckchen ins Wohnzimmer und legte es auf dem Tisch ab. Als er vorsichtig die Verschlussklammern löste und den Karton öffnete, hörte er bereits leise das Rascheln und Summen, das andeutete, dass die Tiere die Reise gut überstanden hatten. Sechs Arbeiterinnen und eine Königin.

Eine neue Herrscherin für sein verwaistes Volk. Er würde sie Adelaide nennen.

Adelaide – so wie Ludwig von Beethovens Klavierstück zu dem Gedicht von Friedrich von Matthison:

Einsam wandelt dein Freund im Frühlingsgarten,
Mild vom lieblichen Zauberlicht umflossen,
Das durch wankende Blütenzweige zittert,
Adelaide!

* * *

Gottlob war die Straße leicht abschussig, sodass sich das Anfahren weniger mühselig gestaltete als noch vorhin, als sie bei der Werkstatt seines Freundes Köbes in Zingsheim losgefahren waren.

Herbie schielte auf den Umschlag. »Hm, Kommern Süd. Noch so eine Gegend, wo wir richtig auffallen mit unserem Luxusschlitten.«

Julius, der an dem winzigen Tisch im hinteren Teil des Wagens Platz genommen hatte, runzelte die Stirn. *Das Bundeswehrdepot in Mechernich solltest du großräumig umfahren. Die denken am Ende, der Russe rollt an, und bomben uns von der Straße.*

»Wir geben nur ganz fix den Umschlag bei dieser Adresse ab, und dann geht's zurück zu Köbes. Wer weiß, vielleicht ist er sogar schon fertig mit den Bremsbelägen.«

Eher sind die Kraniche wieder im Süden. Was mag denn in diesem Umschlag drin sein?

»Irgendwelche Papiere. Mietkram. Wenn ich das richtig verstanden habe, hat die Frau, der wir das übergeben sollen, ein Ladenlokal in einem von Tante Hetties zahllosen Häusern angemietet.« Er schielte auf den Umschlag. »Doreen Blumberger. Irgendein Fernseh-Model, das Klamotten verkaufen will, glaube ich.«

Die Blicke der Passanten folgten ihnen, als sie aus Münstereifel hinausrollten. Den Nöthener Berg schaffte das Wohnmobil mit großer Mühe, dann gewann es bergab gehörig an Fahrt, sodass Herbie mit großem Karacho in den nächsten Kreisel hineinschoss. Der Inhalt der Wandschränke wurde geräuschvoll durcheinandergewirbelt.

Sie streiften Mechernich, und nach zwanzig Minuten bogen sie bei den Katzensteinen von der Landstraße ab, überquerten die Bahngleise und quälten sich den Berg nach Kommern Süd hinauf. Bei dem Ortsteil handelte es sich um ein zwar in die Jahre gekommenes, aber immer noch exklusives Wohnviertel, das größtenteils abgetrennt vom Hauptort am Waldrand lag. An der angegebenen Adresse fanden sie eine eingeschossige

Flachdachvilla vor, die von gewaltigen, finsteren Fichten umstanden war. Ein angegrauter, ehemals weißer Rauputz, ein rötlicher Klinkersockel, ein monumentaler Außenkamin, der sich am Giebel in die Höhe reckte, eine weitläufige Rasenfläche, auf der scheinbar wahllos ein paar kitschige Steinfiguren verteilt standen – dieses Gebäude hätte als Schauplatz für jede *Derrick*-Folge dienen können.

Herbie war gerade über den Beifahrersitz gerutscht, hatte die Beifahrertür geöffnet und war auf den Asphalt hinausgesprungen, als er vom Haus her laute Stimmen hörte. Die Frauenstimme dominierte. Es war die Art schriller Diskant, der gemeinhin zum Tragen kam, wenn die Diskussion in ein fortgeschrittenes Stadium geraten war, in dem längst alle Argumente ausgetauscht worden waren. In dieser Phase des Streits wurden keine Gefangenen mehr gemacht. Es ging nur noch um die restlose Auslöschung des Gegners.

Oder es ist die Alarmanlage, meinte Julius.

Unsicher wendete Herbie den Umschlag in den Händen. »Sie hat gesagt, ich soll ihn persönlich abgeben.«

Würde ich von abraten.

Herbie bewegte sich über die gepflasterte Einfahrt zaghaft auf die Eingangstür zu. In der offenen Garage erkannte er einen weinroten Maserati und einen silberfarbenen Mercedes-SUV, beide auf Hochglanz poliert.

»Raus!«

»Ach komm, Schneckchen, lass uns doch mal vernünftig …«

»Vernünftig? Nimm keine Worte in den Mund, die du nicht kennst!«

»Aber …«

»Raus!« So klang Hass.

So schnell er konnte, schob Herbie den braunen Umschlag in die Klappe des Briefkastens und wandte sich auf dem Absatz um.

Dann kam, ganz knapp an seinem Kopf vorbei, ein Koffer geflogen. Er drehte ein paar stürmische Salti, als er wieder und wieder auf dem Boden aufschlug, bis er schließlich liegen blieb. Dann folgte eine prall gefüllte Reisetasche.

Und schließlich ein Metallköfferchen, das so hart aufprallte, dass die Schnappschlösser aufsprangen. Ein paar Dutzend CDs prasselten heraus und wurden über das Pflaster verstreut. Die Plastikhüllen zersplitterten, CDs sprangen hervor und rollten in alle Himmelsrichtungen davon.

Und schließlich stolperte ein Mann rückwärts die drei flachen Steinstufen hinunter. Herbie erkannte ihn sofort. Und zwar an dem, was ihn seit mehr als drei Jahrzehnten unverwechselbar machte: eine verdächtig schwarze Vokuhila-Miniplifrisur und die berühmte orangefarbene Lederjacke, an der allerhand silberglänzender Klimbim herabbaumelte.

Das war Teddy Marco, das berühmte Schlagerfossil aus den Achtzigern, der Mann, der schon mehrere Generationen von Frauen mit seinen Songs in Verzückung versetzt hatte und der erstaunlicherweise nie so richtig weg vom Fenster gewesen war. Teddy Marco, der Star, der sich treu geblieben war. Einer, der es nicht nötig gehabt hatte, sich alle paar Jahre neu zu erfinden.

Herbie schoss in diesem Moment ein alter Megahit durch den Kopf. Einer von denen, deren Texte so beknackt waren, dass man sie nicht vergessen konnte, selbst wenn man es sich wünschte:

Ringadingdong – mein Herz schlägt wild,
Ringadingdong – bei deinem Bild.
Ringadingdong – was zeigt die Uhr?
Ringadingdong – wo bleibst du nur?

»Aber Schneckchen!«, jammerte Teddy Marco.

»Es hat sich ausgeschneckt! Verzieh dich!«

Der Mann bückte sich schnaufend nach dem Koffer, versuchte hektisch ein paar CDs aufzulesen, und im nächsten Moment flog ein Lederstiefel durch die Luft und traf ihn hart am Kopf.

Julius kicherte ungeniert. *Erst ausgeschneckt, dann ausgecheckt.*

Teddy Marco entdeckte Herbie, drückte ihm den Koffer in die Arme und zischte: »Schnell, helfen Sie mir, von hier wegzukommen.« Dann packte er die Reisetasche, und nur einen Wimpernschlag später verfehlte ihn ganz knapp der nächste Stiefel.

»Wohin?«, fragte Herbie. »Zum Auto?« Er deutete auf die offene Garage.

»Nein, weg. Ganz weg! Weit, weit weg!«

Sie taumelten die Einfahrt entlang, auf die Straße zu, bepackt mit den Dingen, die sie hatten retten können.

»Haben Sie ein Auto?«, rief Teddy Marco.

Jetzt sei bitte ehrlich!

»Ja, klar.« Herbie zeigte auf das Wohnmobil.

Er fragt nach einem Auto!

Teddy Marco stutzte nur kurz. »Okay, dann rein damit!«

Die Tür zum Wohnbereich klemmte und ließ sich nur durch massive Gewalteinwirkung öffnen. Sie warfen Teddy Marcos Habe hinein, dann kletterten sie umständlich durch die Beifahrertür ins Führerhaus, und Herbie ließ den Motor aufheulen.

In dem Moment, in dem er das Gaspedal durchtrat, tauchte eine Frau in der Einfahrt auf. Ihr schlanker Körper steckte in einem knappen, seidenen Morgenmantel, dessen Schöße bei jedem Schritt flatterten und einen Blick auf ihre violette Spitzenunterwäsche erlaubten. Das lange, blonde Haar brandete ihr um das hübsche Gesicht mit den markanten Wangenknochen und den vollen Lippen wie zornige Meereswogen.

»Oh nein, Vorsicht!«, kreischte Teddy Marco, aber es war schon zu spät. Als das Wohnmobil einen erstaunlich impulsiven Satz nach vorn machte, schleuderte die Frau mit Wucht eine Gitarre auf den Asphalt. Die rechten Räder des Fahrzeugs zermalmten das Instrument, dass die hölzernen Späne nur so durch die Luft gewirbelt wurden. Ein Teil des Gitarrenhalses verfing sich mit einer Saite im Scheibenwischer.

»Meine *Arizona!*«, hauchte der Mann auf dem Beifahrersitz fassungslos. »Diese verdammte Schlampe.« Er kurbelte das Fenster hinunter und schrie folgerichtig: »Du verdammte Schlampe!«

Was sie ihm antwortete, ging im Dröhnen des Motors unter. Herbie erkannte im Seitenspiegel nur noch ihren wütend ausgestreckten Mittelfinger.

Nachdem sie um die nächste Straßenecke gerollt waren, räusperte sich Herbies Beifahrer ein paarmal und schluckte vernehmlich. Sein Blick war durch das Autofenster ins Nichts gerichtet. »Meine *Arizona*«, murmelte er matt und schniefte. »Das war die erste, die ich mir selbst gekauft habe. 1973, von meinem ersten Geld in der Metzgerei. Eine echte Höfner.«

Herbie zögerte einen Moment, bevor er sich zu fragen traute: »Ich bin Herbie. Kann ich Sie ein Stückchen mitnehmen?«

Im Fond des Wagens hatte sich Julius unterdessen erhoben und spähte aus dem Rückfenster. *Wollen mal schauen, ob diese Frau uns nicht folgt und noch mehr Instrumente wirft. Was spielt er denn noch? Cello? Klavier?*

»Ich bin Teddy«, sagte Teddy Marco, atmete tief durch, klappte kurz die Sonnenblende nach unten, um den Sitz seiner Frisur zu prüfen, und wandte sich dann Herbie zu. Er zeigte zwei Reihen strahlend weißer Zähne, so als hätte sich in den zurückliegenden Minuten überhaupt nichts Erwähnenswertes ereignet. »Lass uns Du sagen, mein Freund«, sagte er heiter. »Ich habe einen Auftritt, ein Konzert. Hättest du vielleicht Zeit, mich hinzufahren, Kumpel?«

4. Kapitel

Teddy Marco steckte in einer Krise. Nicht beruflich, nein, das nicht, so versicherte er wortreich. In dieser Hinsicht lief angeblich alles wie am Schnürchen. Es war vielmehr generell diese Sache mit Doreen. Also eigentlich diese Sache mit Jessie, Tina, Larissa, Manu, Birte und wie sie alle hießen.

Doreen Blumberger brachte augenscheinlich nicht das nötige Verständnis für Teddys Verpflichtungen gegenüber seinen Groupies auf.

»Verpflichtungen?«, hakte Herbie vorsichtig nach.

Teddy zündete sich ein Zigarillo an und sagte paffend: »Ja, klar, Verpflichtungen!« Dann kurbelte er auf Herbies kritischen Blick hin das Fenster runter. »Tu ich ja alles nur aus Pflichtgefühl. Gehört dazu, kannst du jeden fragen in der Branche. Meinst du, das macht mir immer Spaß? Das ist PR, das ist Dienstleistung, da bin ich ganz für meine Fans da. Der Teddy ist ein Kumpel, der ist ein Star zum Anfassen. Das ist der Schlüssel zum Erfolg, verstehst du?«

Herbie nickte nachdenklich und drehte ächzend das Lenkrad. Ein Vierzehntonner konnte nicht schwerer zu lenken sein. »Verstehe, also nur PR. Aber nur bei den Mädels?«

Teddy lachte. »Um die muss ich mich eben besonders kümmern. *Special Service* quasi. Drei Viertel meiner Fans sind nun mal Frauen. Von acht bis achtzig, die ganze Bandbreite, das volle Programm. Teddy Marco ist zeitlos. Und die sind heiß auf mich. Das muss man sich erst mal verdienen. Und du? Was machst du so? Außer Briefumschläge durch die Gegend fahren?«

Ach ja, das würde mich aber auch brennend interessieren. Julius hockte wieder an seinem kleinen Tisch und betrachtete Herbies Fahrgast mit unverhohlener Neugier.

Herbie wackelte mit dem Kopf hin und her. »Im Moment gönne ich mir mal 'ne kleine Auszeit. Bisschen entspannen. Man will ja keinen Burn-out kriegen.«

Hinter ihm begann Julius wiehernd zu lachen.

»Könnt ich nicht«, sagte Teddy Marco mit geschürzten Lippen. »Nee, ehrlich, bei mir ist immer Dampf drauf.« Er deutete auf ein Spanntransparent. »Da, guck. Wir müssen hier rechts ab.«

Sommerfest in Wüschheim – Mit Stargast Teddy Marco! war dort zu lesen.

Herbie bog in eine Seitenstraße ein, die anscheinend zum Sportplatz führte. Rechts und links war alles dicht zugeparkt. Er hatte Mühe, den breiten Koloss zwischen den abgestellten Fahrzeugen durchzulenken, ohne dabei reihenweise die Außenspiegel mitzunehmen.

In der Nähe des Festzelts hielt er an.

»Also, was ist?«, fragte Teddy Marco. »Denkst du mal drüber nach? Ich meine, mit dem Fahren und so.«

Während der zurückliegenden zwanzig Minuten hatte Herbie mit sich gekämpft. Er wusste nicht, was er von diesem Angebot halten sollte.

Teddy hatte ihm das Unglück mit seinem Auto in allen Facetten geschildert. Den BMW hatte er auf der Autobahn bei Aschaffenburg zu Schrott gefahren. Und seine Doreen war spätestens nach der heutigen Auseinandersetzung nicht mehr bereit, ihm einen ihrer Wagen zur Verfügung zu stellen. Daher stand er jetzt ohne fahrbaren Untersatz da. Und das im Sommer, wo er zu einer Veranstaltung nach der anderen musste. Eine Katastrophe!

Okay, Wüschheim, hatte Herbie gedacht. Da fahre ich ihn jetzt mal hin. Einmal guten Willen zeigen, einmal hilfsbereit sein, und dann ist gut. Immerhin hatte Teddy Marco ihm gleich ungefragt zwei Zwanziger in die Hemdtasche gesteckt. Aber jetzt war plötzlich die Rede von einem Fahrdienst für die nächsten beiden Wochen.

»Ich weiß nicht«, begann er ausweichend. »Von Hillesheim aus ist es doch eine ganz schöne Strecke bis ... Wo wohnst du denn jetzt eigentlich?«

»Hm, tja, noch so 'n Punkt. Aber das kläre ich noch. Da finde ich was. Also, was ist jetzt? Da verdienst du mal zwei Wochen lang richtig Asche. Schwarz, bar auf die Tatze. Na?«

Du wirst Geldscheine in die Hand kriegen, von denen du noch nie gehört hast!

Angesichts der Tatsache, dass Köbes die Reparatur seines Autos nicht nur wegen seiner schönen blauen Augen machte, war die Aussicht auf einen kleinen Verdienst natürlich nicht übel. Und zwei Wochen waren ja ein überschaubarer Zeitraum. Herbie kniff die Lippen zusammen, nickte und sagte dann zögernd: »Na gut, okay. Das kriege ich schon irgendwie hin.«

»*Great!*« Teddy Marco strahlte und stieß schwungvoll die Tür auf. »Das wird lustig, wirst du sehen. Wir kriegen jede Menge *Fun!* Und vielleicht kannst du mir ja auch bei den Fans ein bisschen helfen.« Er zwinkerte Herbie schelmisch zu und deutete auf eine Handvoll Frauen im vorgerückten Alter, die am Zelteingang rumlungerten und sofort zu jubilieren begannen, als sie Teddy entdeckten. »Drei Wochen sind schnell vorbei, wirst du sehen!«

»Moment mal, drei?«

»Okay, eigentlich vier. Weißt du, als ich den Crash gebaut habe, war nämlich nicht nur mein Wagen randvoll betankt, wenn du verstehst, was ich meine.« Er schlug Herbie übermütig auf die Schulter und sprang aus dem Wagen. Die Frauen stöckelten quietschend auf ihn zu und versuchten sich dabei gegenseitig zu überholen.

»Bis gleich, Junge! Anderthalb Stündchen, dann bin ich wieder hier. Park mal irgendwo, iss 'ne Wurst. Geht ganz fix! *See you!*«

»Bis gleich«, sagte Herbie matt. Hinter ihm hupte jemand. Hier würde er diesen Monstertruck im Leben nicht gedreht bekommen, ohne Trümmer und Verletzte zu hinterlassen.

Wenn du jetzt im Neunzig-Grad-Winkel zurückstößt, erwischst du mindestens drei! Julius rieb sich erwartungsvoll die Hände.

* * *

Dr. Paul-Ernst Wrobel weinte. Zuerst war es nur die Freude darüber gewesen, dass die Tiere putzmunter waren und während des langen Wegs aus Österreich hierher keinen Schaden erlitten hatten. Dann hatte er den kleinen, gelben Kunststoffkäfig so weit geöffnet, dass die Arbeiterinnen hatten entfleuchen können. Sie waren gleich zum Blumenfenster geflogen und prallten in einem fort gegen die Scheibe. Die große, kräftige Königin war wunderschön. Auf ihrem Rücken prangte ein weißer Punkt mit der Zahl 46. Die Carnica war ein wenig dunkler als die Buckfast oder die Kaukasische. Adelaide – er hatte sich gleich in sie verliebt.

Dann hatte er den Käfig zwischen die Waben in den Bienenstock gehangen. Alles war vonstattengegangen wie üblich. Während der nächsten beiden Tage würden die Tiere nun den Zuckerpfropfen auffressen und der Königin so den Weg freimachen. Und während dieser Zeit würden sie sich aneinander gewöhnen, die Herrscherin und ihr neues Volk.

Im Alter hatte Wrobel an sich selbst festgestellt, dass er immer sentimentaler wurde. Die Tränen der Freude hatten sich in seinen Augen gesammelt und waren dann irgendwann seine faltigen Wangen hinuntergelaufen. Und als er den metallenen Deckel auf den Bienenstock zurückgeschoben hatte, waren sie mit einem Mal zu Tränen der Trauer geworden. Trauer darüber, dass er sich zu alt fühlte, um sich wehren zu können. Und schließlich waren es Tränen der Wut gewesen, die er vergoss. Er würde seine letzten Jahre nicht in Angst verbringen! Eine halbe Ewigkeit war es ihm alles wie ein Spiel vorgekommen, wie ein Wettbewerb, den nur ein Einziger gewinnen würde. Er hatte es leicht genommen, denn ihm hatte es in all den Jahren an nichts gemangelt. Aber jetzt wurde die Zeit knapp und knapper. Aus dem Spiel wurde Ernst. Und deshalb musste er zur Tat schreiten, sich wehren.

Als er die Terrassentür seines Hauses erreichte, blieb er für einen kurzen Augenblick stehen und betrachtete sein Spiegelbild darin. Er sah die Ruine des Mannes, der er einmal gewesen war. Ein großer, stattlicher Kerl mit blondem Haar und einem stahlblauen Blick, dem die anderen Studentinnen an der Uni in Scharen verfallen waren. Später die Kolleginnen im Museum. Fast immer hatte er ihren Avancen widerstanden. Fast.

Und jetzt? Jetzt interessierte sich niemand mehr für ihn. Ein paar andere Imker natürlich, mit denen er sich ab und an austauschte. Frau Kolvenbach vielleicht noch, die gelegentlich bei ihm saubermachte. Aber sonst?

Er legte die dünnen Finger seiner Linken auf die Glasscheibe und versuchte vergeblich, sein Antlitz wegzuwischen.

Und dann summte er das Lied. Das Lied, das er bis ans Ende seiner Tage nicht aus dem Kopf bekommen würde. Dieses verdammte, wunderschöne, schreckliche, tröstliche Lied …

Er musste endlich etwas tun, um sich zur Wehr zu setzen!

5. Kapitel

Aus den anderthalb Stunden waren drei geworden. Teddy Marco hatte eine Zugabe nach der anderen gegeben, wie Herbie hatte feststellen dürfen, als er sich nach der zermürbenden Parkplatzsuche irgendwann ins Zelt gestohlen hatte. Ob wirklich alle dieser Zugaben vom Publikum explizit gewünscht wurden, darüber konnte man durchaus geteilter Meinung sein.

Die Wüschheimer waren bemerkenswert feierwütig gewesen, was unter Umständen dem für diese frühe Stunde ebenfalls bemerkenswerten Alkoholkonsum zuzuschreiben gewesen sein mochte. Man konnte davon ausgehen, dass viele der Feiernden gar nicht richtig realisiert hatten, wer da auf der Bühne gestanden und Evergreens wie *Night Train ins Glück* und *Princess Paradiso* geschmettert hatte.

Nach einer Stunde Programm und fünfundzwanzig Minuten Zugabe wurde Teddy Marco dann von einer Tanzgarde abgelöst, die zu mit doppelter Geschwindigkeit abgespielter James-Last-Musik ein Funkemariechen nach dem anderen über die Bühne warf.

Teddy Marco war schließlich noch seinen Verpflichtungen nachgegangen, indem er den vornehmlich weiblichen Fans an der Sektbar Autogramme gegeben hatte. Auf Papier, Stoff und andere Materialien.

»Das ist mein Freund Herbie, *Girls!*«, trompetete der Schlagerstar irgendwann, und ehe er sich's versah, war Herbie mit von der Partie. Gottlob konnte er mit dem Hinweis auf seine Chauffeurtätigkeit den süßen Sekt zurückweisen.

Die feuchtfröhliche Autogrammstunde machte ihrem Namen alle Ehre.

Irgendwann konnte Herbie seinen Fahrgast dann doch noch loseisen, indem er sehr wichtig auf die Uhr zeigte und etwas von einem weiteren Auftritt log.

»Super gemacht, Kumpel! Genau rechtzeitig!«, lobte ihn Teddy, als sie wenig später über das Stoppelfeld stolperten, das ein Bauer als Parkplatz zur Verfügung gestellt hatte. »Wirklich super! Die hätten mich aufgefressen, diese Hyänen. Hast du gesehen, wie heiß die waren?« Er legte Herbie vertraulich den Arm um die Schulter. »Die konnten wirklich jede einzelne Zeile mitsingen! Je-de ein-zel-ne Zei-le!«

Oh ja, vor allen Dingen das überaus komplizierte Ringadingdong, Ringadingdong!

Das Wohnmobil fanden sie auf Anhieb, da es im Dämmerlicht wie ein schlafender Saurier inmitten der anderen Fahrzeuge in die Höhe ragte. Und das blieb auch noch eine Weile so, denn es war hoffnungslos zugeparkt worden.

Weitere achtundvierzig Minuten dauerte es, bis genügend Autos zur Seite geräumt worden waren, dass sie schließlich hatten abziehen können.

Herbie konnte seine üble Laune mittlerweile nicht mehr verhehlen, und Teddy kramte in seiner Hosentasche herum. Er förderte ein gerolltes Bündel Geldscheine zutage und zog zwei weitere Zwanziger daraus hervor. Das besänftigte Herbie sogleich. Zumindest ein wenig. Er hatte schon seit geraumer Zeit kein Geld mehr mit eigener Arbeit verdient. Ein bisschen Bares war ihm immer willkommen, weil er dann ausnahmsweise mal nicht seine Tante anbetteln musste.

Teddy Marco wedelte mit den Scheinen. »Ich mache ja alles nur noch gegen *Cash,* verstehst du? Das ist was Reelles. Da ist man immer flüssig, und es gibt keine großen Diskussionen mit dem Finanzamt.«

Herbie nickte unsicher und nahm das Geld entgegen. Das Bündel, das nun wieder in Teddys Hosentasche verschwand, schien ihm nicht besonders dick zu sein.

»Kann man auch mal einen ausgeben, so wie vorhin an der Sektbar. Und es gibt keine bessere Autogrammkarte als ein Fünfer mit der Telefonnummer drauf. Die eine, die Corinna, die Krankenschwester aus Niederelvenich, die mit dem Tattoo, die ruft mich spätestens morgen früh an, wetten?« Als er Herbies skeptischen Blick sah, zwinkerte er ihm fröhlich zu. »Von Teddy kannst du noch was lernen, Kumpel.«

Schließlich überredete Teddy ihn zur Weiterfahrt nach Bad Münstereifel. Herbie versuchte sich zunächst noch mit dem Hinweis auf das Wohnmobil, das er unbedingt zurück nach Zingsheim bringen musste, aus der Affäre zu ziehen, aber Teddy wischte sein Zögern mit einem lässigen Lachen weg. »Geht doch ganz fix!

Ich plane für Mitte August ein großes Open Air auf dem Klosterplatz. Zusammen mit Heino, dem alten Gauner. Der und ich sind nämlich so.« Er presste zwei Finger ganz eng zusammen. »Kurzes Gespräch mit den Veranstaltern und dem Sponsor. Du kannst ja in der Zeit irgendwo auf mich warten.«

Warten – das ist ja mal ganz was anderes! Julius gab sich keine Mühe, seine Schadenfreude zu verbergen. Er fühlte sich immer dann am wohlsten, wenn Herbie sich in einer Zwangslage befand. Es ging ihm also fast immer blendend.

Das Wohnmobil parkten sie vor der Stadtmauer an der Erft.

Herbie hatte beschlossen, im *Café T* in der Wertherstraße zu warten. Da war es gemütlich, da fühlte er sich wie zu Hause.

Und nun saß er seit einer gefühlten Ewigkeit hier, hatte inzwischen sämtliche antialkoholischen Getränke der Karte rauf und runter getrunken und starrte auf das Display seines Handys. Die Botschaft, die Köbes ihm vor ein paar Minuten per SMS geschickt hatte, war unmissverständlich: »Kann noch was dauern. Behalt solange den Camper.«

Nenn das Ding nicht Camper. Daniela Katzenberger ist ja auch keine Philosophiestudentin. Julius saß ihm gegenüber und hatte die Hände vor dem prallen Bauch gefaltet.

Herbie las die wenigen Worte der Nachricht wieder und wieder und schüttelte deprimiert den Kopf. Nicht, dass er es nicht schon hätte kommen sehen. Wenn bei Köbes auf irgendwas Verlass war, dann darauf, dass man sich nicht auf ihn verlassen konnte. Er würde jetzt also erst mal ein paar Tage mit diesem Blechberg durch die Gegend fahren müssen.

Immerhin schien das Teddy Marco nichts auszumachen. Dem war es offenbar egal, ob er mit der Stretch-Limo, mit dem Tanklaster oder mit dem Papamobil durch die Lande kutschiert wurde. Machte ihn ja irgendwie sympathisch.

»Du guckst aber bedröppelt, Herbie. Haste Kummer?«, fragte Werner von der Theke her.

»Ach, kann man so nicht sagen.« Herbie schlürfte geräuschvoll mit dem Strohhalm den Rest Diabolo aus dem Glas. »Alles wie immer. Immer Viertel vor Chaos, kennst du doch.«

Im *Café T* war schon nicht mehr viel los. Es ging auf elf Uhr zu. Es war ja auch nicht gerade eine Katastrophe. Diesen Schlagerdino auf dem Beifahrersitz zu haben, war zwar ein bisschen nervig, aber insgeheim genoss Herbie sogar ein bisschen die Abwechslung zu den immerwährenden Sticheleien seines Begleiters Julius.

»War das nicht Teddy Marco, mit dem du vorhin gekommen bist?«, fragte Werner.

»Ja, das war er. Ich jobbe im Moment als Fahrer.« Herbie bemühte sich, ein wenig Stolz in seine Stimme zu legen, was ihm jedoch nicht richtig gelang.

Werner merkte das sofort. Er war ein kluger Gastwirt. »Der ist aber ganz schön auseinandergegangen.« Er kam auf ihn zugebummelt, stützte die eine Hand auf dem gegenüberstehenden Stuhl ab und die andere in die Hüfte. »Hat der ’nen Tuppes?«

»Was?« Herbie sah ihn ratlos an.

»’n Toupet. Die sind doch niemals echt, die Haare.«

Würde ich auch vermuten. Die sehen irgendwie aus wie Omas olles Persianerpelzkrägelchen.

Lachend zuckte Herbie mit den Schultern. »Kann ich dir nicht sagen. Aber wenn ich ehrlich bin, will ich es auch gar nicht rausfinden. Ich fahre ihn, sonst nichts. Er müsste jeden Moment wieder hier sein. Hat noch einen Termin wegen eines Konzerts auf dem Klosterplatz.«

Teddy Marco hatte den Autoschlüssel mitgenommen, weil er, wie er sagte, seine Vertragsunterlagen im Koffer vergessen hatte. Bei dem Wort »Vertrag« hatte Herbie amüsiert an Teddys Schwarzgeld-Prinzip gedacht und daran, dass wohl doch nicht immer alles steuerfrei über die Bühne gehen konnte.

»Open-Air-Konzert? Ach ja!« Werner nickte wissend. »Beim Outlet-Fest Mitte August.«

In den letzten Jahren hatte die Stadt ihr Gesicht verändert. In sämtliche Läden waren Klamottengeschäfte eingezogen. Es gab keinen Leerstand mehr, und besonders an den Wochenenden strömten die Besucher in hellen Scharen zwischen den Fachwerkfassaden durch die Gassen des ehemals verträumten Kurstädtchens. Das Konzept war lange belächelt und bisweilen sogar bekämpft worden, weil die Modelabels sich auch in alten Traditionskneipen breitmachten und dafür sorgten, dass es mit der Beschaulichkeit rechts und links der Erft vorbei war.

Heute, nur wenige Jahre nach der Eröffnung des Outlet-Centers, gab der Erfolg den Planern recht. Die Kritiker blieben zwar dabei, dass dies nicht mehr die Stadt sei, wie sie sie lieben gelernt hatten, aber ihr Protest verstummte zusehends.

Tante Hettie, der mehrere Gebäude in der Innenstadt gehörten, hatte bislang allen Verlockungen vonseiten der Outlet-Manager widerstanden, die bislang noch jeden mit viel Geld zum Verkauf hatten überreden können. Weit über zwei Drittel der gesamten Ladenlokale gehörten ihnen mittlerweile. Nur an seiner Tante biss man sich die Zähne aus. Wahrscheinlich weil es für Henriette Hellbrecht grundsätzlich noch nie infrage gekommen war, irgendjemandem irgendetwas von ihrem Besitz zu überlassen. Auch nicht für alles Geld der Welt. Sie vermietete überaus erfolgreich all ihre Geschäftsräume an diejenigen, die sich an das Konzept der Outlet-Leute dranhängen wollten.

Werner legte den Kopf zur Seite und summte leise ein paar Takte vor sich hin. »*Ringadingdong, Ringadingdong* … das ist doch von dem, oder?«

»Hallo, hallo, was hör ich denn da?«, erscholl es fröhlich von der Eingangstür. Teddy Marco stand im Rahmen und breitete die Arme aus wie ein Messias. »*Ringadingdong, Ringadingdong!* Gibt's hier wohl noch ein Bierchen?«

»Ach, luur ens. Je später der Abend …«, begrüßte ihn Werner.

»… desto Teddy der Marco!«, vervollständigte der späte Gast munter und stiefelte auf Herbie zu. Er klopfte ihm jovial auf die Schulter und meinte: »Ging doch schnell, oder?«

Passt auf, Jungs, jetzt zieht er sein Toupet und verbeugt sich!

»Ach na ja, hätte schlimmer sein können«, sagte Herbie ausweichend und erhob sich.

Auch Julius stand auf.

Aber Teddys Hand blieb schwer auf Herbies Schulter liegen und drückte ihn mit sanfter Gewalt zurück auf den Stuhl. »Langsam, langsam. *Slow down*, Kumpel. Der Teddy braucht noch ein klitzekleines Schlückchen.« Er schwang sich breitbeinig auf den Stuhl gegenüber, auf dem bis gerade noch Julius gesessen hatte. »Alles super erfolgreich gelaufen.« Er legte lässig den Autoschlüssel auf die marmorne Tischplatte. »Danke dir fürs Warten, Kumpel.«

»Wo ich gerade den Schlüssel sehe: Es gibt leider Neuigkeiten«, sagte Herbie zögernd.

»Leider?«

»Ja, wegen meines Autos. Das ist … da hat … also, es sind Komplikationen aufgetreten. Ersatzteile … größerer Schaden … also kurz und gut: Wir werden wohl noch ein paar Tage mit dem Wohnmobil …«

Teddy Marcos Augen blitzten auf. Die Spitzen seines Schnauzbarts wanderten nach oben. Er beugte sich weit über den Tisch nach vorne, zu Herbie hinüber. Seine Rechte schoss auf sein Gesicht zu, und er kniff ihn unverhofft in die Wange. »Das Wohnmobil! *Great!* Das sind ja wunderbare Neuigkeiten. Weißt du, ich habe es vorhin ja schon mal angedeutet: Jetzt, wo mein Schneckchen mich … na ja … sagen wir mal … kurzfristig ausquartiert hat, habe ich ja so ganz spontan kein Dach überm Kopf. Was hältst du denn von folgender Idee, Kumpel …«

6. Kapitel

Als Herbie am Morgen schlaftrunken ins Wohnzimmer taumelte, war sein Freund Julius bereits hellwach. Wie immer. Er strahlte eine aufreizende Munterkeit aus. Wenn es Herbie manchmal mitten in der Nacht aus dem Bett trieb, war das kein bisschen anders.

Herbie tapste gähnend auf das schrillende Telefon zu.

So wie das klingelt, kann es nur deine Tante sein.

»Es klingelt so, wie es immer klingelt«, sagte Herbie kopfschüttelnd. »Man kann gar nicht erkennen, wer ...«

Bevor er seinen Namen in die Muschel des Telefonhörers sagen konnte, zeterte seine Tante am anderen Ende bereits los.

»Warum dauert das eine halbe Ewigkeit, bis du ans Telefon gehst?«

Julius grinste triumphierend und kratzte sich am Bart.

Herbie beschloss, gleich in die Offensive zu gehen: »Ich habe einen Job, Tante Hettie!« Wenn je Stolz in seiner Stimme mitgeklungen hatte, dann war es ihm in diesen wenigen Worten gelungen.

»Was?«

»Oh ja, du hast richtig gehört: Ich bin jetzt Chauffeur!« Julius nickte munter. *Los, noch ein Pfund mehr!*

»Promi-Chauffeur! Ich fahre keinen Geringeren als den berühmten Schlagersänger Teddy Marco!« Es hörte sich beinahe so an, als verkündete er die nächste Zirkusnummer.

»Teddy wer?«

»Teddy Marco! Du hast sicher schon von ihm gehört. *Ringadingdong!* Er ist der Lebensgefährte von deiner Mieterin, dieser Frau Blumberger.«

Am anderen Ende trat Stille ein. Es klang, als wäre die Verbindung unterbrochen worden.

»Tante Hettie?«

Sie klang plötzlich lauernd, geradezu gefährlich: »Sag mir, dass du nichts damit zu tun hast!«

»Was meinst du, Tan…«

»Sag es mir!« Ihre Stimme war scharf wie eine Solinger Klinge. »Sag: Ich habe nichts damit zu tun!«

Er versuchte es mit einem schalen Witzchen. »Wenn du das mit dem Reaktorunglück in Japan meinst, dann …«

»Erspar mir dein dämliches Gewäsch!«, krähte es am anderen Ende der Leitung.

Herbie nahm das Telefon und tapste damit barfuß in Richtung Küchenzeile, um sich einen Kaffee aufzubrühen. »Was hast du mit dem Umschlag gemacht, den ich dir gestern gegeben habe?«

»Oho, der Umschlag!« Herbie fühlte sich absolut sicher, in dieser Hinsicht keinen Fehler gemacht zu haben, und warf sich in die Brust. »Den habe ich ohne Umwege nach Kommern gebracht und in den Briefkasten geworfen. Doreen Blumberger. Name, Adresse, alles korrekt.«

»Du solltest ihn doch persönlich abgeben!«

Herbie schielte kurz zu Julius hinüber, der anklagend nickte. »Äh … tja … es war aber keiner da«, log er. »Und weil das doch so wichtig schien, dachte ich mir, werfe ich ihn besser in den Kasten, anstatt ihn wieder mitzunehmen. Aber was ist denn passiert? Das waren doch nur irgendwelche Papiere, oder?«

»Unterlagen vom Laden in der Wertherstraße, ganz richtig. Doreen B.«

»Unterhosen und BHs und so, richtig?«

»*Lingerie!*«

»Sag ich ja. Was ist denn mit dem Laden?«

»Schalt den Fernseher ein. Und statt deiner dussligen Shows guckst du dir ausnahmsweise mal die Lokalnachrichten an. In fünf Minuten werden sie es wieder bringen! So geht das schon den ganzen Morgen.«

»Aber Tante Hettie, sag mir doch einfach …«

»Ich habe meine Zeit nicht gestohlen!« Es wurde aufgelegt. Hatte er jemals ein freundliches Wort des Abschieds von ihr gehört?

»Was kann da passiert sein, Julius?« Ein vages Gefühl des Unwohlseins beschlich ihn, und er suchte nach der Fernbedienung.

Nun ja, von Feuersbrunst bis Einsturz ist alles drin. Ich würde da nichts ausschließen.

»Was es auch sein mag, nur gut, dass ich mich dem Laden nicht mal auf hundert Meter genähert habe.«

Er schaltete den WDR ein. Es war gleich die erste Meldung. Herbie und Julius starrten einander mit aufgerissenen Augen an.

* * *

Was Wohnmobilstellplätze anging, kannte er sich nicht aus. Es gab einen am Birkenhof in Richtung Walsdorf, aber nachts um halb zwölf hatte er keine Lust gehabt, dorthin zu fahren. Außerdem hätte er auch gar nicht gewusst, wie das zu nachtschlafender Zeit mit dem Procedere des Anmeldens hätte vonstattengehen sollen. Schließlich war er kein passionierter Campingfreund, sondern nur ein gewöhnlicher Autofahrer mit einem etwas zu groß geratenen Fahrzeug. Er erinnerte sich daran, irgendwann mal so ein Gefährt im Bolsdorfer Tälchen, unweit des Informationspavillons am See, gesehen zu haben, und deshalb hatte er das Gefährt kurzerhand dort abgestellt. An der Aral-Tankstelle in Blankenheim hatte sich Teddy Marco noch eine Bratwurst und drei Schokoriegel gegönnt und eine Flasche Whisky für den gemütlichen Feierabend gekauft. Und Herbie hatte er auch noch eine in die Hand gedrückt. Aber Herbie mochte keinen Whisky. Sie stand jetzt in seiner Wohnung und würde uralt werden. Er betrachtete es als kleine Geldanlage.

Als er Teddy im Camper zurückließ, hatte dieser es sich bereits auf der Liegefläche gemütlich gemacht und von guten alten Zeiten geschwärmt. »Mit Tony Marschall habe ich mir mal einen ganzen Sommer lang einen handkoffergroßen Wohnwagen geteilt«, hatte er sich selig lächelnd erinnert und einen tiefen Schluck aus der Flasche genommen. »Sechs Wochen Tournee, Süddeutschland. Der Tony hat geschnarcht wie eine ganze Rotte Wildsäue, und der schlief nackt!«

Ich weiß gar nicht, ob ich noch weitere Kapitel dieser munteren Tour-Memoiren hören möchte. Julius verzog vielsagend den Mund.

Jetzt, am Morgen, stand das Wohnmobil immer noch am selben Platz, an dem Herbie es in der Nacht zurückgelassen hatte. Ein lauer Sommerwind ließ die Wipfel der Bäume hin und her schwanken, und die Strahlen der Morgensonne huschten über das vernarbte Metall.

Es könnte auch ein Kunstwerk darstellen. Lass es uns auf den Namen »Korrosion« taufen!

Herbie stapfte gerade mit energischem Schritt auf die Tür zu, als er Teddy Marcos orangefarbene Lederjacke in der Ferne aufleuchten sah. Der Sänger kam mit einem qualmenden Zigarillo im Mundwinkel vom See herübergetrottet und zog im Gehen den Reißverschluss seiner Jeans zu.

»Morgen, Teddy. Hast du da gerade etwa das getan, was ich vermute?«, maulte Herbie.

»Gepinkelt, klar!« Teddy Marco schlug ihm übermütig auf die Schulter.

Das ist doch mal eine nette Angewohnheit, dieses Schulterklopfen, oder? Der mag dich. Der mag dich wirklich!

»Ich mag dich!«, echote Teddy Marco unbewusst. »Ich mag dich wirklich.«

Herbies Kopf ging verblüfft zwischen Teddy und Julius hin und her.

»Hey, Herbie, Kumpel, du musst dich mal ein bisschen locker machen. Ich hab in den See gepinkelt, na und? Krepieren jetzt gleich die Enten? Das war einfach so ein Drang. Hier in der Natur. Hey, Mann, Junge, Kumpel! Das hier ist voll inspirierend. Das ist *Country*. Da fallen mir gleich wieder ein paar Zeilen ein:

Die Wellen im See,
dreh'n im Kreis sich um dich.
Wo ich geh und steh,
steh … steh …«

Er kratzte sich an seiner Miniplifrisur. »Irgendwas auf ›dich‹ … Irgendwas mit Fisch oder so …«

Oder aber ein lustiger Reim auf »pinkeln«, »strullern« oder »pieseln«!

Teddy Marco kletterte ins Wohnmobil, und Herbie und Julius folgten ihm.

»Heute Mittag ist der Gig in Dahlem. Das Sommerfest der Landfrauen. Hast du noch auf dem Schirm, oder?«

Herbie nickte. »Jaja, Landfrauen, Dahlem, und morgen Adenau, Marktplatz. Alles gespeichert.« Er räusperte sich. »Hör mal, Teddy, ich hätte da mal eine Frage.«

Frag ihn doch einfach dasselbe, was deine Tante dich vorhin gefragt hat!

»Ja klar, frag ruhig. Teddy erzählt dir alles. Kaffee?«

Auf der winzigen Anrichte stand ein offenes Schraubglas löslichen Kaffees und eine kleine, messingfarbene Schüssel, in der bei jeder Erschütterung eine braune Flüssigkeit hin und her schwappte. In einer zweiten, etwas größeren Schale befanden sich offenbar Cornflakes.

»Nein, danke, hatte ich schon.«

»Hab ich alles hier in den Schränken gefunden.« Teddy fläzte sich auf die Liegefläche. »Boah, ich hab dermaßen gut geschlafen. Ist auch mal ganz okay, so alleine.«

Die Flasche Whisky neben dem Bett war halb leer.

»Alleine, gutes Stichwort. Gestern Abend hattest du ja diesen Termin in Bad Münstereifel.«

»Superwichtig, Gage, Programmablauf, all so was!«

»Ja, ja!«, sagte Herbie scharf. »Weiß ich. Jetzt lass mich mal erzählen.«

Teddy kniff amüsiert die Lippen zusammen und nickte stumm. Er schien bereits zu ahnen, in welche Richtung das Gespräch sich entwickeln würde.

»Nicht weit vom *Café T*, wo ich auf dich gewartet habe, liegt doch der Laden von deiner Freundin ... Frau ... Freundin?«

Teddy nickte. »Darf ich erklären?«, wisperte er mit mühsam unterdrücktem Grinsen.

Herbie forderte ihn mit einem Wink auf zu sprechen.

»Meine Freundin hat da einen Laden, genau: Doreen B. – Miederwaren und so.«

»*Lingerie*«, korrigierte ihn Herbie.

»Also dieser Laden sollte ursprünglich mal ein Musikhaus werden. Da ist Bedarf. Die Musiker müssen für jede Gitarrensaite bis nach Daun oder Köln fahren. Und da dachte ich mir, das wäre doch eine gute Idee. Finde ich heute übrigens immer noch. Aber dann kam plötzlich dieser ganze Outlet-Klimbim, und Doreen meinte, Dessous würden da doch viel besser passen. Hat sie wohl auch irgendwie recht. Soll sie ruhig machen, hat sie was zu tun. Ich will ja, dass sie *happy* und zufrieden ist ... na, also ... wollte.«

»Dieser Laden gehört meiner Tante. Das ganze Haus.«

»Ach, wusste ich ja gar nicht.«

»Als du da gestern Abend vorbeigegangen bist, ist dir da was aufgefallen?«

Teddy Marco zuckte mit den Schultern und schüttelte den Kopf. »Sollte es?«

»Du besitzt nicht zufällig einen Schlüssel zu dem Laden?«

Jetzt bekam das ewige Grinsen des Sängers Risse. »Nnnnneeein …«, sagte er gedehnt.

Herbie starrte ihn mit zusammengekniffenen Augen an. »Bist du dir sicher?«

Teddy Marco schwieg.

»Du hast also doch einen Schlüssel!«

»Hm, tja, schon möglich, ich …«

»Warst du gestern Abend in dem Laden?«

»He, Moment mal, wieso sollte ich?«

»Egal, warum! Warst du drin?«

Teddy Marco sprang auf und knallte die Schüssel auf die Anrichte. »So nicht, Freundchen!«, blaffte er. »Was ich tue und lasse, geht dich gar nichts an! Du fährst mich zu meinen Auftritten, du wirst dafür bezahlt! Wenn ich mir ständig blöde Fragen anhören will, dann kann ich auch gleich zu Doreen zurückgehen, okay?«

Er baute sich vor Herbie auf. »Was soll die ganze Fragerei überhaupt?«

»Kann ich dir sagen, Mann, Junge, Kumpel: Im Schaufenster deiner Freundin lag heute Morgen ein Toter!«

Teddy Marcos Gesichtszüge entgleisten.

Na, das scheint ihn jetzt aber wirklich mal umzuhauen.

Julius lehnte direkt neben Teddy an der Küchenzeile, hatte die Arme verschränkt und musterte den Sänger aufmerksam von der Seite.

»Du willst mich verscheißern«, sagte Teddy tonlos.

»Warum sollte ich das tun?«, knurrte Herbie und hockte sich auf die Liegefläche. »Kannst ja mal das Radio anmachen. Es kommt dauernd in den Nachrichten. ›Im Schaufenster eines Dessousladens im Outlet-Center Bad Münstereifel entdeckten in den frühen Morgenstunden Passanten den Körper eines toten Mannes. Der Tote ist noch nicht identifiziert und weist ersten Angaben zufolge keine Anzeichen von äußerer Gewalteinwirkung auf.‹« Er blickte zu Teddy auf. »Bleibst du dabei, dass du nicht drin warst?«

Teddy druckste herum und betrachtete seine Fingernägel.

»Also ist es wahr. Du warst drin!« Herbie stöhnte auf. »Verdammt, verdammt, verdammt. Meiner Tante habe ich Stein und Bein geschworen, dass ich nichts mit diesem toten Mann zu tun habe! Dabei habe ich dich hinkutschiert. Wenn sie das rauskriegt …«

»Da war kein Mann«, murmelte Teddy Marco. »Ich war allein. Nur ich, ehrlich.«

Herbie schüttelte unentwegt den Kopf und erhob sich wieder. »Was du da wolltest, will ich ja gar nicht wissen. Ich vermute, es hat was mit deiner Freundin und mit eurem Zoff zu tun, richtig? Egal. Wird dir ja auch keiner nachweisen können, weil wahrscheinlich sowieso alles voller Fingerabdrücke von dir ist, hab ich recht?«

Wieder Stille.

»Wenn meine Tante wittert, dass ich etwas damit zu tun habe …«

»Hast du doch gar nicht!«

»Erzähl ihr das mal!«

Dann entdeckte Herbie etwas. Ein kleines, längliches Ding aus Stoff, das sich unter der WC-Tür hervorschlängelte. Er trat näher heran und beugte sich hinunter. Es war aus rosafarbener Spitze und endete in einem kleinen Clip aus Plastik.

Er warf einen schnellen Blick über die Schulter zu Teddy hinüber. Der drehte den Kopf schuldbewusst zur Seite.

Ich würde nicht nachschauen. Wenn heute Morgen schon überall Leute rumliegen, steckt vielleicht noch jemand drin. Die willige Krankenschwester aus Niederelvenich möglicherweise.

Aber Herbie öffnete die schmale Tür mit einem Ruck, und ihm quoll eine wahre Lawine von Knäueln hauchdünnen Stoffs entgegen. Rosa, lachsfarben, cremeweiß, mintgrün, blutrot und pechschwarz waren die einzelnen Stücke in verschiedenen Größen. Sie füllten fast den gesamten Innenraum des kleinen WCs aus, und die Zahlen auf dem ein oder anderen Preisschildchen, die Herbie ins Auge sprangen, verrieten, dass hier durchaus ein kleines Vermögen lagerte.

»Unterwäsche«, murmelte Herbie fassungslos.

»*Lingerie*«, korrigierte ihn Teddy Marco kleinlaut.

7. Kapitel

Der Mann gegenüber machte sich unentwegt Notizen. Das, was Herbie zwischendurch auf seinem kleinen Block erkennen konnte, sah nach Hieroglyphen aus. Ein schlanker, junger Bursche mit einem Schnurrbart, dessen Spitzen bis zum Kinn hinunterreichten.

Sein Kopf ging nach rechts und links, je nachdem, wer sich gerade zu den Vorfällen der vergangenen Nacht äußerte. Und das taten die Gäste des *Café T* unentwegt. Der Tote im Schaufenster war ein Jahrhundertthema.

Herbie hatte einen Platz am Fenster ergattern, was ihm erlaubte, das Geschehen aus sicherer Entfernung zu beobachten. Teddy Marco wartete unterdessen aus verständlichen Gründen im Wohnmobil auf dem Parkplatz am Werthertor. Er wollte vorerst in Deckung bleiben. Herbie ließ sich derweil Zeit. Geschah dem Vogel ganz recht.

Julius kratzte sich bräsig am Bart. *Und wo soll er hin, wenn er mal wieder ein menschliches Drängen verspürt? Sein WC ist randvoll mit Strapsen.*

»Mir doch egal. Er soll sich meinetwegen so ein Doppel-D-Cup-Ding über seine Löckchen stülpen und in die Erft pullern«, flüsterte Herbie leise.

Nahezu jeder im Städtchen wusste zwar um das Vorhandensein von Julius an Herbies Seite und wunderte sich schon lange nicht mehr, wenn er wieder einmal mit jemandem sprach, der nicht zu sehen war, aber trotzdem versuchte er immer, den Schein zu wahren.

Auf der anderen Straßenseite war zwar noch Polizeiabsperrband gespannt, aber einige uniformierte Beamte waren bereits im Begriff, den Schauplatz des Unglücks wieder zu räumen.

Marcel, der im Café die Tagschicht schob, trat neben Herbie ans Fenster und sagte: »Na, Jungens, habt ihr euch den Logenplatz ausgesucht?«

Sag ihm, dass ich nicht das geringste Interesse an dem ganzen Firlefanz hege.

»Mich interessiert es eigentlich überhaupt nicht, aber Julius wollte unbedingt mal gucken.«

Der Mann mit dem Fu-Manchu-Bart sah irritiert über den Tisch und kritzelte wieder auf seinen Block. Den Namen der Zeitung, für die er schrieb, hatte Herbie sich nicht gemerkt.

»Mannomann, da war vielleicht was los heute Morgen«, stöhnte Marcel. »Frau Kossmann hat ihn zuerst gesehen, obwohl da schon zig Leute vorher dran vorbeigestiefelt sind. Wenn die morgens unterwegs zum Bahnhof sind, gucken die ja auch nicht nach rechts und links. Die hat dann gleich übers Handy die Polizei angerufen. Zuerst sah das so aus, als wär der nur am Schlafen. Dann haben die die Tür aufgebrochen, und der Notarzt hat den Tod festgestellt. Herzinfarkt, sagt er. Ein alter Mann, so um die siebzig, eher noch älter.«

Herbie blickte zu Marcel auf. »Woher weißt du so genau Bescheid?«

»Na hör mal, Jung, guck dich doch um. Die kommen doch alle hier rein und trinken Kaffee, um wach zu werden, und Schnaps, um sich zu beruhigen. Presse, Polizei, alle.« Er beugte sich zu Herbie hinunter. »Und das Dollste ist: Der ganze Straps-Laden ist leer geräumt.«

»Nein.«

»Doch.«

»Alle Unterwäsche …?«

»Weg.«

»Nein.«

»Doch.« Marcel nickte wichtig. »Keine Papiere, nix. Und eingebrochen worden ist auch nicht. Da muss einer einen Schlüssel gehabt haben. – Gehört das Haus nicht deiner Tante?«

»Allerdings. Die hat heute richtig Spaß, kann ich dir sagen.«

Marcel lachte leise. »Soll ich dir sagen, was ich glaube? Das ist garantiert so eine Versicherungsnummer von der Unterwäsche-Trulla aus dem Fernsehen, der der Laden gehört.«

»Das ist ein Schlag ins Kontor für das Outlet-Center!«, sagte am Nebentisch jemand mit Nachdruck.

»Oder ein Geschenk!«, entgegnete ein anderer.

Der Schnurrbart-Jüngling notierte ohne Unterlass.

Marcel spann unverdrossen seine Theorie weiter. »Vielleicht ist der Alte einer von den Dieben und hat mitten bei der Arbeit 'nen Herzkasper gekriegt, und seine Kollegen haben ihn einfach zurückgelassen.« Er räumte Herbies leere Tasse aufs Tablett. »Noch einen?«

»Nee, lass mal. Ich muss jetzt wieder los.«

Im Weggehen sagte Marcel noch: »Der Heinz Zanger hat Fotos mit dem Handy gemacht. Find ich zwar ein bisschen makaber, aber er wollte sich ja nur umhören, ob den einer kennt.«

»Und?«

»Fehlanzeige.« Er kehrte einen Moment später mit seinem Handy zurück. »Guck mal, hat er vorhin rundgeschickt. Kennst du auch nicht, oder?«

Herbie erkannte einen schlanken, fast dünnen, alten Mann mit weichen, schlaffen Gesichtszügen, großen Tränensäcken unter den Augen und einem schlohweißen Haarkranz. Seine Lippen waren sehr dunkel, beinahe lilafarben, die Augen waren geschlossen, und so, wie er zwischen den Füßen der Schaufensterpuppen auf dem Boden lag, sah er aus, als wäre er nur mal eben friedlich eingenickt. Seine Hände waren lang und feingliedrig. Nur an der Art, wie er die Finger gekrümmt hatte, konnte man erahnen, dass Schmerzen ihn in den letzten Momenten seines Lebens begleitet hatten.

Herbie schüttelte den Kopf. »Ich wüsste nicht, wer das ist. Schickst du's mir mal rüber?«

Marcel nickte und tippte auf seinem Handy rum. »Nicht doch noch ein Käffchen?«

»Nee, wirklich, ich muss weiter. Hab noch allerhand zu erledigen.«

»Ja, klar.« Marcel grinste. »Und sag Julius viele Grüße.«

»Mach ich.« Herbie winkte kurz zum Abschied.

Machst du nie!

* * *

Teddy Marco schmorte nun schon seit einer guten Stunde in seinem blechernen Gefängnis. Im wahrsten Sinne des Wortes, denn die Sonne heizte das Gefährt ordentlich auf.

»Geschieht ihm recht«, knurrte Herbie, während er auf das Wohnmobil zuging.

Du bist hart. Sehr, sehr hart. Julius kräuselte die Stirn in übertrieben schlecht gespielter Anteilnahme.

»Ich musste früher auch immer in der Ecke stehen, wenn ich was ausgefressen hatte.«

Oft, nehme ich an.

»Sehr oft. Ich habe die Ecken regelrecht rundgestanden. Aber es war irgendwie nie so richtig meine Schuld, ehrlich.«

Das Brummen, das sein Begleiter von sich gab, konnte alles Mögliche bedeuten.

Herbie öffnete die Seitentür des Wohnmobils und spähte ins Innere.

»Na endlich!«, maulte Teddy Marco und schwang sich ächzend von der Liege. »Das hat ja eine Ewigkeit gedauert. Ich bin schon fast gar.« Er hatte tatsächlich einen hochroten Kopf, und seine kleinen Löckchen glänzten feucht.

»Jaja, dauert nun mal so lange, wie es dauert. Ich kann ja wohl nicht gleich mit der Frage rausplatzen, ob dich jemand am Tatort gesehen hat.«

»Und, hat einer?«

»Sei froh. Keiner.«

Sag ihm doch, dass ihn sowieso niemand mehr erkennen würde, weil sein Stern am Schlagerfirmament längst verglüht ist.

»Na Gott sei Dank. Dann ist ja alles halb so schlimm. Alle fünf Minuten versucht Doreen, mich über Handy zu erreichen, und hat schon die ganze Mailbox vollgemeckert. Ich muss mir noch überlegen, was ich ihr erzähle. Und wenn ich ihr die Wäsche zurückgebe, ist sie vielleicht wieder friedlich. So, jetzt müssen wir aber los, nach Dahlem.«

»Erst reden wir über den toten Mann im Schaufenster!« Herbie lehnte immer noch im Türrahmen und machte keinerlei Anstalten, hinter dem Steuer Platz zu nehmen. Er holte sein Handy hervor und rief die Fotografie auf, die den Toten zeigte. Als er Teddy das Display entgegenstreckte, warf dieser einen desinteressierten Blick darauf und sagte: »Kenn ich nicht. Wer soll das sein?«

»Der tote Mann, der mit dir im Laden war.«

»Da war keiner. Ich kenne den nicht!«, maulte Teddy unwirsch.

»Guck genau hin!«

Teddy Marco rollte mit den Augen. »Du bist ja schlimmer als mein Schneckchen. Jetzt habe ich gleich erst mal meinen Auftritt in Dahlem.«

Dort luden an diesem Tag die Landfrauen zum Sommerfest ein. Und der Stargast beim Nachmittagskaffee war Teddy Marco. Sein Bild auf den Plakaten, das allenthalben entlang der Straßen zu sehen war, stammte aus den frühen Achtzigern.

»Wir müssen tanken. Und erst guckst du dir noch mal genau das Foto an!« Herbie wollte gerade einsteigen, und Teddy kramte schon wieder Geldscheine aus der Hosentasche, als plötzlich eine scharfe Stimme von hinten kam: »Ist das Ihres?«

Verdutzt hielt Herbie inne, drehte sich um und betrachtete die kleine Frau mit dem Rollator, an dessen Griffen zwei prall gefüllte Einkaufsbeutel baumelten.

»Ihr Wohnmobil. Ob das Ihres ist?«

»Nicht direkt. Ich habe es mir nur für ein paar Tage …«

»Hören Sie mal, wenn Sie Ihren Schrottberg noch mal so asozial parken wie gestern Abend, dann …«

»Gestern Abend?«

»Gestern Abend, direkt vor meiner kleinen Einfahrt, in der Alten Gasse.«

»In der Alten Gasse?« Herbie versuchte, seine Gedanken zu sortieren. Dort lagen die Rückseiten der Geschäftsgebäude der Wertherstraße.

»Ja, Alte Gasse, tun Sie nicht so scheinheilig. Als Sie Ihre Sachen abtransportiert haben! Genau so geparkt, dass ich die Mülltonne nicht rausstellen konnte. Was denken Sie sich bei so was?«

Herbie warf Teddy, der sich an die Schrankwand drückte, um von der Frau nicht gesehen zu werden, einen scharfen Blick zu. Der zuckte entschuldigend mit den Schultern und zischte: »Ja denkst du denn, ich hätte den ganzen Dessouskram durch die halbe Stadt getragen?«

Lustig, alle wollen wissen, was du denkst, mein Bester.

»Denken Sie überhaupt was?«, krähte die Alte.

Dass ich mir diese Frage auch schon häufig gestellt habe, muss wohl nicht gesondert Erwähnung finden, habe ich recht?

Die Frau kurvte jetzt mit ihrem Rollator um das Wohnmobil herum und positionierte sich schließlich direkt vor dem Kühlergrill. In aller Gemütsruhe nahm sie auf dem Sitz ihres Gefährts Platz. »Ich warte!«

»Worauf?«

»Auf eine Entschuldigung!« Sie verschränkte trotzig die Arme.

Ein Handy klingelte laut, und daran, dass es *Ringadingdong, Ringadingdong* plärrte, erkannte Herbie, dass es das von Teddy Marco sein musste. Herbie spähte wieder ins Innere des Wohnmobils. »Scheiße, sicher wieder Doreen!« Teddy kroch gerad in Richtung des Führerhauses, hielt inne und blickte auf das Display. »Nein, die Krankenschwester aus Niederelvenich.« Er steckte es wieder weg.

»Sag mal, bist du von allen guten Geistern verlassen?«, zischte Herbie wütend. »Was hast du dir gestern dabei gedacht? Du klaust den Camper, fährst heimlich ohne Führerschein durch die Gegend und parkst fremde Einfahrten zu, um dein Diebesgut bequem abtransportieren zu können? Geht's noch?«

Vom Parkplatz her krähte die Alte giftig: »Und jetzt raten Sie mal, wessen Mülltonne als einzige immer noch randvoll ist!«

»Jaja, es tut mir ja leid!«, sagte Herbie entnervt. Und in Teddy Marcos Richtung fauchte er: »Was tust du da? Weg da vom Steuer!«

»Nee, nee, das meinen Sie ja gar nicht richtig ernst, das mit der Entschuldigung!« Die Alte tippte ungeduldig mit dem rechten Halbschuh auf dem Boden auf.

»Tue ich wohl! Es tut mir sehr, sehr, sehr leid. Sehr leid, hören Sie? Ich bin richtig zerknirscht. Ich schäme mich! Ich bitte Sie inständigst um Verzeihung!«

»Wollen Sie mich vergackeiern?« Ihre Stimme wurde immer lauter und schriller. »Wer ist denn da in Ihrem

Panzer? Da ist doch noch einer! Etwa der Alte mit der Baskenmütze, der Ihnen geholfen hat?«

Herbie warf wieder einen panischen Blick nach innen.

»Scheiße!«, fluchte Teddy. »Bestimmt hat sie mich auch gestern Abend gesehen! Oh Gott, das ist der Supergau!«

Er drehte den Zündschlüssel, und der Motor sprang mit einem Geräusch an, das klang, als hätte jemand zwei Eimer Kies in die Waschmaschine gekippt. Das Fahrzeug würde weder rechts noch links an der Alten vorbeikommen. Und dahinter parkten andere Autos.

»Mach den Motor aus!«, heulte Herbie.

Teddy drückte auf die Hupe. Der Brunftschrei eines Elefanten ertönte. Fast schien es, als würde das Röhren die alte Frau von ihrem Sitz blasen.

»Lass das sofort sein!«, schrie Herbie, aber Teddy ließ den Motor erneut drohend aufheulen und hupte wieder. Hastig wackelte die Alte hinter ihr Gefährt, packte die Griffe und versuchte, so schnell es ging, zur Seite zu hechten, bevor sie überrollt wurde. Eine ihrer Tüten riss, Konservendosen, Weintrauben und Corega-Tabs-Schachteln prasselten auf das Pflaster des Parkplatzes. Im nächsten Moment schoss das Wohnmobil nach vorne, verfehlte die Alte nur um Haaresbreite und zermalmte einen Teil ihrer Einkäufe.

Im Rückspiegel sahen sie die wild mit den Armen fuchtelnde Frau.

»Du bist irre«, sagte Herbie tonlos. »Völlig irre.«

»Die hat gestern den Wagen gesehen!«

»Und jetzt hat sie ihn schon wieder gesehen!«

Und nach dieser Nahtoderfahrung wird sie es der Polizei in allen grausamen Details schildern können! Meinen herz-

lichen Glückwunsch. Julius applaudierte mit einem höhnischen Grinsen.

Julius hatte recht. Die Dinge verdichteten sich auf unerquickliche Art und Weise. Wenn bekannt würde, dass Teddy hinter dem geplünderten Dessousladen steckte, würde ihm seine Tante die Hölle heißmachen!

Ich bin Promi-Chauffeur! Julius ahmte seine Stimme nach und kicherte. *Ich bin sogar Promi-Fluchtfahrzeug-Chauffeur!*

Er lenkte das Wohnmobil auf der Kölner Straße stadtauswärts.

»Jetzt sei ehrlich: der Alte«, rief Herbie zornig. »Er hat dir geholfen! Gib es zu!«

»*Bullshit!* Ich weiß von keinem Alten. Da war kein Alter!«

»Mit einer Baskenmütze, hat sie gesagt!«

»Auch keinen Alten mit Baskenmütze!« Er stockte plötzlich und wandte Herbie ruckartig das Gesicht zu. »Das Foto! Zeig mir noch mal das Foto!«

Herbie tat, worum Teddy ihn bat, und Teddy riss die Augen weit auf. »Das ist der Alte von gestern Abend!«

»Ich denke, da war kein Alter! Pass gefälligst auf die Straße auf!«

Teddy war auf den Randstreifen geraten und riss das Steuer wieder herum. »Als ich vom Parkplatz runter bin, war da so ein Alter. Der hatte tatsächlich eine Baskenmütze auf dem Kopf. Stand da plötzlich vorm Werthertor in der Kurve mitten auf der Straße. Mittendrauf! Ich bin voll in die Eisen, sonst hätte ich den plattgefahren!«

»Mit meinem Wohnmobil! Ohne Führerschein! Fahr sofort rechts ran!«

Teddy kaute auf der Unterlippe und schien sich das Geschehen des Vorabends noch mal ins Gedächtnis zurückzurufen. »Dann ist der zum Fahrerfenster gekommen, und ich hab an der Scheibe gekurbelt – die geht übrigens nur halb runter –, und ich hab den zusammengefaltet. Von wegen mitten auf der Straße und so. Das hat den gar nicht interessiert. ›Münstereifel‹, hat der immer gebrabbelt. ›Ist das hier Münstereifel?‹ Der war voll durch den Wind, kann ich dir sagen!« Er fasste Herbies Hand und zog das Handy näher an sich heran. »Der war das!«

»Und was hat der sonst noch gesagt? Vorsicht, der Gegenverkehr!« Herbie kreischte auf.

»Weiß nicht, keine Ahnung, wirres Zeug. Total durch den Wind, sag ich doch. ›Wo ist Hildegard? Wo ist Hildegard?‹, glaube ich. Und ›Bleib treu!‹, ja, das hat er auch ein paarmal gebrabbelt. ›Bleib treu!‹ oder so ähnlich. Und dann hab ich ihn stehen lassen, denn ich musste ja Gas geben, weil du doch im *Café T* auf mich …«

»Ganz genau, ich saß derweil im *Café T* und habe gutgläubig … Vorsicht! Halt sofort an!«

Sei nicht dumm, lass ihn fahren. Beim nächsten Fußgänger, den er überfährt, wird die Polizei ihn hopsnehmen, und du kannst behaupten, er habe dich gekidnappt und gezwungen, ihm hundertzwanzig Paar Strapse vorzuführen!

Herbie kaute auf dem Fingernagel herum. Warum passierte so was immer ihm? Er bot einem Gestrandeten eine Mitfahrgelegenheit, und zack! – schon wurde er wieder in etwas hineingezogen, mit dem er eigentlich nicht das Mindeste zu tun hatte.

Teddy ließ derweil energisch das Lenkrad kreisen und fädelte sich in den Kreisverkehr im Norden der

Stadt ein. Er kaute während der ganzen Zeit nervös auf der Unterlippe. »Leg bitte mal die CD ein!«

»Wie bitte?«

»Die CD da auf der Ablage. Ich habe doch gleich einen Auftritt, da muss ich in den *Groove* kommen.«

»Erst, wenn du mir das Steuer überlässt.«

Mit einem verärgerten Schnaufen fuhr Teddy rechterhand auf den Parkplatz oberhalb der Burg, und wenige Minuten später rollten sie auf der B51 tiefer und tiefer in die Eifel hinein, und *Teddy Marcos Greatest Hits* schallten dazu durch das Innere des Wagens.

Besoffen vor Glück
Du gibst mir zurück,
was das Leben mir genommen!
Baust die Brücke ins Glück,
füllst die Lücke ein Stück,
es wird klar, was war verschwommen!
Jeden Tag ein kleines Stück,
bin besoffen ich vor Glück.
Duhududutu, Duhududutu,
machst mich besoffen vor Glück!

8. Kapitel

Duhududutu, Duhududutu,
machst mich besoffen vor Glüüüüück …

Die Landfrauen waren außer Rand und Band und hatten lautstark eine Zugabe nach der anderen gefordert. Jetzt dämmerte es bereits, und die Musik kam mittlerweile nur noch vom Band. Teddy Marco gab munter Autogramme, trank Prosecco und verschwand immer mal aus dem Festzelt, um angeblich ein Zigarillo zu rauchen.

Julius lehnte neben Herbie an der Theke und schmunzelte amüsiert. Ihm schien der ganze Trubel großes Vergnügen zu bereiten.

Glück, zurück, Brücke, Lücke, Stück … All diese in höchstem Maße kunstvoll arrangierten Umlaute … Es gibt nur sehr wenige Schlager außerhalb der Türkei, die so viele Üs enthalten, denke ich. Julius betrachtete Herbie an seiner Seite mit hochgezogenen Augenbrauen.

Die Landfrauen hatten eine perfide Strategie entwickelt und glaubten auf dem kleinen Umweg über den

Chauffeur leichteres Spiel bei ihrem Idol Teddy Marco zu haben. Die Waffe hieß Alkohol.

In den vergangenen anderthalb Stunden hatten sie Herbie nach allen Regeln der Kunst abgefüllt. Bei den ersten Bieren hatte er sich noch geziert, dann war ein süßes, klebriges Gesöff namens Hugo ins Spiel gekommen, und schließlich hatten kleine Fläschchen mit den verheißungsvoll klingenden Etikettierungen namens *Schlüpferstürmer, Scharfes Luder* und *Wildes Pfläumchen* die Runde gemacht.

Gerade steckte eine Frau mit dreifarbiger Kurzhaarfrisur ihm einen Zwanziger in die Brusttasche seines Hemds und gurrte in sein Ohr: »Denk dran, ich bin die abenteuerlustige Annette, und da steht meine Nummer drauf. Wenn du dafür sorgst, dass der Teddy mich anruft, kriegst du noch einen, okay? Ich arbeite nämlich auf dem Straßenverkehrsamt, und ich kenne mich mit Verkehr aus, verstehst du?«

Herbie verstand das nur noch ansatzweise. Er nahm mittlerweile alles um sich herum wie durch eine Brille mit mindestens zwanzig Dioptrien wahr. Als irgendwann Teddy Marcos Gesicht verschwommen vor ihm auftauchte und er glaubte, die Worte »Wir machen jetzt besser einen Abflug, *Buddy*« zu hören, lächelte er fast dankbar.

Dann registrierte er noch ansatzweise, dass Teddy ihn in Richtung Parkplatz bugsierte, wobei sie hinter den Toilettenwagen herschlichen. Stand da vorne wirklich ein Polizeifahrzeug? Ja, ganz sicher, das war eins. Oder zwei? Das war für Herbie nicht mehr so genau auszumachen.

Er spürte, wie ihn Teddy in das Wohnmobil verfrachtete und losfuhr. »Da waren die Bullen, Kumpel. Die waren zwar wegen irgendwelchen Nachbarn da, denen es zu laut wurde, aber irgendwie habe ich im Moment kein gesteigertes Interesse daran, den Jungs zu begegnen. Verstehst du doch?«

»Fahr nicht so Schlangenlinien«, lallte Herbie. Er sah das Ortsausgangsschild von Dahlem vorbeischlingern. Sie fuhren ein Stückchen Landstraße, und Herbie fühlte sich, als säße er auf der Achterbahn.

Du solltest dich sehen, mein Bester. Dass Gesichtszüge derart entgleisen können, ist anatomisch eigentlich gar nicht möglich.

»Geh doch zum Teufel, Julius!«, lallte Herbie.

»Mensch Kumpel, du verträgst echt nichts«, sagte Teddy Marco mit einer Mischung aus Heiterkeit und Besorgnis in der Stimme. »Du sprichst schon die ganze Zeit mit Leuten, die nicht da sind. Soll ich mal anhalten? Du siehst wirklich nicht gut aus.«

Das Nächste, was Herbie bewusst wahrnahm, war, dass Teddy Marco irgendwann den Wagen auf dem Parkplatz einer leer stehenden Industriehalle ausrollen ließ, den Motor abschaltete und sagte: »So, hier stören wir keinen.«

»Wo sind wir?«

»Ich glaube, in Schmidtheim.« Teddy betrachtete sein Handy und runzelte die Stirn. Der blasse Schein erhellte sein Gesicht auf eine ungesund aussehende Weise. »Siebzehn entgangene Anrufe von Doreen und drei von dieser Krankenschwester. Darum kümmern wir uns morgen. Eine Runde Knacken, und morgen sieht die Welt schon wieder anders aus.«

»Ich will aber zu Hause in meinem Bett schlafen!«, protestierte Herbie mit schwerer Zunge, dann stieg die Übelkeit in ihm auf.

* * *

Durch das Fenster war nichts weiter zu sehen als das Licht der Straßenlaterne und die Schemen der Büsche, die dicht an dicht am Rand des Grundstücks standen. Ab und zu hatte Dr. Paul-Ernst Wrobel in der Vergangenheit schon mal einen Marder durch die Dunkelheit schleichen sehen. Ein Igel war im letzten Sommer jede Nacht gekommen. Er schlief schon lange nicht mehr durch. Immer nur höchstens zwei Stunden an einem Stück, das würde andere Menschen mürbe machen, aber ihm machte es kaum etwas aus. In den langen Pausen zwischen den Schlafphasen saß er in Pyjama und Morgenmantel auf dem Stuhl am Fenster und starrte hinaus. Ab und zu trank er einen heißen Tee. Alkohol hatte er von jeher verabscheut, und Milch vertrug er nicht. Diese Stunden in der Nacht waren die einzigen Gelegenheiten, in denen er an seinem Fenster sitzen konnte, ohne das nagende Gefühl zu haben, beobachtet zu werden, sich in permanenter Gefahr zu befinden.

Der junge Mann war wie aus dem Nichts aufgetaucht. Einer mit einem dichten, grimmig aussehenden Schnurrbart. Ganz freundlich war er gewesen. In Kall, am Bahnhof. Wrobel hatte nach Köln fahren wollen, und da bevorzugte er immer die öffentlichen Verkehrsmittel.

Seit diesem Ereignis fuhr er überhaupt nicht mehr in die Stadt. Genau genommen verließ er sein Haus gar nicht mehr.

Es war geschehen, kurz bevor der Zug aus Richtung Trier einrollte. Ein Stoß in den Rücken. Er war ins Trudeln gekommen und hatte sich im Fallen halb herumgedreht. Die Augen des jungen Mannes waren voll eiskalter Entschlossenheit gewesen.

Seither hatte Wrobel sich die Situation wieder und wieder vor Augen geführt. In Berlin hatten jugendliche Schläger kürzlich in der Abenddämmerung eine junge Frau die Treppe zum U-Bahnschacht hinuntergetreten. Einfach so, aus purer Lust daran, einen anderen Menschen zu peinigen, so schien es. Aber dieser Mann war anders gewesen. Der tat nichts Unüberlegtes, Spontanes. Der hatte versucht, ihn zu töten.

Und er hätte es um Haaresbreite geschafft. Ganz sicher wäre er damit davongekommen. Ein alter Mann, der aufs Gleisbett stürzt. Ein alter, klappriger Greis …

Doch die Hand eines jungen Mädchens hatte ihn im letzten Moment am Ärmel seines Mantels gepackt und zurückgerissen. So ein vorlautes, junges Ding mit viel zu knapper Kleidung und einem unerschöpflichen Reservoir von rotzfrechen Sprüchen. Eine von denen, die im Zug niemals freiwillig ihren Sitzplatz für alte Leute wie ihn räumten. So eine war das gewesen.

Ausgerechnet eine von denen hatte ihm das Leben gerettet.

Er war auf den asphaltierten Bahnsteig gestürzt. Es hatte höllisch wehgetan, aber er hatte gerade mal ein paar blaue Flecken an der Hüfte und am Ellenbogen davongetragen.

Und dann hatte auch der Mann so getan, als wollte er ihm auf die Beine helfen. Zusammen mit den anderen, die herbeiströmten und sich um ihn kümmerten.

Er hatte nicht gewagt, etwas zu sagen, denn er wusste, dass ihm niemand glauben würde. Ehe er sich's versah, war der Mann weg.

Seither wusste er, dass die Zeit langsam knapp wurde. Es ging in die Zielgerade.

Er musste nun tätig werden.

Er würde Elise mitnehmen. Seine Älteste, seine Liebste. Schon vier Jahre hatte er sie. Und Leonore und Ariette würde er auch mitnehmen. Die Völker dieser Königinnen waren die drei stärksten, die er hatte. Drei würden reichen. Die Stelle, die er sich ausgesucht hatte, lag an einer Wiese voller Weißklee, am Waldrand, windgeschützt. Mit den Bienen zu wandern, wäre unverdächtig, da konnte ihm keiner was. Man würde ihn unter Umständen fragen, wieso er so einen weiten Weg mit seinen Bienen zurücklegte, aber das war schließlich allein seine Sache. Er hatte sich sehr sorgfältig auf alles vorbereitet.

9. Kapitel

Aus einem Traum, in dem er neben einem schnarchenden, splitternackten Tony Marschall, der zudem auch noch sein Toupet nicht trug, auf einer Matratze inmitten des Trubels auf einem riesigen Marktplatz lag, dämmerte Herbie sehr langsam in so etwas wie einen Wachzustand hinüber. Es dauerte eigentlich viel zu lange, und es wurde von enormen Kopfschmerzen begleitet.

Der nackte Tony Marschall verwandelte sich in den Gott sei Dank angezogenen Teddy Marco, und Herbie kam es in den Sinn, dass es mit der Kreation von Künstlernamen im deutschen Showbusiness anscheinend noch nie weither gewesen war.

Guten Morgen. Julius winkte albern mit den tänzelnden Fingern seiner Rechten. *Ihr seht goldig aus, ihr zwei.*

»Nur gut, dass mein Anstandswauwau immer in der Nähe ist«, knurrte Herbie. »Wer weiß, was sonst passiert wäre.«

Julius gluckste vor Vergnügen. *Er hat ein paar Mal Schneckchen zu dir gesagt, und du hast zwei Mal geschrien: Tony, lass das!*

»Red kein dummes Zeug.«

So wahr ich hier sitze!

»Du sitzt ja gar nicht da.« Herbie rieb sich die Augen und schmatzte. Der Geschmack in seinem Mund war grässlich, und er hatte das Gefühl, seine Zunge wäre so dick wie ein Zweipfundsteak.

Nun ja, wenn du meinst. Ach, hörst du das, mein Bester? Julius legte in Stummfilm-Manier die Hand hinter die Ohrmuschel.

»Das ist mein Traum, der sich langsam verflüchtigt. Ein Marktplatz.« Herbie richtete den Oberkörper auf und reckte sich. Aber das Hintergrundgeräusch verschwand nicht. Konsterniert blickte er zu Julius hinüber, der mit dem Zeigefinger zum Fenster wies und grinste.

Begleitet von einer bösen Vorahnung, schob Herbie die Gardine eine Handbreit zur Seite, und im nächsten Moment traf ihn fast der Schlag. Der nächtlich leere Parkplatz vor dem Firmengebäude hatte sich in ein belebtes Gelände verwandelt, auf dem munteres, quirliges Treiben herrschte. Zahllose Menschen schoben sich zwischen Ständen und Buden durch, vor denen Nippes, Trödel und alter Krempel feilgeboten wurden.

»Sag, dass das nicht wahr ist, Julius«, hauchte Herbie. »Ein Flohmarkt.«

Er stolperte zur Eingangstür und stieß sie auf. Einige Köpfe flogen herum.

Ein zottelbärtiger Mann mit Cowboyhut zur Rechten winkte fröhlich. »Wir dachten, du fängst nie an!«

Eine dicke Frau mit strähnigem Haar linkerhand pustete Zigarettenqualm in die Luft und hustete zur Begrüßung rasselnd. »Morjen, Jung. Pack mal endlich aus!«

Ich muss hier weg, dachte Herbie panisch. Aber der Camper war zwischen wackeligen Tapeziertischen, klapprigen Baldachinen und Kombis mit hockgeklappten Heckklappen regelrecht eingekeilt. Hier war beim besten Willen kein Rauskommen. Und ich muss auf die Toilette. Dringend, schoss es ihm als Nächstes durch den Kopf. Er zog sein Handy hervor. Vielleicht gab es ein Lebenszeichen von Köbes. Kein Netz, natürlich.

Er blickte zurück in den Wohnwagen, wo Teddy Marco noch immer in tiefem Schlummer lag und leise schnarchte. Fast klang es wie eine Melodie.

Scharchedingdong, Schnarchedingdong … Julius machte ein paar fröhlich dirigierende Gesten mit den ausgestreckten Händen.

»Und was jetzt? Ich muss dringend mein Auto zurückhaben, Julius. Solange ich mit diesem Monstrum unterwegs bin, läuft alles schief.«

Wen meinst du? Das Wohnmobil oder den Minnesänger?

»Ehrlich gesagt beides. Ich muss mal dringend zur Toilette. Und dass ich Mörderkopfschmerzen habe, muss ich ja wohl nicht extra erwähnen.«

Und daran ist wohl auch das Wohnmobil schuld, was?

»Irgendwie schon.«

Vorsichtig schloss er die Tür hinter sich. Er wandte sich als Erstes an seinen Standnachbarn rechterhand.

»Klar gibt's 'ne Toilette. Ist aber am anderen Ende des Platzes!«

Herbie stapfte los und bahnte sich mit grimmigen Schritten einen Weg zwischen den Ständen hindurch.

»He, wann baust du denn endlich auf?«, rief ihm der Mann hinterher.

Herbie winkte ab und trottete weiter.

Das gute Wetter hatte zahllose Gäste angelockt. An einigen Ständen bogen sich die Verkaufstische unter Tonnen von verstaubtem Ramsch. Andere Verkäufer präsentierten auf Hochglanz polierte Antikmöbel oder wertvolle Taschenuhren. Pommesbuden und Schwenkgrills schickten fettige Düfte durch die Luft.

Herbie kam nur mühsam voran. Er versuchte, mit dem Strom zu schwimmen, aber der änderte immer dann die Richtung, wenn Herbie sie gerade eingeschlagen hatte.

Nachdem er die muffige Toilette in einem ehemaligen Bürogebäude aufgesucht hatte, fühlte er sich ein wenig entspannter. Hier gab es auch Handyempfang. Tante Hettie fahndete nach ihm. Die Abstände zwischen den letzten sieben Anrufen wurden immer kürzer. Das war kein gutes Zeichen.

So, fein, können wir jetzt ein wenig bummeln?

»Später, Julius, wenn ich wieder einen klaren Kopf habe. In anderthalb Monaten oder so.«

Als sie an der Würstchenbude vorbeikamen, meldete sich sein Hunger. Er hatte noch nicht gefrühstückt, und wenn er sich recht entsann, hatte er die Mahlzeiten des Vortags in der Nacht in einer regelrechten Hauruckaktion von sich gegeben.

Er gönnte sich, ungeachtet der frühen Stunde, eine Bratwurst im Brötchen und verschlang sie gleich an der Bude mit großem Appetit. Und bestellte gleich noch eine zweite hinterher und ließ sich ein Senftübchen extra geben.

Entweder du bist schwanger, oder deine fürsorgliche Ader schlägt durch.

»Was meinst du?«

Versorgst du jetzt etwa auch noch diesen Knödelbarden?

»Ach Quatsch«, wiegelte Herbie ab.

Teddy Marco war zu seiner Überraschung bereits wach.

»He, hallo, Herbie, Kumpel!«, rief er begeistert. Eine Traube von Menschen hatte sich um den Eingang des Wohnmobils versammelt und klatschte und wackelte mit den Hüften. Teddy hockte auf der Stufe und zupfte auf einer Gitarre herum. »Eine *Deerbridge Dreadnought!* So fängt der Tag doch richtig gut an!«

»Und ich überlasse sie ihm für fünfhundert!«, rief der struppige Cowboy aufgekratzt.

Herbie schob sich zwischen den Leuten durch und beugte sich zu Teddy hinunter. »Sag mal, wolltest du nicht erst mal ein bisschen in der Deckung bleiben?«, raunte er ihm ins Ohr.

»Das verstehst du nicht, Herbie, das sind meine Fans.« Dann fasste Teddy ihn am Handgelenk. »Sag mal, hast du noch was von der Kohle, die ich dir gegeben habe? Fünfhundert kriege ich nicht mehr zusammen, und das ist ein Super-Schnapp.« Er senkte seine Stimme noch mehr. »Das Prachtstück ist gut und gerne das Vierfache wert.«

Herbie schüttelte den Kopf. »Bedaure, für den Rest müssen wir tanken, wenn wir denn irgendwann mal hier aus diesem Trubel rauskommen.«

»Für mich?«, fragte Teddy und zeigte auf das Pappschälchen in Herbies Hand. Herbie wog es nachdenklich hin und her, und noch bevor er sich entschieden hatte, hatte Teddy sich bereits die Wurst gegrabscht und gierig hineingebissen.

»Ich dachte, du schläfst noch, und als ich vom Klo kam …«, sagte Herbie matt.

»Vom Klo? Wieso benutzt du nicht das im Camper?«

»Das ist gestrichen voll mit Dessous.«

»Quatsch. Habe ich doch heute Nacht freigeräumt, als du …« Teddy machte eine schwungvolle Handbewegung aus dem Mund heraus in die Tiefe.

Herbie stieg in den Wagen. »Und wo ist die Wäsche?«

»Hast du doch drauf geschlafen.«

Tatsächlich war im Halbdunkel ein unförmiger Wäscheberg auf dem Boden auszumachen. Teddy deutete auf Herbies Wange. »Du hast ja sogar noch die Abdrücke von den Clips im Gesicht.« Dann begann er, in den Dessous zu kramen. »Ich hab das was gefunden, heute Nacht, während du …«

»Jaja, schon gut.«

Triumphierend hielt Teddy ein unförmiges, schwarzes Ding aus Stoff in die Höhe.

Ein Nonnenschlüpfer?

Herbie griff danach. »Eine Baskenmütze?«

»*Die* Baskenmütze!« Teddy nickte stolz. »Ich habe darüber nachgedacht, wie sie wohl zwischen die anderen Sachen geraten ist, und mir fällt nur eine Erklärung ein: Der Mann muss sie am Hintereingang verloren haben, und ich habe sie zusammen mit den anderen Wäschestücken, die mir zwischendurch runtergefallen sind, aufgehoben und in das Wohnmobil getragen.«

Und der arme Greis hat sich vor lauter Gram über den Verlust ins Schaufenster gelegt, um zu sterben.

Nachdenklich wendete Herbie die Mütze in seinen Händen. Er entdeckte ein paar weiße Haare. Was Teddy sich da zusammensponn, war durchaus möglich. »Was hat dir der Alte gesagt, als du ihn fast angefahren hast?«

»Er sucht seine Hildegard. Und dass ich treu bleiben soll.«

»Bleib treu!«, rief Herbie triumphierend. »Bleib treu!«

»Sag ich ja.«

»Nein, Bleibtreu! Es ist ein Nachname! Bis vor Kurzem wohnte eine Frau in einer der beiden Mietwohnungen über dem Dessous-Laden! Und die hieß ...«

»Hildegard!«

»Nein, Bleibtreu! Eveline Bleibtreu!«

Herbie versuchte sich an die alleinstehende Frau mittleren Alters zu erinnern, der er ab und zu in Bad Münstereifel begegnet war. Auch im *Café T*, kein Wunder, hatte sie doch jahrelang schräg gegenüber gewohnt. Eine unauffällige, kleine Frau mit einer Brille und braunem Haar, das sie meistens zu einem Knoten hochgesteckt hatte. Lässige Kleidung, leicht abwesender Blick.

War es das? War der Alte auf der Suche nach Eveline Bleibtreu gewesen? Ein verwirrter, alter Mann, ohne Ausweispapiere? Eveline Bleibtreu ...

Julius räusperte sich und suchte Blickkontakt. *Was beschäftigt dich denn so? Hast du immer noch Angst, dass deine Tante dich vierteilt, oder hat dich schon wieder diese krankhafte Neugier gepackt?*

Krankhafte Neugier? Er? Zu gerne hätte er etwas erwidert. Julius hatte wirklich einen Knall. Obwohl ...

Seine Gedanken kreisten schon wieder um Eveline Bleibtreu. »Köbes! Als sie ihr Auto kaputt hatte, habe ich ihr mal die Adresse von Köbes gegeben!«, fiel es ihm ein.

Ein Fehler, den sie dir vermutlich nie verzeihen wird.

Hatte er nicht erst kürzlich ihr Auto bei Köbes stehen sehen? Ein kleiner Kastenwagen in Violett oder so ähnlich, mit ihrer Firmenwerbung drauf. Was hatte da noch gestanden? Es wollte ihm partout nicht einfallen.

»Hör mal, Herbie.« Teddy fasste ihn am Arm. »Ich weiß, ich nehme die Dinge manchmal zu leicht. *Hey, buddy,* so bin ich nun mal. Das mit vorgestern Abend tut mir total leid. Ich hab dich da mit reingezogen, aber das wollte ich ehrlich nicht. Ich wollte nur Doreen eins auswischen, und jetzt ist da diese ganze Scheiße mit dem Alten … Ich schwöre dir, dass ich damit nichts zu tun habe! Pass mal auf. Du scheinst mir doch ein helles Köpfchen zu sein. Wenn Doreen richtig in Rage ist, dann hab ich im Nu die Bullen am Hals. Das kann meinem Image echt schaden. Wenn du eine Idee hast, wie man denen verklickern kann, dass das alles wirklich nur ein total blöder Unfall war, dann …« Er legte Herbie mit dramatischer Geste eine Hand auf die Schulter. »Der Teddy ist sehr, sehr dankbar, das wirst du schon sehen!« Er fischte einen Fünfziger aus irgendeiner Falte seiner Lederjacke und schob ihn in Herbies Brusttasche.

Herbie nickte nachdenklich. Es war nicht das Geld, es war nicht der Wunsch, Teddy Marco zu helfen. Jedenfalls nicht ausschließlich. Julius hatte im Grunde genommen doch recht. Eigentlich wüsste er schon ganz gerne, was sich zugetragen hat und warum jemand tot im Schaufenster herumgelegen hatte.

Vor dem Wohnmobil begannen jetzt die Leute zu klatschen und zu johlen.

»Hör mal, Kumpel, ich schätze, ich muss langsam wieder raus«, sagte Teddy. »Du hilfst mir doch, oder?«

Herbie nickte. »Klar, klar, geh du zu deinen Fans. Ich habe was Wichtiges zu erledigen« Er fasste Teddy am Ärmel der Lederjacke und blickte ihm tief in die Augen. »Hör zu, ich bin in spätestens zwei Stunden wieder zurück. Du rührst dich bitte in der Zwischenzeit nicht von der Stelle.«

Teddy nickte eifrig und reckte den Daumen empor. »*No problem,* Kumpel. Ich halte hier die Stellung. Guck mal die Kleine dahinten mit der gepiercten Nase.«

Nicht nur die Nase der jungen Frau war gepierct. Auch in den Ohren und im Bauchnabel gab es allerlei Metall zu bestaunen. »Die steht voll auf meine Musik. Mit der frühstücke ich gleich gepflegt eine Currywurst!«

Herbie seufzte und stiefelte los.

Im Hintergrund hörte er noch: »Und jetzt singt Teddy Marco für euch eure Lieblingshits! Was wollt ihr hören?«

»Ringadingdong, Ringadingdong!«, riefen die Fans und klatschten rhythmisch.

Ein Trödelmarkt-Bummel. Wie fein! Julius klatschte vergnügt in die Hände. *Womit sollen wir denn die Tristesse aus deiner faden Junggesellen-Bleibe vertreiben? Mit dem zeitlos hässlichen Saftservice da vorne? Oder mit der ausgefransten Makramee-Hängeampel? Oder wie wäre es mit ein paar von diesen putzigen Porzellanfigürchen, deren einziger Daseinszweck es zu sein scheint, dass sie ihr ganzes Leben lang auf dem einen Flohmarkt gekauft und auf dem nächsten dann wieder verkauft werden?*

Aber Herbie wusste ganz genau, wonach er Ausschau hielt. Es hatte es vorhin auf dem Weg zur Toilette beiläufig wahrgenommen. »Ich suche etwas ganz

Bestimmtes, Julius. Und zwar …« Er ließ den Blick schweifen. »Das da!«

Das Fahrrad hatte seine besten Tage hinter sich. Eigentlich sogar seine besten Jahrzehnte. Und wenn man darüber sprach, dass es aus einem vergangenen Jahrhundert stammte, durfte man durchaus die Frage stellen, aus welchem. Aber immerhin waren die Reifen offenbar prall aufgepumpt, und die Kette war allem Anschein nach stramm gespannt.

»Was soll das kosten?«

»Das ist von meinem Opa.« Die dicke, junge Frau steckte in einem grellen Top und ebensolchen Leggings, die sie aussehen ließen wie das Michelin-Männchen.

»Und was soll es kosten?«

»Damit ist der dreißig Jahre lang jeden Tag von Eiserfey zum Bergwerk nach Mechernich gefahren.«

»Und es kostet wie viel?«

»Da trenne ich mich eigentlich nicht gern von.«

»Okay, was müsste ich also bezahlen, um …«

»Man hängt ja doch dran.«

»Was kostet es?«, sagte Herbie eine Spur zu laut und einen Deut zu scharf.

Sie schwieg und musterte ihn feindselig. Herbie hatte das Gefühl, falsch reagiert zu haben, aber die Frau entschloss sich offenbar, ihm noch eine letzte Chance zu geben. »Was wollen Sie denn damit?«

»Sie werden es nicht glauben. Radfahren!«

»Man kann so alte Fahrräder auch unheimlich schön bepflanzen.«

»Mag sein, aber ich …«

»Im Internet werden die ganz schön hoch gehandelt.«

»Was kostet es?«

»Mein Opa ist schon lange tot, aber meine Oma hat gesagt, ich soll es nicht unter Wert verkaufen.«

»Sagen Sie mir doch bitte …«

»Sonst bepflanzt sie es nämlich lieber selber.«

Herbie ließ ermattet den Kopf auf die Brust sinken und winkte ab. Dann wandte er sich resigniert um und machte drei sehr langsame Schritte vom Stand weg.

Genialer Schachzug, mein Bester. Julius reckte den Daumen in die Höhe. *So machen es die Profis!*

Und tatsächlich ertönte im nächsten Moment ein gequältes: »Ich hatte mal so an hundertzwanzig gedacht.«

Da muss der Opa aber noch mit drin sein!

Bei sechzig Euro wurden sie schließlich handelseinig.

Herbie händigte ihr ein paar Geldscheine aus. Die Visitenkarte der unternehmungslustigen Annette vom Straßenverkehrsamt war auch darunter.

Während er wenig später seine unablässig klappernde und scheppernde Neuerwerbung zwischen den Menschenmassen hindurchschob, erläuterte er Julius seinen Plan: »Ich schätze, ich brauche mit dem Ding ein knappes Stündchen bis nach Zingsheim. Und da werde ich Köbes mal ordentlich auf den Zahn fühlen. Entweder er tackert vor meinen Augen die Bremsbeläge an mein Auto dran, oder er leiht mir einen ordentlichen fahrbaren Untersatz. Und vor allem kann er mir vielleicht mit der aktuellen Adresse seiner Kundin Eveline Bleibtreu weiterhelfen. Na komm, Julius, wir machen eine Radtour!«

Du schnüffelst also wieder. Julius sagte das so, als handelte es sich um eine harte Droge.

»Überrascht dich das?«

10. Kapitel

Es hätte eine gemütliche Fahrt durchs grüne Idyll sein können. Der Himmel war kitschig blau, die Sonne machte keine Pause, und die Strecke führte durch das verträumte Urfttal, vorbei am Blankenheimer Bahnhof und durch Nettersheim. Vom alten Kloster führte der Weg bergauf nach Zingsheim.

Wenn Herbie von einer Sache noch mehr genervt war als von den fröhlich winkenden Radfahrern, die ihm entgegenkamen oder ihn mühelos mit hoher Geschwindigkeit überholten, war es das Juchzen und Jubilieren von Julius, der auf dem Gepäckträger saß und das Ganze als großen Spaß betrachtete. Herbie vermied es während der ganzen Fahrt, nach hinten zu gucken.

Du kommst ja gar nicht richtig in Schwung, mein Bester. Das alte Drahtgestell ist anscheinend ein kleiner Verwandter des rostigen Wohnmobils. Ein Saurier aus der Gattung der Bicyclops Rosticus.

Als Herbie sich dem Anwesen von Köbes am Rande von Zingsheim näherte, hatte er das Gefühl, mindestens einer seiner beiden Lungenflügel hänge ihm aus dem Hals. Seit mehreren Kilometern malte er sich den Horror des bevorstehenden Muskelkaters aus.

Das mit dem Gelben Trikot wird aber nichts, alter Freund.

Schon von Weitem waren die unzähligen Schrottfahrzeuge zu erkennen, die der Autoschrauber im Laufe der Jahre aufgegeben und der gierigen Urkraft der Wildnis überlassen hatte. Gestrüpp und Schlingpflanzen ergriffen nach und nach Besitz von ihnen und ließen sie Stück für Stück mit der Natur verschmelzen.

Etwas war anders. Keine martialische Filmmusik dröhnte durch sämtliche Winkel des ehemaligen Bauernhofs, wie es sonst üblich war. Nur von irgendwo her kam leise Harfenmusik. Es klang ungewöhnlich friedvoll.

Sein Freund Köbes schob gerade eine Schubkarre über den Hof und war äußerst überrascht, Herbie zu sehen.

»Ein Fahrrad? Wozu das denn?«

»Ich will es bepflanzen«, knurrte Herbie.

»He, wo ist denn mein Wohnmobil?«

»Sag mir erst, was mit meinem Auto ist.«

»Aber ich habe dir doch gesagt, dass ich damit noch nicht ganz fertig bin.«

»Es sind doch nur die Bremsbeläge, richtig?«, sagte Herbie und versuchte verzweifelt, den Ständer des Fahrrads mit dem Fuß auszuklappen, was misslang.

»Ja, und dann noch … also … ja, insgesamt sind es …«

»Jetzt tu nicht so, als wäre mein Auto ein Krebspatient. Was noch?«

Köbes hob in einer Geste völliger Sorglosigkeit die Hände. »Wie gesagt, wirklich nur die Bremsbeläge.«

»Das dauert aber verdammt lange für ein paar Bremsbeläge.« Herbie lehnte das Rad gegen die verbeulte Karosserie eines alten Opel.

Tu das nicht. Es rostet sicher ganz schnell fest.

»Aber du hast doch solange mein Wohnmobil, mit dem ...«, fuhr Köbes fort.

»Kein Wort mehr von deinem Wohnmobil. Damit durch die Eifel zu kutschieren, ist ungefähr so, als würde ich versuchen, die Schwarzmeerflotte über die Ahr zu navigieren.«

»Ist doch schön. Bisschen Abenteuer.«

»Von wegen.« Herbie machte ein paar Schritte mal in die eine und mal in die andere Richtung und schickte suchende Blicke umher. »Wo ist es?«

»Hör zu, Herbie, lass uns einen Kaffee trinken, und ich erklär dir alles.«

»Was?« Herbie fixierte ihn mit einem prüfenden Blick. »Was willst du mir erklären?«

Köbes ging auf die Haustür zu und lud Herbie mit einer winkenden Geste, ihm zu folgen. »Es ist wegen Ulrike.«

In diesem Augenblick ertönte ein lautes Muhen. Es klang mehrstimmig.

»Ihr habt Kühe?«

»Zwei Stück. Wirklich tolle Tiere. Frische Milch und so. Ulrike will demnächst auch Käse machen. Sie sagt, sie hätte das mittlerweile so oft im Fernsehen gesehen, dass sie es jetzt selbst kann.«

Eine Kuh guckte träge um die Hausecke, dann verschwand ihr Kopf wieder.

Drinnen stellte Köbes zwei rissige Tassen auf den Tisch und schüttete Kaffee hinein, der schon seit mehreren Stunden in der Kaffeemaschine vor sich hin schmurgelte.

»Wonach riecht es hier?«

»Räucherwerk.«

»Für Schinken und Forellen und so?«

»Zur Entspannung und Reinigung.« Köbes hantierte im Küchenschrank herum. Dann wandte er sich zu Herbie um. »Weißt du, wir sind ja eigentlich nicht besonders religiös«, holte er mit konzentriertem Blick zu einer weitschweifigen Erklärung aus. »Also nicht mit Tischgebet und Sonntagsmesse und all so was.«

Herbie betrachtete den zersplitterten Tassenrand und überlegte, wo er trinken konnte, ohne sich die Lippen aufzureißen.

»Eigentlich war es Ulrike, die plötzlich gespürt hat, dass da noch etwas anderes ist, was unsere Geschicke lenkt, was uns inspiriert und befeuert.«

Schnaps. Julius betrachtete die vielen Flaschen im alten Küchenregal. *Mit den unterschiedlichsten Umdrehungsfrequenzen. Größtenteils im hochtourigen Bereich.*

»Wir haben zu Gott gefunden. Also zuerst war es Ulrike.«

Herbie betrachtete seinen Freund skeptisch. Ulrike war bekannt dafür, dass sie immer wieder neue Wege fand, ihre Beziehung mit Köbes durch die ein oder andere ordentliche Krise zu peitschen. Meistens waren es andere Männer und diesmal also … Gott.

»Wie bitte?«

»Ja, und sie hat mir dann auch die Augen geöffnet. Und wenn ich jetzt von Religion und Gott und so spreche, dann meine ich eigentlich nicht nur Gott und Religion, sondern …« Er suchte nach den richtigen Worten.

Das wird eine Predigt! Pass auf, gleich kommt er mit dem Klingelbeutel!

»Allah, Buddha, Moschee, Tempel … Das sind ja nur Namen. Begriffe. Platzhalter! Nimm doch mal das Fegefeuer und die ewige Verdammnis.«

»Damit kenne ich mich aus. Ich habe Tante Hettie.«

Also, wie undankbar du bist!

Köbes ging nicht auf seinen Einwurf ein. »Ulrike hat erkannt, dass … also wir haben erkannt, dass in jeder Religion etwas sehr Wichtiges drinsteckt. Oft sind es nur winzige Bestandteile, die …«

»Köbes, was willst du mir sagen?« Herbie schmatzte leise. Der Kaffee schmeckte erstaunlich gut. Nur nicht nach Kaffee. Aber wonach?

»Nimm doch nur mal beispielsweise zehn verschiedene 2000-Teile-Puzzles.« Köbes klemmte sich den Stuhl zwischen die Beine, beugte den Oberkörper über die Rückenlehne und begann, wild zu gestikulieren. »Die zeigen unterschiedliche Motive. Neuschwanstein … Bernhardinerwelpen … David Hasselhoff …«

»Ich habe noch nie ein Puzzle von David Hasselhoff ge…«

»Egal. Es ist ja nur ein Beispiel! Wenn du jetzt ein Puzzleteil nimmst, kannst du es in ein anderes Puzzle einsetzen. Das klappt! Die sind genormt! Das klemmt manchmal ein bisschen, aber es geht! Und dann nimmst du aus dem anderen Puzzle ein Teilchen und baust es bei wieder einem anderen Puzzle ein. Und du bekommst am Ende viele bunte, quirlige, fröhliche 2000-Teile-Puzzles …«

… auf denen nichts weiter zu erkennen ist als zusammengefrickelter Mumpitz! Während der ganzen Zeit war Julius' Kichern lauter und lauter geworden.

»Und mit den Religionen ist es ganz genauso! Buddhismus, Judentum, Islam … Ulrike und ich suchen uns jeweils das Allerbeste aus!«

»Köbes, sag mir sofort, was mit meinem Auto los ist!«

Sein Gegenüber spreizte die Finger und begann aufzuzählen. »Wir hatten vor ein paar Tagen abnehmenden Mond, das ist dir wahrscheinlich gar nicht aufgefallen, oder? Da soll man beispielsweise keine Erbsen pflanzen oder Haare schneiden.«

»Lass mich raten: und keine Bremsbeläge erneuern.«

Köbes nickte. »Genauso ist es. Das ist uraltes Wissen der Naturreligionen! Und als dann Neumond war und ich gerade die Räder abmontiert hatte, begann ganz plötzlich der Sabbat.« Herbies Versuch, empört etwas einzuwerfen, wischte Köbes mit einer Handbewegung zur Seite. »Der ging dann bis gestern Abend. Und heute ist ja nun mal Sonntag. Na ja, und dass am Sonntag nicht geschraubt werden darf, das weißt du ja als guter Christ selber.«

»Oh, ich mache da schon mal Ausnahmen. Zum Beispiel schlage ich ab und zu jemandem sonntags den Schädel ein.«

»Jetzt werd nicht ungeduldig. Dein Auto ist als Nächstes dran, versprochen!«

»Also morgen?«

Köbes brummelte etwas Unverständliches und räumte seine Tasse in den alten Spülstein.

»Wenn ich morgen meinen Volvo nicht zurückhabe, nehme ich mir einen Leihwagen, mein Freund. Auf deine Kosten! Was ist das eigentlich für ein Kaffee?«

»Eicheln, Bucheckern, Löwenzahnwurzeln und noch ein paar andere Zutaten. Kultgetränk einer kleinen Religionsgemeinschaft aus dem Emmental.«

»Schmeckt irgendwie würzig.«

Köbes strahlte. »Das macht der Kuhdung.«

Herbie sah ihn entgeistert an. »Du spinnst, Köbes. Du spinnst total.«

Köbes guckte beleidigt. »Wer von uns beiden hat denn einen neben sich gehen? Du oder ich?«

Da ist was dran.

»Na ja, kann mir ja auch egal sein.« Herbie erhob sich. »Herzlichen Glückwunsch zur Erleuchtung.«

Köbes guckte auf die Uhr. »So, ich muss jetzt auch. Ulrike kommt gleich zurück. Dann beten wir gen Mekka. Übrigens, lass bitte die Finger von Ulrikes Klangschalen. Die sind im Schrank vom Camper.«

Herbie warf rasch einen Blick zu Julius hinüber. Sie erinnerten sich beide an Teddy Marcos Frühstück.

Im Hinausgehen sagte Herbie: »Da fällt mir ein: Ich hatte dir doch mal eine Kundin verschafft. Eveline Bleibtreu aus Bad Münstereifel. Die wohnte bis vor Kurzem im Haus meiner Tante am Werthertor.«

»Die Eveline, ja, was ist mit der?«

»Hast du eine Ahnung, wo die hingezogen ist?«

»Ja, klar. Die hat ein Haus in Ohlerath gekauft. Am Ortsrand, hat sie mir erzählt. Die wollte ins Grüne. Mit ihrer alten Mutter zusammen. Ab und zu kommt sie mit ihrem kleinen Firmenwagen her.«

»Aber natürlich nur in der richtigen Mondphase.«

»Mach dich nicht lustig.«

Als sie vor der Haustür standen, sagte Herbie: »Also abgemacht: Morgen sind meine Bremsbeläge dran.«

Köbes wand sich hin und her.

»Was denn, Herrgott noch mal?«

In diesem Moment blökte wieder die Kuh.

Herbie steuerte die Hausecke an, von der der Laut kam. Dahinter lag der Eingang zu Köbes' Werkstatt. Als er diese erreicht hatte, traute er seinen Augen nicht. Zwei massige, weißbraun gescheckte Kühe hatten es sich in der schattigen kleinen Halle bequem gemacht. Die eine lag an die Fahrertür von Herbies altem Volvo gelehnt, die andere ruhte offenbar auf einem Bett aus Reifen.

»Brahma und Vishnu. Sie wechseln sich regelrecht ab. Immer ist mindestens eine von beiden hier und macht es sich gemütlich«, erklärte Köbes hinter Herbies Rücken. »Sie mögen dein Auto. Es scheint ein gutes Karma zu haben.«

»Die Kuh beult mir die Tür ein!«

»Ich weiß, aber das kriege ich wieder raus … irgendwann. Sie lieben diesen Platz nun mal. Deshalb kann ich dir ja auch nicht versprechen, dass ich morgen …«

»Scheuch sie weg, verdammt noch mal!«

Köbes sah ihn bestürzt an. »Na hör mal, Herbie. Die sind doch heilig!«

11. Kapitel

Dass nach der halben Strecke zurück nach Schmidtheim ein Gewitter losbrach, hatte er nicht ahnen können. Nein, er hätte es wissen müssen.

Julius tröstete ihn vom Gepäckträger aus: *Es hätte schlimmer kommen können. Die Alternative wäre Schnee.*

Triefend nass rollte Herbie schließlich auf dem großen Parkplatz aus, auf dem sich die Reihen der Verkaufsstände stark gelichtet hatten.

Die Musik tönte ihm schon Weitem durch den prasselnden Regen entgegen.

Teddy Marco hatte in der großen Fabrikhalle, die, wie Herbie jetzt erkannte, ebenfalls voller Trödel stand, seine Fans um sich geschart und schrammelte auf einer Gitarre herum.

Von all den Blüten, die der Sommer uns gebracht,
streicht süß der Duft durch uns're heiße Liebesnacht!
Öffne dein Herz und schließe deine Augen zu.
Denn meine Rose ohne Dornen bist nur du!

Julius kicherte enthemmt. *Au Jungejunge, solche Texte kriege ich auch noch hin: Wenn still der Mond am schwarzen Sommerhimmel hängt, dann hab ich immer nur an dich allein gedenkt!*

Herbie schob sein Rad zwischen den klatschenden und singenden Menschen hindurch und näherte sich der improvisierten, kleinen Bühne, die man in Form von ein paar Europaletten zusammengeschoben hatte. Dass erstaunlich viele der Zuhörerinnen Frauenunterwäsche in den Händen hielten, während sie lautstark mitgröhlten, machte ihn stutzig.

Als Teddy ihn sah, unterbrach er abrupt seinen Gesang, legte die Gitarre weg und zog ihn hinter eine Siebziger-Jahre Schrankwand in Eiche brutal.

»Und? Gibt es Neuigkeiten?«

»Wieso haben die Frauen alle Slips und BHs in den Händen?«

Teddy strahlte übers ganze Gesicht. »Die *Deerbridge Dreadnought!* Ich hab die Gitarre gekauft! Dank Slips und BHs – das Ensemble für fünf Euro!«

»Wie bitte? Das Zeug ist gut und gerne das Zehnfache wert!«

»Egal. Ging ruckzuck, und ich hatte die Fünfhundert zusammen. Die haben mir die Fetzen regelrecht aus den Händen gerissen. Ein paar von denen haben sogar das Wohnmobil zum Anprobieren genutzt.« Er grinste lüstern.

Herbie seufzte matt und sagte: »Ich habe den aktuellen Wohnort von Eveline Bleibtreu.«

»Na super! Ob sie uns weiterhelfen kann?«

»Werden wir sehen. Müssen wir nicht langsam los?«

Teddy blickte auf seine fette, goldene Uhr. »Ist zwar noch ein bisschen, aber kann nicht schaden, ein paar Minütchen früher loszufahren. Wie lange brauchen wir bis nach Adenau?«

»Kommt drauf an, wie schnell wir diesen Camper hier rausbugsiert kriegen.«

»Was ist mit deinem Volvo?«

»Frag nicht. Der Heilige Geist ist über meinen Monteur gekommen, und er ist jetzt Bruder Osram, der Erleuchtete. Wir sollten besser nicht auf eine schnelle Reparatur hoffen.«

Sie gingen wieder nach vorne, und mit erhobenen Armen wandte sich Teddy an seine Zuhörer: »*Hey, people!* Liebe Leute, euer Teddy muss jetzt leider weiter! Es war schön mit euch. Die Fans in Adenau warten schon voller Sehnsucht auf mich, ich muss los! Und, *Ladies*, denkt dran, jedes Mal, wenn diese scharfe Unterwäsche sich ab jetzt an eure Körper schmiegt, wird es so sein, als wären es die sinnlichen Hände von Teddy Marco!«

Schrille Pfiffe und frenetisches Jubeln erfüllten die Luft.

»Und zum Abschied gibt es jetzt noch *Taifun!*«

»Yeah, *Taifun!*« Die Leute brachen in frenetischen Jubel aus. »*Taifun! Taifun! Taifun!*«

Du bist ein Taifun!
Was soll ich nur tun?
Du hast mein Herz im Sturm genommen!

Hier stehe ich nun,
kann nie wieder ruh'n.
Bin in das Auge des Sturms gekommen!

»Was soll das olle Ding kosten?«, fragte die dürre Sechzigjährige mit dem strähnigen, teerschwarzen Haar neben Herbie. Sie strengte sich an, mit ihrer Stimme den allgemeinen Gesang zu übertönen, und zeigte auf das Fahrrad.

»Sechzig«, sagte Herbie halbherzig.

»Ich gebe Ihnen zehn.«

Bei fünfzehn wurden sie schließlich handelseinig, und sie nahm das Rad entgegen. »Ich will es bepflanzen«, sagte sie noch im Weggehen.

Herbie betrachtete seufzend die Geldscheine, die er von ihr bekommen hatte, und sah, dass er nun auch wieder über die Telefonnummer von Annette verfügte, die sich mit Verkehr auskannte.

* * *

Etwa eine Stunde später setzte Teddy Marco die Bierflasche ab und rülpste mehr, als er sagte: »Diese durchtriebene Schlampe! Ich fass es einfach nicht! Wie kann die nur, diese …«

»Du konntest nun wirklich nicht erwarten, dass sie dich einfach so ziehen lässt, mit ihren ganzen Schlüpfern.« Herbie betrachtete ihn und empfand fast so etwas wie Mitleid für seinen Fahrgast.

Der Knabe scheint mir ziemlich durch den Wind zu sein.

Als sie kurz zuvor in Adenau angekommen waren, hatten die Veranstalter Teddy mit großen Augen angeguckt, als käme er mit einem Direktflug vom Mond.

»Aber Sie sind doch auf Malle«, hatte der kleine, dicke Mann von der Stadtverwaltung gesagt. »Und in der

E-Mail von Ihrem Management stand drin, dass sie keine Lust mehr haben, in jedem verschissenen Eifelkaff aufzutreten. Wörtlich.«

Im Hintergrund war die Eifeler Rockband Wibbelstetz gerade dabei gewesen, die Instrumente aufzubauen. Deren Plakate waren bereits über die von Teddy geklebt worden. Julius hatte mit auf den Rücken gelegten Armen davorgestanden und sie mit einem vielsagenden Grinsen inspiziert.

»Passen Sie mal auf, wir können alle von Glück sagen, dass die Jungs so schnell zur Stelle waren. Auf die Jungs ist wenigstens Verlass! Heute Abend wird keiner einen Teddy Marco vermissen«, hatte der Mann von der Stadt gehässig gesagt. »Und das mit der Konventionalstrafe behalten wir uns übrigens auch noch vor.«

Teddy hatte mit Händen und Füßen versucht zu erklären, dass das alles nur ein einziges, großes Missverständnis sei, aber der Mann hatte ihm mit grimmigem Blick die ausgedruckte E-Mail vor die Nase gehalten, die er, vierfach gefaltet, in seiner Brusttasche mit sich trug, um sie jedermann zu zeigen.

»In unserem verschissenen Kaff brauchen Sie sich auf jeden Fall nicht mehr blicken zu lassen.«

Pfiffe und Pöbeleien hatten sie auf ihrem Weg zurück zum Wohnmobil begleitet.

Erleben wir hier gerade das Ende einer großen Künstlerkarriere? Sind wir etwa live dabei, wenn ein strahlender Stern am Show-Himmel verglüht?

Herbie musste insgeheim zugeben, dass es ihm gefiel, wie der Spott seines Freundes Julius mal jemand anderen traf als ihn.

Ihr Abgang in Adenau kam einem veritablen Waterloo gleich. Teddy hatte die Hände tief in den Taschen seiner orangefarbenen Lederjacke vergraben.

Und jetzt hockten sie auf einem Parkplatz an der Ahr auf dem Boden – mit dem Rücken an das Wohnmobil gelehnt – und tranken Bier, das Herbie an der Tanke in Leimbach gekauft hatte. Sie hatten im Wandschrank einen kleinen Teppich gefunden, den sie an der Seite des Gefährts ausgerollt hatten.

Hm, mal schauen. Wo ist denn jetzt Mekka?, hatte Julius gefragt. *Und vor allem, was passiert, wenn du in die falsche Richtung betest? Kommt dann der IS mit dem Sprengstoffgürtel?*

»Einen Manager hab ich schon seit vier Jahren nicht mehr. Der Typ war der Totalversager, der wusste ja bis zum Schluss nicht, was für ein Rennpferd er da mit mir im Stall stehen hatte. Und damit das nicht so unprofessionell aussieht, hab ich ein eigenes E-Mail-Konto mit Doreens Namen eingerichtet. Doreen Blumberger, Entertainment and more – klingt doch gut, oder?«

Herbie nickte halbherzig.

»Und jetzt geht diese linke Ratte hin und macht mir meine Auftritte kaputt!«

»Ihr werdet reden müssen.«

»Einen Scheiß muss ich!« Teddy trank seine Flasche leer. »Morgen früh telefoniere ich die nächsten Auftritte ab und mache alles klar. Fehlt noch, dass die alle auf diese Kuh reinfallen. Dann kann ich mich bald nirgendwo mehr blicken lassen.«

»Apropos blicken lassen …« Herbie holte sein Handy hervor und spielte eine Nachricht ab, die Tante Hettie ihm auf die Mailbox gekeift hatte: »Zum Teufel, wo steckst du?

Die Polizei war bei mir, Herbert Feldmann! Sie haben etwas von einem Wohnmobil geredet, und ich habe gesagt: Meinen Sie etwa diesen großen, schäbigen Klotz bereiften Schrotts, mit dem mein Neffe unterwegs ist? Und wer bitteschön ist Daddy Markus? Wenn du dich nicht umgehend bei mir meldest, werde ich … werde ich …« Piep.

Ja, was wird sie denn, die gute Tante?

»Ja, was wird sie denn?«, fragte auch Teddy.

»Sie wird schon irgendwas«, seufzte Herbie. »Macht sie immer. Und das ist nie gut.«

Teddy hatte die Unterarme auf die Knie gelegt und ließ die Hände baumeln. Sein Kopf war auf die Brust gesunken, und er grunzte mit einem Mal vergnügt in sich hinein. »Daddy Markus … Auch ein geiler Künstlername.« Er wandte den Blick zu Herbie. »Zur Auswahl standen damals Renato Piazza, Johnnie Firestone und Maurice Tropez.«

»Ich finde, da ist Teddy Marco gar keine schlechte Wahl. Wie heißt du eigentlich wirklich?«

»Hans-Dieter Reufsteck.«

Julius prustete laut los, und Herbie kniff die Lippen zusammen, um es ihm nicht gleichzutun. »Und wolltest du schon immer Schlagersänger werden?«

»Ich war mitten in der Metzgerlehre in Hürth-Efferen, als dieser Typ mich mal auf einer Geburtstagsfeier singen gehört hat. Erik Silvester. Ein alter Schlagersänger mit 'ner Villa im Hahnwald, der später nur noch gemanagt hat. Und der fand, ich könnte was.«

»Kannst du ja auch«, sagte Herbie. Es kostete ihn ein wenig Überwindung, aber er hatte das Gefühl, Teddy brauche ein wenig moralische Unterstützung.

Ihr seid wirklich drollig, ihr zwei. Ritzt ihr jetzt auch ein bisschen an euch rum und schließt Blutsbrüderschaft? Häuptling weicher Keks und Häuptling singende Säge!

»Weißt du, ich hab ja schon viel Scheiß gebaut«, sagte Teddy leise. »Aber die Polizei hat noch nie nach mir gesucht. Kriegen wir das wieder hin? Hilfst du mir?«

Herbie nickte. »Ich denke, wir müssen mit Eveline Bleibtreu reden. Lass mal sehen …« Er guckte auf die Uhr und erhob sich. »Es ist jetzt halb acht. Wir sind hier in der Nähe von Schuld. Wenn wir noch ein kleines Stückchen weiterfahren, geht rechts die Straße in Richtung Münstereifel ab. Und dann sind wir schon fast in Ohlerath.« Als er Teddys fragenden Gesichtsausdruck registrierte, ergänzte er: »Da wohnt die nämlich seit Neuestem mit ihrer Mutter.«

Teddy rappelte sich ebenfalls mühsam auf. »Wenn du meinst, das nützt was. Obwohl ich ja finde, dass wir mit der Frau nichts zu schaffen haben.«

»Soll ich dir nun helfen oder nicht?«

»Ich mein ja nur.«

»Fragen kostet nichts. Immerhin hat dieser Alte ihren Namen genannt und ist in das Haus eingedrungen, in dem sie bis vor ein paar Wochen gelebt hat.«

Ich bin gespannt, wonach du sie fragen willst. Nach der Uhrzeit vielleicht. Und ob du mal ihre Toilette benutzen darfst. Mehr fällt mir beim besten Willen nicht ein.

Julius hatte nicht ganz unrecht. Herbie stocherte im Trüben herum, aber das konnte er unmöglich zugeben. Teddy brauchte in seiner jetzigen Situation ein wenig Schützenhilfe.

Ihm fiel nur eines ein: »Wir zeigen ihr das Handyfoto, und wir fragen sie, ob sie den Mann schon mal gesehen hat.«

Genial! Aber mach es knallhart und kau dabei einen Kaugummi!

»Dann sag du mir doch, was ich fragen soll!«, entfuhr es Herbie.

Teddy sah ihn überrascht an. »Ist ja schon gut. Wir fahren zu der Tante hin, *no problem*.«

Sie kletterten durch die Beifahrertür in den Wagen, und Herbie warf den zusammengerollten Gebetsteppich nach hinten. Dann startete er, der Motor machte ein Geräusch wie zwei Tassen Kleingeld im Wäschetrockner, und sie fuhren los.

»Sieht die eigentlich gut aus?«, wollte Teddy nach einer Weile wissen. »Die Frau Bleibtreu? Und hat die einen, dem sie treu bleiben muss?«

Herbie quittierte diese Frage mit verkniffenen Mundwinkeln und einem Kopfschütteln. »Wird dir das eigentlich nicht manchmal zu viel?«

»Was denn?«

»Das mit den Frauen.«

Teddy blies die Luft aus den Backen. »Ach, die Weiber. Sagen wir mal so: Lieber fünf vor zwölf als keine nach eins.« Er lachte heiser.

Er tut ja geradezu so, als könnte er vor dem Frühstück ganz Luxemburg befruchten.

Sie bogen nach einer Weile links ab, und der Wagen quälte sich den Berg hinauf. Hohe Fichten säumten auf beiden Seiten die schmale Straße. Gott sei Dank kam ihnen niemand entgegen.

12. Kapitel

Ohlerath war eines von einer Handvoll kleiner Dörfer in der Mutscheid, einer Ortsgemeinde im Bergland zwischen Ahr und Münstereifel. Herbie hatte zunächst gedacht, es könne ja kein Problem darstellen, auf der Suche nach Frau Bleibtreus Haus die wenigen Sträßchen des Dorfs abzuklappern, aber nachdem er sechsmal umständlich gewendet, eine zum Glück leere Mülltonne umgefahren und beinahe ein kleines Dreirad ohne Kind plattgewalzt hatte, beschloss er, jemanden nach dem Weg zu fragen. Zwei Männer am Straßenrand, die sie mit unverhohlener Schadenfreude beim viermaligen Vorüberfahren und ein paar ungelenken Wendemanövern beobachtet hatten, folgten seinem Ruf und kamen betont langsam auf die halb heruntergelassene Seitenscheibe zugebummelt.

»Guten Abend, wissen Sie, wo Frau Bleibtreu wohnt?«

Die beiden guckten sich an und schoben beide ratlos die Unterlippe vor. »Bleibtreu?«

»Eveline Bleibtreu. Wohnt erst seit Kurzem hier mit ihrer Mutter.«

»Ach, die Neue«, sagte der eine und strich sich mit der flachen Hand über den prallen Bauch, der sich unter dem Feinrippunterhemd wölbte.

Er hatte gerade den Finger ausgestreckt, um zu einer Wegbeschreibung auszuholen, als der andere ihn anstieß und sagte: »Guck mal, da. Ist das nicht … Doch, das ist der doch.«

Wo Teddy nun schon einmal erkannt worden war, beugte er sich vor und grinste die beiden an.

»Ja klar«, sagte der Erste jetzt. »Das ist der wahrhaftig! Sie sind das doch, oder?«

»Ich bin das«, sagte Teddy Marco.

»Das kann doch nicht wahr sein! Das ist der!« Der Mann rief über die Schulter: »Liebchen, komm mal gucken, wer hier ist!«

Sein oder Nichtsein. Du wirst noch nie darüber nachgedacht haben, alter Freund, aber im Gegensatz zum absolut Größten, das sich als Ganzheit darstellt, kann das Kleinste nicht absolut sein, sonst wäre es das absolute Nichts.

Herbie warf einen strafenden Blick nach hinten zu Julius.

»Wie gesagt, wir suchen die Frau Bleibtreu«, setzte Herbie erneut an.

Das Liebchen des zweiten Mannes erschien, ein plärrendes Kind auf dem Arm. »Wer ist das denn?« Dann erkannte sie Teddy und bekam ihr Kind gar nicht schnell genug in die Arme ihres Mannes geworfen. »Teddy Marco!« Im Nu war sie an der Beifahrertür.

In der folgenden Viertelstunde erschienen weitere Dorfbewohner, und es wurden zerknitterte Poster, CDs und alte Vinyl-Schallplatten aus der umliegenden Nachbarschaft herbeigeholt. Teddy versah alles geduldig mit Autogrammen, während der ganzen Zeit gleichmütig lächelnd. Auch auf das Lätzchen des unablässig krakeelenden Säuglings musste er *Ringadingdong* und seinen Namen schreiben.

Bei seinem richtigen Namen müsste er auf der Windel weiterkritzeln.

Sie lehnten Getränke ab, und Teddy wehrte sich mit Müh und Not dagegen auszusteigen, um Selfies mit den Fans machen.

Und schließlich verriet man ihnen, dass das Haus, das sie suchten, gleich das übernächste auf der linken Seite war. Herbie hätte gerne vor Wut ins Lenkrad gebissen.

Sie fuhren wieder an und ließen die fröhlich winkende Schar zurück. Fünfzig Meter weiter hielten sie wieder am Straßenrand an und beeilten sich, aus dem Wagen zu kommen, bevor die Ohlerather sie wieder einfingen.

»Ich gehe hin und erkundige mich mal ein bisschen«, sagte Herbie und schickte sich schon an, über seinen Beifahrer hinüber zur Seitentür zu klettern, aber Teddy sagte leise flehend: »Nimm mich bitte mit.«

Oh, scheinbar hat Sexy Teddy für heute genug Kontakt zu seinen Fans gehabt.

»Na gut, vielleicht hilft uns ja dein Promi-Bonus ein bisschen.«

Teddys Gesicht hellte sich auf. »Der hilft immer!«

Die exakte Lage und die Ausmaße des Hauses konnte man nur erahnen. Es lag völlig hinter gewaltigen Hecken und Sträuchern verborgen. Vom schmiedeeisernen Tor konnte man nur einen Teil der Einfahrt, eine

Hausecke und den Wagen von Eveline Bleibtreu erkennen. Es war ein malvenfarbener Citroën Berlingo. Auf dem Kastenaufbau war in geschwungenen Folienlettern Frau Bleibtreus Firmenname zu lesen. Sie arbeitete unter dem klangvollen Titel *RaumGefühl – Planung und Gestaltung Ihrer LebensRäume.* Darunter stand immer noch die alte Adresse in Bad Münstereifel.

Wenn du den Mann mit der Klampfe darauf aufmerksam machst, hat er in Nullkommanix ein romantisches Liedchen daraus gemacht. Raum, Traum, Baum, Flaum, Schaum …

Teddy drückte auf Herbies Fingerzeig hin den Klingelknopf an der Ziegelsteinsäule rechts neben dem Tor. Sie hörten vom Haus her ein leises Läuten, aber nichts tat sich. Nach einer Weile wiederholte Teddy das Klingeln. Auch diesmal folgte keine Reaktion.

Das Haus war das letzte auf dieser Straße. Ab hier ging das Gelände bergab, und die Straße mündete in einen Feldweg, der weiter ins Tal hinunterführte. Sie folgten dem Bürgersteig entlang des Grundstücks bis zum Ende und sahen, dass weiter unterhalb ein staubiger Wirtschaftsweg abbog, der das Grundstück südlich begrenzte. Sie folgten ihm, in der Hoffnung, einen zweiten Eingang oder womöglich ein Gartentor zu finden. Auch hier standen die Sträucher so dicht, dass nur ganz selten ein Durchblick möglich war. Einmal konnten sie einen kleinen Teil des Hauses sehen. Ein nicht besonders attraktives, aber sehr großes Gebäude, das man wahrscheinlich in den Sechzigern in den Hang gebaut hatte. Im ersten Stock gab es ein riesiges Panoramafenster, von dem aus man sicher eine bemerkenswerte Aussicht hatte. Zur Rechten ging ihr Blick über das Tal und die umgebenden Berge und die Hügel der Mutscheid, über denen jetzt die Sonne zu versinken begann.

Tatsächlich gab es, fast völlig von Sträuchern verdeckt, ein kleines Gartentor. Dahinter führten ein paar Steinstufen in den Garten hinauf. Es war natürlich verschlossen.

Leise waren im Hintergrund Geräusche zu vernehmen. Ein Schaben, ein Klopfen … jemand schien im Garten zu arbeiten. Dann wurde geredet.

Und schließlich begann jemand anscheinend gut gelaunt zu pfeifen. Eine langsame, angenehme Melodie zur Begleitung einer befriedigenden Tätigkeit.

»Hallo!«, rief Herbie. »Frau Bleibtreu?« Er beugte sich ein wenig über das brusthohe Tor, was ihm aber auch keinen besseren Einblick in den Garten bescherte. Alles hier war durch das mehr als üppige Grün völlig abgeriegelt. »Frau Bleibtreu!«

Schließlich raschelte es im Gesträuch, und ein Kopf spähte um die Ecke. Herbie hatte Eveline Bleibtreu etwas jünger in Erinnerung, aber sie war es. Ihr Haar war hochgebunden, und ihre kleinen Augen zwinkerten die beiden unsicher durch die Brillengläser an.

»Ja, bitte?«

»Wir haben vorne geklingelt«, erklärte Herbie entschuldigend.

»Ach so. Wir sind im Garten, und da hört man die Türglocke kaum. Wie kann ich Ihnen helfen?« Es klang zögerlich, fast scheu. Sie warf verstohlen einen Blick auf ihre Armbanduhr.

»Wir kennen uns, Frau Bleibtreu«, sagte Herbie. »Bad Münstereifel. Alte Gasse …«

Jetzt huschte der Schimmer eines Erkennens über ihr blasses Gesicht. »Ach, sind Sie nicht der Verwandte von Frau Hellbrecht?« Sie lächelte befreit und zupfte an den Gartenhandschuhen herum, in denen ihre Hände steckten.

»Ganz genau. Herbert Feldmann. Ich habe Ihnen mal die Werkstatt meines Freundes in Zingsheim empfohlen.«

Ob das jetzt aber das richtige Entrée ist, wage ich zu bezweifeln.

»Oh ja, der Köbes. Schneller, prompter Mann, danke schön dafür. Das war nett von Ihnen.«

Noch nie hatte Herbie ein solches Höchstmaß an Verblüffung im Gesicht seines Begleiters Julius gesehen. Vermutlich war es ein Spiegelbild seines eigenen Gesichts.

»Das hier ist …« Herbie deutete auf Teddy Marco und ließ ihr genug Zeit, um selbst zu erkennen, welcher Glanz sich da anschickte, in ihre Hütte zu schneien.

Aber Eveline Bleibtreu musterte nur stirnrunzelnd den Mann mit der unmodischen Frisur und der unmöglichen Lederjacke und blickte wieder ratlos zu Herbie. »… ist?«

»… Teddy Marco«, vervollständigte Herbie den Satz.

»Aha. Guten Tag … nein, Guten *Abend*. Und wie kann ich Ihnen helfen? Gibt es noch etwas wegen der Wohnung? Ich habe mit Ihrer Tante doch alles abschließend geklärt, dachte ich eigentlich.« Sie merkte erst jetzt, dass sie vergessen hatte, ihm die Hand zu reichen, und holte das nach. Ihr Händedruck war nicht gerade fest, aber auch nicht so schwach, wie man es bei einer zierlichen Person wie ihr hätte erwarten können.

»Nein, alles bestens. Tante Hettie lässt schön grüßen. Da ist alles geregelt, denke ich«, log Herbie.

»Na ja, jetzt kann sie ja vielleicht doch an diese Outlet-Leuten verkaufen«, sagte Frau Bleibtreu mit einem schwer zu deutenden Unterton. »Die haben ja schließlich genug Geld geboten, wie ich gehört habe. Eine komische Sache, das alles mit diesen ganzen Klamottenläden und so. Mein Ding ist das nicht. Nun ja, jetzt ist das Haus ja leer, und dass das mit diesem Dessous-Zeugs im Erdgeschoss was wird, das weiß ich nicht so richtig. Also, was kann ich sonst für Sie tun?«

Herbie trat unbehaglich von einem Fuß auf den anderen. »Könnten wir das vielleicht drinnen besprechen? Also nicht gerade hier draußen, wo uns …«

»Ach so, Verzeihung, natürlich.« Sie öffnete das Tor. »Es ist alles noch sehr ungewohnt. Wir haben hier bisher noch so gut wie keinen Besuch empfangen, wissen Sie.« Sie ließ sie durch das Törchen eintreten, und als Herbie sich noch einmal umwandte, sah er, dass sie einen sorgfältig prüfenden Blick auf den Weg hinauswarf.

Dann folgte sie ihnen ein paar Steinstufen den Hang hinauf. »Es ist alles ganz schön verwildert hier. Dem Vorbesitzer scheint das alles ein bisschen über den Kopf gewachsen zu sein.«

In diesem Augenblick ertönte irgendwo im Hintergrund ein schepperndes Geräusch. Eveline Bleibtreu reckte den Hals und rief: »Mutter, lass doch die Geräte bitte liegen. Ich räume das gleich alles weg!«

»Ist das der Götz?«, kam eine brüchige Stimme.

»Nein, Mutter, der Götz ist schon wieder weg!« Dann wandte sie sich wieder ihrem Besuch zu.

»Ach, wie schade«, hörten sie noch.

Sie erreichten eine kleine Terrasse. Die Fliesen waren halb vom Moos überwuchert. »Ich würde Ihnen ja wirklich gerne etwas anbieten. Einen Sprudel oder eine Limo oder so, aber wir haben noch keine Gartenmöbel, und ins Haus kann ich Sie unmöglich hereinbitten. Da stehen noch Kisten rum. So ein Umzug aus zwei Wohnungen in ein Haus ist schon abenteuerlich. Wir sind einfach noch nicht auf Besuch eingerichtet.«

»Kann ich mir vorstellen«, sagte Teddy und stemmte die Hände in die Seiten. Er blickte sich auf dem Gelände um. Ein Gewächshaus, ein kleiner Teich, mehrere Obstbäume.

Etwas weiter hinten hantierte eine alte Frau mit einer Gießkanne herum.

»Meine Mutter wird das hier schon wieder auf Vordermann bringen. Sie ist eine Blumennärrin. Ihre Wohnung in Ahrweiler sah wirklich aus wie eine kleine Gärtnerei. Na ja, hier kann sie sich endlich austoben.« Sie drehte sich einmal im Kreis und hatte mädchenhaft die Arme ausgebreitet. »Aber Sie wollten mich noch was fragen.«

»Hm, ja, es ist ein wenig … heikel.« Herbie zückte sein Handy und wischte mit dem Zeigefinger über das Display. Als er fand, wonach er gesucht hatte, hielt er ihr das Foto des toten Mannes hin. »Kennen Sie diesen Mann?«

Sie betrachtete das Bild eine Weile mit halb offen stehendem Mund. »Nein, ich kenne ihn nicht.«

Gerade als Herbie anfing, sich zu wundern, warum sie nicht wenigstens fragte, was mit dem Mann sei, ob er nur schlafe oder ob er auf dem Bild bewusstlos oder sogar tot sei, fügte sie erklärend hinzu: »Heute Nachmittag war jemand von der Polizei hier. Man hat mich befragt, weil ich doch bis vor einem knappen Monat in dem Haus gewohnt habe, in dem offenbar genau dieser Mann in der letzten Nacht zu Tode gekommen ist.« Sie kaute auf der Unterlippe. »Deshalb bin ich mir auch so sicher, dass ich ihn noch nie gesehen habe.«

»Ganz sicher?«

Sie schüttelte demonstrativ den Kopf. »Nie gesehen.«

»Und Ihre Mutter auch nicht?«

»Meine Mutter schon gar nicht. Sie hat ja nie in Münstereifel gewohnt, sondern in Ahrweiler. Wir haben zusammen dieses Haus gekauft, wo ich mich in den nächsten Jahren besser um sie kümmern kann. Kennen *Sie* ihn denn?«

»Wie bitte?«

Ihr Blick ging zwischen Herbie und Teddy hin und her. »Ob Sie ihn kennen. Die Polizei hat offenbar überhaupt keine Ahnung, wer er ist und wo er herkommt. Das hat man mir wenigstens gesagt, obwohl ich ja nicht glaube, dass die alles so einfach mir nichts, dir nichts ausplaudern. Aber wenn Sie hierherkommen und mir diese Fragen stellen, da liegt doch die Frage nahe, ob Sie ihn kennen?«

Sie sah Teddy an. Zuerst musterte sie seine Lederjacke, und dann blickte sie ihm tief in die Augen.

»Ich?«, Teddys Stimmer wurde heiser.

»Sie beide.«

»Nein!«, kam es fast gleichzeitig.

Und ich, gnädige Frau, habe erst recht nichts damit zu tun. Genau genommen kenne ich diese beiden Gestalten überhaupt nicht. Sie sind mir bis hierher nachgelaufen. Julius klimperte unschuldig mit den Augen.

Zögernd fragte sie: »Darf ich Sie denn fragen, warum Sie das so sehr interessiert? Ich meine, wieso kommen Sie extra hierher, um mir diese Fragen zu stellen. Ich verstehe das nicht. Woher wissen Sie überhaupt, wo wir wohnen?« Es klang geradezu verschämt, so als hätte sie Angst, zu vorlaut zu sein.

»Nun ja, es ist so, dass dieser Mann, kurz bevor er dort verstorben ist, noch Ihren Namen genannt hat, Frau Bleibtreu«, sagte Herbie.

Du hörst dich wirklich wie einer dieser Fernsehkommissare an. Bei wem hast du's abgeguckt? Bei Derrick? Oder bei Columbo?

»Meinen Namen?«

Teddy nickte. »Er hat deutlich Frau Bleibtreu gesagt.«

»Aber ich dachte, Sie kennen ihn nicht.«

Na super, ihr Schmalspurschnüffler. Das geht aber jetzt nach hinten los.

Teddy blickte nervös zu Herbie hinüber.

Der versuchte, die Situation zu retten. »Was wir sagen wollen, ist: Wir haben gehört, dass er Ihren Namen gesagt haben soll.«

»Von wem?« Ihr Blick war der eines naiven Mädchens, dem ein verklemmtes Elternpaar versucht, die Wahrheit über den Klapperstorch beizubringen.

»Von … jemandem.«

»Wir können unsere Informanten nicht …«

»Aber Sie sind doch gar nicht von der Polizei!« Jetzt mischte sich ein verärgerter Unterton in ihre Stimme.

»Hören Sie, ich finde das wirklich nicht nett, mich hier um diese Uhrzeit zu behelligen. Es scheint mir fast so, als wüssten Sie mehr über den armen Mann, als Sie mir glauben machen wollen.«

Herbie zupfte Teddy am Ärmel und zog ihn langsam in Richtung Ausgang.

Die kleine Frau machte jetzt ein paar energische Schritte auf sie zu.

Vorsicht, Jungs. Das zarte Mäuschen hat mehr Mumm in den Knochen, als ihr denkt.

»Am Ende schnüffeln Sie noch für irgendeins dieser hiesigen Käseblättchen, aber da kann ich Ihnen nur sagen, dass sich Ihre Suche nach der großen Sensation nicht lohnt, denn der Mann ist offenbar eines ganz natürlichen Todes gestorben, wie mir die Beamten mitgeteilt haben.« Und dann wandte sie sich abrupt um, so als wollte sie ins Haus eilen. »Wahrscheinlich ist es das Beste, dass ich der Polizei Bescheid gebe, dass Sie hier sind.«

Wenn Sie mich bitte aus dem Spiel lassen könnten …

Als Herbie rief: »Wir sind ja schon wieder weg, Frau Bleibtreu. Bitte regen Sie sich nicht zu sehr auf. Das war nicht unsere Absicht!«, näherte sich Frau Bleibtreus Mutter mit einem schwarzen Kunststoffeimer, aus dem struppiges Grünzeug herausragte.

»Wer sind denn die beiden Herren?« Sie schien trotz ihres Alters über eine robuste Konstitution zu verfügen. Ihr Blick war der einer alten Eule. Sie stellte den Eimer ab. »Guten Abend zusammen.«

Eveline Bleibtreu fasste sie am Arm und sagte zärtlich: »Mutter, ich bin gleich wieder bei dir!« Dann fuhr sie wieder herum und funkelte Herbie und Teddy feindselig an: »Auf Wiedersehen, meine Herren! Es ist spät. Danke für Ihren Besuch.«

13. Kapitel

Teddy Marco kickte grimmig einen Stein weg. »Na Dankeschön, das hat ja super geklappt.« Er zündete sich ein Zigarillo an und paffte verärgert Qualmwölkchen in die Abendluft. »Voll in die Hose gegangen, dein Verhör.«

Allerdings. Julius rümpfte abfällig die Nase. *Sherlock Dumpf und Doktor Ratlos auf heißer Spur.*

»Es war immerhin einen Versuch wert.«

Regelrecht angewidert kräuselte Teddy die Oberlippe. »Total unsympathisch, die Alte. Bestimmt 'ne Lesbe.«

Weil sie sich nicht gleich die Kleider vom Leib gerissen hat, als Mister Ringadingdong auftauchte? Vielleicht ist es nur einfach eine Frage ihres guten Geschmacks?

Sie trotteten den Feldweg hinauf, der sie zum Wohnmobil zurückführte, das unweit der Grundstücksecke auf sie wartete.

Teddy war noch nicht fertig mit seiner Analyse. »Obenrum voll die flache Flunder, aber dafür 'ne Kiste wie ein Flusspferd.« Er guckte auf sein Handy. »Oh

Mann, Doreen hat schon wieder versucht anzurufen. Ich muss morgen früh als Erstes dran denken, mich in Prüm zu melden, damit der Auftritt am Freitag nicht auch noch in die Binsen geht.«

Plötzlich blieb Herbie so abrupt stehen, dass Teddy fast auf ihn draufgelaufen wäre.

»Was hast du denn?«

Herbie starrte den Hang hinunter. Vor ihnen erstreckte sich eine riesige Wiese, die unten im Tal von einem dichten Wald gesäumt wurde. Angestrengt folgte Teddy seinem Blick.

»Was ist denn da?«

»Da blinkt was.«

Teddy räusperte sich verlegen. Als Herbie ihn ansah, sagte er leise: »Wenn ich ehrlich bin, laufe ich die ganze Zeit halb blind durch die Gegend, weil doch meine Kontaktlinsen noch bei der blöden Schnepfe im Badezimmer sind.«

Die sie sicher schon fröhlich mit dem Pürierstab bearbeitet haben wird.

»Gut, mein blinder Freund, ich will dir beschreiben, was ich sehe«, sagte Herbie mit entnervtem Unterton. »Da sind Kisten. Bunte Kisten. Vier Stück. Und daneben ist jemand. Eine Frau? Nein, ein Mann, der … Was blinkt denn da? Komisch. Das ist an seinem Kopf …. Ein Fernglas. Der hat ein Fernglas!«

Ein Naturfreund.

»Der guckt die Wiese herauf.«

Ein Feld-, Wald- und Flurfreund.

»Er beobachtet das Haus.«

Ein Architekturfreund.

»Komm mit!« Herbie bog kurzerhand ab und schlug den Weg talwärts über die Wiese ein.

»Was willst du denn von dem?«

Wortlos stapfte Herbie weiter. Irgendetwas sagte ihm, dass an dem Bild eines Mannes, der in der Abenddämmerung mit einem Fernglas ortseinwärts späht, etwas nicht stimmte. Versuchte da jemand das vom blickdichten Urwald verdeckte Haus zu beobachten?

Als der Mann jetzt begann, sich hektisch zu bewegen, verstärkte sich Herbies Verdacht noch. Er war alt, hatte, soweit Herbie das aus der Entfernung erkennen konnte, eine Glatze und hantierte jetzt aufgeregt mit einer Tasche oder einem Rucksack herum. Und die Kisten neben ihm … das waren Bienenkästen.

»Hallo!«, rief Herbie und lief nun regelrecht. »Entschuldigung! Warten Sie bitte mal einen kurzen Moment!«

Der Alte hatte keine Chance. Herbie erwischte ihn, bevor er verschwinden konnte. Teddy erreichte den Waldrand wenige Momente später, schwer keuchend.

»Ja, bitte?« Der Mann steckte in einer fleckigen, olivgrünen Cordhose und einem karierten Hemd. Eine ausgebeulte, sandfarbene Weste schlackerte um seinen mageren Oberkörper.

Herbie trat nahe an ihn heran und blickte in die Öffnung der dunkelblauen Stofftasche zu seinen Füßen. »Ich sehe da ein Fernglas. Das ist doch ein Fernglas, oder?«

»Ja … und? Darf ich kein Fernglas besitzen?«

Ein Blick über die Schulter präsentierte Herbie einen ungehinderten Blick bergan auf den Ortsrand von Ohlerath. Direkt im Zentrum des Panoramas lag das Haus von Eveline Bleibtreu und ihrer Mutter. »Dürfte ich das mal rasch benutzen?«

Die dünnen Lippen des Mannes zitterten, und seine Finger fummelten ruhelos umeinander.

»Bitte!«, sagte Herbie mit Nachdruck und reckte dem Alten die flache Hand entgegen.

Dieser bückte sich schließlich nach seiner Tasche und nestelte umständlich das Gerät hervor. Wie in Zeitlupe legte er es schließlich in Herbies geöffnete Hand.

Der Blick, der sich ihm beim Durchgucken präsentierte, ließ keinen Zweifel zu: Das Glas war auf das Bleibtreu-Anwesen eingestellt. Man konnte deutlich die durchaus unbescheidenen Ausmaße des Gebäudes erkennen. Herbie sah den großen Garten, ein Gewächshaus, einen kleinen Teich ... da erschienen auch Eveline Bleibtreu und ihre Mutter auf der Bildfläche. Die Mutter hantierte am Rosenbeet herum, und ihre Tochter nahm ihr kopfschüttelnd die Rosenschere ab. Sie erklärte der alten Dame etwas, wedelte verneinend mit dem Zeigefinger und deutete auf verschiedene Stellen der Pflanzen. Es sah liebevoll und vertraut aus. Dann nahm jede von ihnen etwas in die Hand. Einen Spaten ... eine Harke ... und einen Tragekorb. Sie verstauten die Dinge in einem an das Haus angrenzenden Schuppen, und schließlich gingen sie durch die Terrassentür in das Souterrain.

»Wollen Sie mir erzählen, Sie hätten nicht dieses Haus beobachtet?«, sagte Herbie in ruhigem Tonfall.

»Die Bienen!« Der Alte streckte den Finger aus und wies auf die Bienenstöcke. »Ich habe die hier seit gestern stehen. Man muss doch aufpassen, dass keiner was damit anstellt, hören Sie! Ich bin nur kurz vorbeigekommen, um nachzusehen, ob noch alles in Ordnung ist.«

Herbie schritt an den Bienenkisten entlang. An den Einflugschlitzen krabbelten ein paar Bienen herum. Es schien auf die Schlafenszeit zuzugehen.

»Und die fahren Sie so durch die Gegend?«

»Ich darf das! Ich habe eine Bescheinigung!«

»Und warum stehen die jetzt gerade hier?«

»Wegen der Wiese. Weißklee. Der steht in der Blüte, das muss man ausnutzen.«

»Na ja.« Herbie war schon fast geneigt, ihm Glauben zu schenken. »Es war wegen Ihres Fernglases, ich dachte …«

Der alte Mann rückte einen schweren Steinbrocken zurecht, der auf der Metallabdeckung eines Bienenkastens lag. »Das ist ein wunderbarer Platz hier«, sagte er jetzt versöhnlich. »Am Waldrand haben sie ausreichend Schatten, und die Wiese ist voll von herrlichem Klee.«

»Ach, Sie wollten also nur mal kurz nachsehen?«, kam in diesem Moment Teddy Marcos Stimme ein paar Meter weiter aus dem Wald. »Und was soll das hier?« Er hielt einen dichten grünen Tannenzweig in den Händen. Augenscheinlich hatte er ihn gerade dort weggenommen, wo jetzt noch ein Haufen anderer Zweige lag. Darunter kam ein Teil eines Autos zum Vorschein. Herbie erkannte eine Stoßstange, das Nummernschild, den rechten Scheinwerfer und ein Stück des Kühlergrills. »Und da decken Sie also Ihre Karre so sorgfältig ab, als wären Sie auf der Pirsch im Guerillakrieg?«

»Es muss mich ja nicht jeder sehen!«

»Erzählen Sie keine Kinderkacke!«, rief Teddy Marco überraschend aggressiv. »Sie spionieren doch hier rum!«

»Ich … ich … Geben Sie das sofort wieder her!« Der Alte riss Herbie das Fernglas weg und stopfte es in seine Tasche. Dann klemmte er sie sich gegen die Brust und strauchelte mit staksigen Schritten auf sein Auto zu. Fieberhaft riss und trat er die Zweige zur Seite, und zum Vorschein kam ein alter, graugrüner Saab. Er riss die Fahrertür auf und warf die Tasche hinein. Bevor er selbst hinterherkletterte, keifte er noch: »Und unterstehen Sie sich und vergreifen sich an meinen Bienen! Und vor allen Dingen sagen Sie Roland Mechoff, er soll mich in Ruhe lassen, hören Sie? Mechoff kann mir mal den Buckel runterrutschen!« Erstaunlich behände für sein Alter kletterte er ins Auto.

Der Motor wurde gestartet und wieder abgewürgt, dann erneut angelassen, und schließlich heulte er auf, und mit durchdrehenden Reifen holperte der Wagen nach vorne, wobei Dreckklumpen und Tannennadeln aufgewirbelt wurden. Er schoss nur ganz knapp an ihnen vorbei und hinterließ zwei tiefe Spurrillen im tiefschwarzen Waldboden, bevor er auf den Feldweg rollte und den Berg hinauf.

»Mechoff?«, sagte Herbie ratlos. »Der verwechselt uns mit irgendwem.«

»Was war das denn für ein Schrat?«, fragte Teddy Marco amüsiert.

»Keine Ahnung. Ich hätte ihm zu gerne noch das Bild des Mannes aus dem Schaufenster gezeigt.«

»Wieso?«

»Ist nur so ein Gefühl.« Herbie trat an die erste der Bienenkisten heran. Jetzt waren fast keine Tiere mehr zu sehen. Er murmelte nachdenklich: »Das Alter stimmt. Ebenso das der Mutter von Eveline Bleibtreu. Irgendwas läuft da zwischen all diesen Senioren ab.«

Teddy Marco pinkelte derweil an einen Baumstamm. »Ob wir wohl irgendwo noch ein Bier kriegen?«, fragte er über die Schulter.

»Bei Prinze Manni«, sagte Herbie und guckte auf die Uhr. »Da kriegen wir immer was. Aber vorher muss ich noch ein kurzes Telefonat führen.«

»Mit wem?«

Herbie formte mit den Lippen verschmitzt eine Schnute. »Überraschung.«

14. Kapitel

Während Herbie noch seine Bockwurst verputzte, qualmte Teddy schon sein Zigarillo. Sie standen bei Prinze Manni an der Theke. Im Gasthaus in Mutscheid wurden schon mal zwei Augen zugedrückt, wenn jemand rauchen wollte. Teddy blies ganz unbedarft den Qualm in Herbies Richtung.

Julius wedelte mit der Hand und hustete gekünstelt. *Wenn man mich sehen könnte, könnte man mich jetzt nicht sehen.*

»So, Jungens, bevor ihr mir hier verdurstet und ich dann wieder den ganzen Ärger hab.« Zwei neue Bier wurden auf die Theke gestellt. Manni zog den Bleistift hinterm Ohr hervor und machte Kreuzchen auf die Deckel. »Sag mal, wann trittst du denn noch mal bei uns auf, Teddy? Dann ist die Hütte immer voll.«

»Bei Manni habe ich schon drei Mal gesungen«, erklärte Teddy Marco. Er deutete mit dem Daumen hinter sich. »Hinten im Saal. Da waren mindestens zweihundert Leute drin, davon neunundneunzig Prozent Mädels, und es waren hunderttausend Volt in der Luft.«

Julius grunzte amüsiert. *Multiplizier das mal miteinander und du hast die Weltformel!*

Die Nostalgie hatte offenbar Besitz von Teddys Gemüt ergriffen. »Das Publikum ist so abgegangen, dass ich Sorge hatte, die würden das Ding abreißen. Das habe ich so nur noch ein einziges Mal erlebt. In der Halle Münsterland. Zusammen mit Mary Roos, Roberto Blanco und Andy Borg! Das war natürlich zig Nummern größer, aber hier in Mutscheid ging die Post genauso ab, kannst du mir glauben!«

Manni zwinkerte Herbie von der Theke aus verschwörerisch zu. Er war ein alter, erfahrener Eifeler Dorfwirt, wie es sie nur noch selten gab. Ihm konnte keiner was vormachen. Er kannte sie alle, die Maulhelden, die Schwadroneure, die Blender und die Klugscheißer. Herbie deutete seine Mimik so, dass Teddy bei der Beschreibung des Konzerts leicht übertrieb.

Das Bier schmeckte gut. Teddy bestellte eine weitere Runde für Herbie, sich und die anderen fünf Gäste. Als er mit den zwei Gläsern zurück zum Tisch kam, fragte er ungeduldig: »So, und nun mach es nicht so spannend, Kumpel. Mit wem hast du telefoniert? Du hast doch was vor!«

Herbie trank und schmatzte zufrieden.

»Es verhält sich doch folgendermaßen«, begann er und genoss es, dass Teddy Marco förmlich an seinen Lippen klebte. »Dass dieser alte Knacker das Haus von Eveline Bleibtreu beobachtet, steht doch wohl außer Zweifel.«

Teddy nickte nachdenklich. »Der steht auf die. Oder auf ihre Mutter, die ist ja wohl eher seine Kragenweite. Ein Spanner eben.«

Ach, er ist doch wirklich beneidenswert simpel gestrickt, findest du nicht auch? Julius, der am Tisch nebenan stand und den Skatspielern in die Karten guckte, schüttelte milde lächelnd den Kopf.

Herbie seufzte. »Ich glaube nicht, dass es sich um einen handelsüblichen Spanner handelt. Mein Gefühl sagt mir, dass da irgendetwas im Haus von Eveline Bleibtreu abläuft. Irgendetwas, das möglicherweise mit dem toten Mann im Schaufenster zu tun hat.«

»Schon wieder dein Gefühl?«, fragte Teddy stirnrunzelnd.

»Ja, so was kennst du nur aus deinen Liedern. Da reimt es sich auf schwül, kühl und … und …« Herbie fiel nichts weiter ein.

Julius dafür schon: *Vestibül, Kalkül, Chorgestühl.*

Herbie wischte Teddys Einwand beiseite. »Jedenfalls wüsste ich gerne, um wen es sich bei dem Bienenopa handelt. Ich habe immerhin das Kennzeichen seines Autos.«

»Nützt dir aber nichts. Du kannst ja schlecht eine Halterfeststellung einleiten.«

»Ohne fremde Hilfe kommen wir da nicht weiter, das stimmt. Man müsste jemanden kennen, der bei der Polizei arbeitet, oder aber …«

Als sich in diesem Moment die Kneipentür öffnete, verzog Herbie seinen Mund zu einem breiten Grinsen. Alle Köpfe drehten sich gleichzeitig zu der Frau um, deren Parfümwolke augenblicklich den Kampf mit dem Zigarettenmief aufnahm. Ihre kurz geschnittenen Haare schillerten etagenweise in den Färbungen Blauschwarz, Aubergine und Maisgelb. Auch im Gesicht gab es wilde Farbschattierungen, und an den Ohrläppchen glänzten große Kreolen. Den Ausschnitt ihrer paillettenbesetzten Bluse konnte man durchaus als tollkühn bezeichnen, und um ihre gepolsterten Hüften spannte sich ein breiter Ledergürtel mit einer Schnalle, die so groß war wie eine Fußball-Meisterschaftsschale.

»Darf ich vorstellen, Teddy, das ist die unternehmungslustige Annette vom Straßenverkehrsamt.«

* * *

Als Teddy irgendwann gegen elf aus dem Wohnmobil gestolpert kam, war sein Kopf hochrot, und er hatte Schweißtropfen auf der Stirn.

Sie standen auf einem Wanderparkplatz kurz vor Wershofen. Herbie war irgendwann hinter dem Steuer von Annettes Wagen eingenickt, und Teddy hatte ihn mit einem Klopfen an die Scheibe geweckt.

»Ich muss mal Luft holen«, japste er. »Von dem Parfüm kriege ich totale Kopfschmerzen. Ich kann mich irgendwie gar nicht richtig konzentrieren. Und außerdem habe ich mir fies den Ellenbogen gestoßen.« Seine Stimme klang weinerlich, während er die lädierte Stelle abtastete. »Das ist mir alles ein bisschen wild«, murmelte er.

»Es ist für einen guten Zweck«, sagte Herbie gähnend. »Bleibt sie über Nacht?«

Teddy guckte über die Schulter zum Wohnmobil hinüber. »Ich fürchte schon.«

»Teddybärchen!«, schallte es aus der offenen Tür in die Nacht. »Wo bleibst du denn?«

Julius beugte sich vom Beifahrersitz zu Herbie herüber und flüsterte ihm vertraulich ins Ohr: *Sieh nur, wie er auf den Schlüssel starrt, der im Zündschloss steckt. Wenn du nicht aufpasst, zerrt er dich aus dem Auto und haut damit ab!*

Teddy biss sich auf die Lippen und guckte über die Schulter zum Wohnmobil. »Muss das wirklich sein?«

Herbie nickte mitleidlos. »Muss sein. Denk daran, was du mir gesagt hast: *Verpflichtungen, PR, Dienstleistungen. Ein Star zum Anfassen.* Außerdem habe ich es hier auch nicht besonders bequem.« Er ließ die Scheibe wieder hochfahren.

Bis Annette schließlich selbst auf der Bildfläche erschien, dauerte es noch einmal anderthalb Stunden. Gegen Mitternacht klopfte es erneut an die Scheibe des Seat, und nur mit Mühe konnte sich Herbie überwinden auszusteigen.

»Dankeschön«, sagte sie und drückte ihm einen Kuss auf die Wange. Dann spürte er, wie sie ihm einen zusammengefalteten Geldschein in die Brusttasche seines Hemdes schob.

Du gewissenloser Kuppler! Julius blähte die Nasenlöcher vor Verachtung.

Aber Herbie hatte keinerlei moralische Bedenken. »Win-win-Situation, Julius«, raunte er aus dem Mundwinkel, während Annette in ihr Auto stieg.

Frauenhändler!

»Irgendwann wäre mir der Kerl noch übergekocht.«

Zuhälter!

Herbie beugte sich noch einmal zum Seitenfenster hinunter. »Und du denkst auch sicher an das Autokennzeichen?«

Sie hatten ihr erzählt, dass der Alte ein großer Fan von Teddy Marco und quasi schon vom Ohrläppchen bis zum dicken Zeh vom Krebs zerfressen wäre und dass sie ihm mit einem kleinen Sonderauftritt eine herzerwärmende Überraschung bereiten wollten.

Mit Julius war es gleich durchgegangen:

Und weil ich Krebs hab, tanz ich Samba,
die Lymphgefäße schrei'n Caramba!
Mit Bossanova statt der Chemo
ist Therapie gar kein Problemo!

Er hatte dabei albern mit den Fingern geschnipst und rhythmisch die Hüften geschwungen, was bei seiner enormen Körperfülle seltsam anmutete.

Annette strahlte Herbie an. »Na klar, da denke ich dran. Der Knutschfleck wird mich gleich morgen früh daran erinnern!« Sie betrachtete ihren Hals im Rückspiegel. »Und der auch … und der auch noch …« Dann startete sie und brauste davon.

Herbie trottete zum Camper und streckte vorsichtig den Kopf in den Innenraum. Teddy lag auf dem Boden. Man hätte meinen können, er sei tot, aber ein sonores Schnarchen kroch aus seinem weit offen stehenden Mund. Er war halb mit einem kleinen Flickenteppich bedeckt. Mehr wollte Herbie eigentlich nicht sehen.

»Ob ich ihn wecken soll, Julius?«

Skrupelloser Mädchenfänger!

»Mensch, jetzt hör aber mal auf! Das sind schließlich zwei erwachsene Menschen.« Er zog die Schuhe aus, stieg, so leise es ging, über den schlafenden Teddy Marco und kletterte auf die Liegefläche. »Gar nicht mal so unbequem«, befand er. Er zog die Decke über seinen Körper und schaltete das kleine Lämpchen aus. »Gute Nacht, Julius.«

Gute Nacht John-Boy, gute Nacht Jim-Bob, gute Nacht Mary-Ellen!

15. Kapitel

Ein Erdbeben! Das konnte gar nichts anderes sein! Vielleicht auch ein Wirbelsturm, ein Orkan! Oder ein Vulkanausbruch! Der war der Eifel doch schon immer vorhergesagt worden, aber doch erst in ein paar Tausend Jahren!

Herbie wusste zuerst gar nicht, wo er war. Nur dass er sich mitten in einer galoppierenden Katastrophe befand, das stand außer Frage.

»Hilfe!«, kreischte jetzt auch Teddy von unten. »Was ist das?«

Das Wohnmobil schaukelte hin und her. Es rappelte und rumpelte, und bei jeder Bewegung dengelten weitere Töpfe, Flaschen und Gläser aus den Schränken.

Sie fuhren!

Aber da war kein Motorengeräusch. Herbie versuchte, vom Bett herunterzuklettern, verhedderte sich aber in der Decke und fiel auf den prallen Bauch von Teddy, der gepeinigt aufschrie.

»Tu was!«, brüllte der Sänger, der wie ein Maikäfer auf dem Rücken lag und mit Armen und Beinen ruderte.

Trotz des Trubels sah Herbie, dass er immerhin einen Hauch von einem Tanga trug. Von draußen drang Licht durch die Ritzen der zitternden Vorhänge. Es schien schon Tag zu sein.

Herbie tastete sich ungelenk in Richtung Führerhaus. Er trat mit weit gespreizten Beinen so plump und so fest auf, dass er einigermaßen stabil stand. Mit den Händen schob er sich an den Wandschränken und der Spüle entlang.

»Julius, verdammt, bist du das etwa?«, schrie er in seiner Not.

Ach, rede doch kein Blech. Ich würde ja gerne sagen, du träumst schlecht, aber ich fürchte, du bist hellwach. Julius saß auf dem Beifahrersitz und hatte einen über alle Maßen besorgten Gesichtsausdruck aufgesetzt.

Neben ihm auf dem Fahrersitz saß … niemand!

Das Lenkrad schlackerte herrenlos hin und her.

»Mayday, Julius, Mayday!«, presste Herbie zwischen den Zähnen hervor.

Aber Julius sang nur leise ein Liedchen, und man konnte nicht erkennen, ob ihm wieder einmal der Schalk im Nacken saß oder ob er sich vielleicht sogar ein wenig fürchtete: *Im Frühtau zu Tale wir zieh'n, Fallera …*

Vor der Windschutzscheibe lag die stark abschüssige Straße, deren Seitenpfosten nur so vorbeiflogen. Sie kamen gefährlich weit auf die Gegenfahrbahn. Ein Kleintransporter geriet laut hupend und mit heftigem Blinken auf den Seitenstreifen. Sie verfehlten ihn nur um Haaresbreite.

Herbie dachte an mehrere Spielfilme gleichzeitig: *Airport, Indiana Jones, Apollo 13 …*

Er krallte sich mit beiden Händen in die Rückenlehne, quetschte sich zwischen den Sitzen durch, weiter nach vorne, landete schließlich auf dem Fahrersitz und packte das Lenkrad. Er riss es herum, und der Wagen machte einen weit ausholenden Schlenker nach rechts. Dann schossen sie auf die Bäume zu, die zu beiden Seiten den Straßenrand säumten, und das Wohnmobil schwenkte wieder schwerfällig herum. Im hinteren Teil des Gefährts wurde alles, was lose war, hin und her geschleudert.

Auch der krakeelende Teddy Marco. »Tu doch endlich was, verdammt!«

Dann trat Herbie endlich so fest er konnte auf die Bremse. Es gab ein ohrenbetäubendes Geräusch, so als würde jemand mit der Flex die Badewanne schrubben, und der Wagen verlangsamte sich abrupt. Teddy Marco wurde nach vorne torpediert und donnerte gegen die Sitze. Es stank nach verbranntem Gummi. Das Umdrehen des Zündschlüssels und Einlegen des Ganges ließ den Wagen schließlich erneut aufschreien. Es rasselte und schnarrte, aus den Ritzen des Armaturenbretts quoll Qualm, und Herbie hatte das Gefühl, der Motor würde ihm im nächsten Moment geradewegs auf den Schoß springen.

Dann hatte sich die Situation einigermaßen stabilisiert. Hinter ihm rappelte sich Teddy Marco heulend auf. »Das ist die Hölle, seit ich zu dir in dein Scheißwohnmobil gestiegen bin!«

»Ganz genau!«, keifte Herbie wütend zurück. »Für mich nämlich auch!«

Ruhig, Jungs, ihr habt doch jetzt alles im Griff. Da unten wird das Rollfeld für euch geräumt und der Schaumteppich ausgebreitet.

Vor ihnen öffnete sich das Ahrtal. Herbie lenkte nach rechts in Richtung Fuchshofen. An der nächsten Einmündung eines Feldwegs hielt er an.

»Was war das?«, fragte Teddy Marco, immer noch zitternd. Er streifte sich ein T-Shirt über, auf dem sein eigenes Konterfei zu sehen war. Allerdings mindestens zwanzig Jahre jünger. Der Umstand, dass es zusammen mit anderen Kleidungsstücken hektisch in einen Koffer gestopft worden war, hatte allerdings für Falten gesorgt, die das Portrait wieder ein wenig aktualisierten.

Herbie starrte mit entrücktem Blick auf das Lenkrad. »Mein Gott, war das knapp«, hauchte er. »Mannomann, das war dermaßen knapp …«

»Du wirst die Bremse nicht angezogen haben.« Teddy quetschte sich in seine Jeans.

»Oh doch, das habe ich.«

Deine Stimme klingt so gefährlich ruhig. Dir wird doch wohl nicht der Kragen platzen?

»Ach, Quatsch! Dann wäre das doch nicht passiert. Das hätte echt ins Auge gehen können, *Buddy*. Ich meine, so was kann ja mal vorkommen, aber …«

»Aber ich habe die Bremse angezogen!«, schrie Herbie und schlug wütend auf das Lenkrad.

Das ist der Schock, der Kreislauf, die seelische Erschütterung.

»Aha, und wer soll die Bremse deiner Meinung nach sonst gelöst haben?« Teddys Stimme sollte verächtlich klingen, aber Herbies Ausbruch machte ihn vorsichtig. »Ich etwa? Ich war nicht mal in der Nähe des Lenkrads. Ich war beschäftigt.«

»Derjenige, der auch den dicken Stein vor dem rechten Vorderrad weggenommen hat, mit dem ich das Auto zusätzlich gesichert habe!«

»Na ja …«

»Derjenige, der den Zündschlüssel halb gedreht und den Gang rausgenommen hat!«

»Aber …«

»Derjenige, der den Wagen nach vorne geschoben hat, um ihn ins Rollen zu bringen! Der war es! Nicht ich, *BUDDY!*«

Teddy Marco hob abwehrend die Hände. »Okay, okay, geschenkt. Vielleicht hast du … nein, okay, du hast recht, Kumpel. Alles *easy*.«

Herbie stemmte sich aus dem Sitz hoch und begann, in dem heillosen Durcheinander nach seinen Schuhen zu suchen.

Da klopfte es.

Teddys Kopf flog herum. »Wer …?«

Herbie zuckte mit den Schultern.

»Komm sofort da raus, du Ratte!« Die schneidend scharfe Stimme war unverkennbar.

»Doreen«, flüsterte Teddy. »Was soll ich tun?«

»Du hörst es«, sagte Herbie mit Eiseskälte. »Geh raus.«

»Sie war es! Sie wollte uns in die Hölle schicken!«

Herbie verzog skeptisch das Gesicht. »Meinst du wirklich?«

»Das traue ich ihr zu. Sie ist eine Natter! Die schreckt vor nichts zurück!«

»Los, komm schon raus, du feiger Sack!«

Zögernd klappte Teddy die Tür auf. Herbie presste sich vorsichtshalber gegen den Wandschrank. Wenn diese Frau wirklich so skrupellos war, wie Teddy behauptete, dann hatte er im Moment etwas Besseres vor.

Teddy stand in der offenen Tür. Er versuchte, möglichst lässig auszusehen.

Hast du eine Ahnung, warum sie so auf diese abgehalfterte Gestalt steht? Julius presste sich gleich neben Herbie gegen die Schranktür. Seinen runden Bauch hätte man trotzdem von der Türe aus deutlich sehen können, wenn das möglich gewesen wäre.

»Du hast den Hosenstall noch auf, du Hurenbock! Wer ist mit dir da drin? Wie heißt sie? Los, sag schon! Ich komme jetzt rein und knöpfe mir die Schlampe vor!«

»Aber hier ist doch gar keine …«

»Red keinen Scheiß! In Mutscheid hat man dich gestern Abend mit so einer Kuh mit gefärbten Haaren gesehen! Ist sie da drin? Ich komme jetzt rein und reiße ihr jedes bunte Haar einzeln aus, bevor ich ihr den Schädel einschlage!« Ihre Tirade wurde für einen Moment unterbrochen. »Hä? Was ist das?« Herbie sah eine Hand mit langen Fingernägeln, die zwischen Teddys nackten Füßen etwas vom Boden des Wohnmobils auflas. »Räucherstäbchen! Du Dreckskerl! Die romantische Nummer also! Wie damals auf Ibiza!«

»Ach, Blödsinn! Die Frau kenne ich doch gar nicht! Die wollte doch nur ein Autogramm von mir.«

»Aber irgendwer ist da drin! Mit irgendwem hast du die Nacht verbracht!«

Teddy blickte hilfesuchend nach rechts und grimassierte verzweifelt in Herbies Richtung.

Der verdrehte die Augen und reckte schließlich zähneknirschend den Kopf vor. »Hallo, ich bin Herbie.«

Doreens Kinnlade klappte herunter. »Ach du Scheiße, ein Kerl!«

Doreen Blumberger sah nicht gut aus. Sie hatte dunkle Ringe um die Augen. Und die rührten offenbar nicht nur von einer Menge verschmierter Mascara, sondern auch von einer schlaflosen Nacht. Ihr hellblondes Haar war strähnig und fiel ihr immer wieder in die Stirn. Sie stand seltsam gebeugt, denn in der rechten Hand hielt sie einen ihrer hochhackigen Schuhe.

Oh, die Dame ist bewaffnet.

»Herbie ist mein Chauffeur«, sagte Teddy. »Ich meine, ich muss doch irgendwie zu meinen Auftritten kommen.«

»Jaja, und zwischendurch musst du noch Läden in Münstereifel ausräumen.«

»Das war doch nur, weil du … Oh Mann, Schneckchen, ich war so unglaublich wütend!« Teddy Marco kletterte ins Freie und hüpfte mit nur einer Socke am Fuß auf der Stelle. »Und ich verstehe ja, dass du auch wütend warst. Aber du kannst doch nicht … Die Bremsen … Hör mal, wir hätten dabei draufgehen können, der Herbie und ich.«

Und ich auch!

»Draufgehen? Wobei?«

»Na, bei der Achterbahn-Nummer von vorhin. Wenn wir nicht von dem Geschlingere aufgewacht wären, wären wir jetzt Leipziger Allerlei!«

Doreen Blumberger schien ehrlich nicht zu verstehen. »Was redest du da?«

»Du warst das nicht?«

»Was denn, verflucht?«

Teddy blickte Herbie ernst an und kaute auf der Unterlippe. Dann blähte er die Nasenlöcher und sagte, sehr gefasst, mit dem Kopf nickend: »Man wollte uns umbringen.«

»Wie bitte? Umbringen?«

Auch Herbie nickte heftig. »Ja, wirklich, jemand hat versucht, uns umzubringen. Und Teddy hat zuerst geglaubt, dass Sie …«

Ihr seht aus wie zwei Wackeldackel. Schade, dass der Camper keine Hutablage hat, sonst wüsste ich, wo euer Platz ist.

»Was soll ich getan haben?« Tränen schossen ihr in die Augen, und ihre Unterlippe begann augenblicklich zu beben. »Aber Schneckerich, das könnte ich doch niemals tun, so was. Oh Gott, wer will denn so was tun? Die Polizei war bei mir, wegen des Einbruchs, und ich hätte fast vor Wut gesagt, dass ich glaube, dass du dahintersteckst. Sie vermuten offenbar, dass es irgendwas mit dem Outlet-Center zu tun hat.« Ihre Linke tastete zögernd nach dem historischen Teddy-Marco-Portrait auf dem aktuellen Teddy-Marco-Bauch. Sie begann, zart darüberzustreichen. »Wenn dir was passiert wäre … Mann, ich war doch nur so sauer wegen all der Weiber und so.«

»Ach, die Weiber!«, rief Teddy laut und warf die Hände in die Höhe. »Das ist doch alles längst vorbei mit den Weibern!«

»Echt?«

»Echt! Glaub mir, *my darling.*« Er legte ihr sanft die Hände um die Taille und hauchte ihr einen Kuss auf die Stirn. »Wie hast du uns überhaupt gefunden?«

»Ich war in Adenau, um zu gucken, ob du da zu deinem Auftritt erscheinst. Aber du warst gerade abgezischt, und da hat ja dann diese Eifelband gespielt.«

»Weil du mir den Gig versaut hast.«

»Sorry«, sagte sie kaum hörbar. Sie ließ den rechten Arm sinken, und der Schuh glitt ihr wie in Zeitlupe aus der Hand. »Und irgendwer hat dich dann später an der Tanke gesehen. In Ohlerath habt ihr dann eine Mülltonne umgefahren. Und ein Dreirad überrollt.«

»Aber nur fast!«, warf Herbie ein.

Doreen Blumbergers Hände lagen jetzt beide auf Teddys Brust und versuchten mit fahrigen Bewegungen, die Knitter aus dem Portrait zu streichen. »Ich bin die ganze Nacht hier durch diese Scheißgegend gekurvt und habe nach diesem rollenden Schrotthaufen Ausschau gehalten. Nitterscheid, Hilterscheid, Pitscheid und wie die Nester hier alle heißen … Scheid, Scheid, Scheid …« Ihre Stimme war tränenerstickt. »Ich bin so schrecklich froh, dass ich dich endlich gefunden habe.«

»Ich doch auch, Schneckchen, ich doch auch. Und die Sache mit den Dessous, die biege ich auch wieder hin, das verspreche ich dir.«

Einen Moment lang war es still. Nur das Geräusch des vorbeirollenden Verkehrs war zu hören, als Teddy und Doreen einander tief in die Augen blickten.

Herbie strahlte. Vor ihm breitete sich in diesem Moment ein wahrhaft hollywoodreifes Happy End aus. Er zwinkerte Julius heimlich zu.

Der reckte beide Daumen in die Höhe. *Das wird was. Den bist du endlich wieder los!* Dann deutete er in Richtung der geöffneten Wagentür.

Herbie verstand sofort und klaubte das vom Boden des Wohnmobils auf, was Julius zweifellos gemeint hatte.

»Hier, schauen Sie: Wenigstens ein klitzekleines bisschen ist noch von den Sachen aus dem Laden übrig geblieben.« Herbie hielt Doreen stolz seinen Fund vor die Nase. Ein himmelblauer Spitzenbüstenhalter größeren Ausmaßes.

Ihr tränenverschleierter Blick verwandelte sich von einer Sekunde auf die nächste in den einer schwarzen Mamba, die sich darauf vorbereitet, ihre Giftzähne in die Beute zu schlagen. »C&A!«, kreischte sie. Eisblitze schossen aus ihren Pupillen hervor, und ihre Nasenwurzel kräuselte sich. Sie schnupperte angeekelt. »Und billiges Parfüm! Wollt ihr Idioten mir weismachen, das Ding käme aus meiner Lingerie-Kollektion? So ein billiger, zerschlissener Milchtütenhalter, der nach ranzigem Nuttendiesel stinkt?« Sie versetzte Teddy mit der Rechten eine schallende Ohrfeige. Und zur Sicherheit legte sie gleich noch mal mit links nach. Voller Wut stieß sie ihn vor die Brust, sodass er rücklings durch die Tür in das Wohnmobil polterte. Sie bückte sich und hob ihren Schuh auf.

»Bei eurem nächsten Höllenritt mit dieser Karre könnt ihr getrost davon ausgehen, dass das auf mein Konto geht! Auch ohne Bekennerschreiben!« Dann drehte sie sich um und humpelte schief, aber mit einem gewissen Maß an Würde auf ihren silbernen Mercedes-SUV zu, der etwas weiter weg mit eingeschalteter Warnblinkanlage am Straßenrand stand.

»Danke, Julius. Du bist wirklich die Stradivari unter den Arschgeigen«, knurrte Herbie gallig.

Der Angesprochene verkniff sich mühsam ein Grinsen und wippte auf den Zehenspitzen. *Na, na, wer kann denn schon ahnen, dass die Situation wegen eines simplen Büstenhalters derart eskaliert?*

16. Kapitel

Wenigstens das mit der neuen Königin verlief so, wie er es geplant hatte. Das Einweiseln war mitten im Gange, wie Paul-Ernst Wrobel zufrieden feststellte, als er die Metallabdeckung abgenommen und begutachtet hatte, ob das Volk sich bereits an den Neuzugang zu gewöhnen begann. Er sah, dass der Pfropfen, der die Regentin von ihren künftigen Untertanen trennte, schon fast weggefressen worden war.

Das war eigentlich das Einzige, was gut lief. Aber immerhin das.

Wrobel musste, während er die anderen Kästen öffnete, um die Waben zum Schleudern herauszuholen, unentwegt an den vorherigen Abend und an seinen verpatzten Versuch mit dem Beobachtungsposten am Wald denken. Er hatte keine Ahnung, wer diese beiden Männer waren, und woher sie so plötzlich gekommen waren. Hatten Constanze und ihre Mutter sie vielleicht geschickt? Waren sie nur ein paar Aufpasser? Immerhin hatten sie ihm nichts angetan. Solche wie die könnte er auch gebrauchen.

Die Waben waren prall gefüllt, er würde eine reiche Ernte einfahren.

Während er mit langsamen Bewegungen seine Tätigkeit ausübte, paffte er immer wieder ein paar Qualmwölkchen in das aufgeregte Volk hinein. Die Bienen waren immer ein wenig nervös, wenn man die mühsam gesammelte Köstlichkeit entnahm, sie hatten Stress. Wrobel summte eine Melodie und paffte, summte und paffte. Er hob die Rähmchen heraus und streifte mit einer breiten, weichen Bürste die darauf sitzenden Bienen ab.

Er hatte Sorge, dass sich seine Nervosität auf die Tiere übertrug.

Langsam, ganz langsam.

Vorsichtig, ganz vorsichtig.

Plötzlich wurde ihm der Hut mit dem Schleier vom Kopf gerissen. Die Pfeife trudelte durch die Luft und fiel zu Boden.

Wrobel fuhr herum.

Jemand in einem weißen Lackieranzug, einen halben Kopf größer als er. Zwei Hände in Handschuhen. Die eine fasste ihn am Kragen.

Das Summen der Bienen schwoll an. Sie schwirrten umher, aufgeregt, verstört.

»Lassen Sie das!«, schrie Wrobel, obwohl er wusste, dass sein Gegenüber das nicht im Mindesten beeindruckte.

Die andere Hand führte eine kleine Pumpflasche ganz dicht vor sein Gesicht. Wrobel begriff sofort, worum es sich handelte, ohne entziffern zu können, was darauf stand. Es waren Pheromone! Ein Bienenlockstoff.

Die ersten Spritzer der Flüssigkeit zerstoben auf seiner Haut und schossen in seinen zum Schreien weit geöffneten Mund. Er sog sie durch die Nase ein, ohne es zu wollen.

Dann ließ die erste Hand seinen Kragen wieder los und versetzte ihm einen kräftigen Stoß gegen die Brust, sodass er das Gleichgewicht verlor. So, wie sie es schon auf dem Bahnsteig getan hatte.

Und dann stürzte er rücklings zwischen die Bienenkästen. Er spürte die harten Kanten am Rücken und an der Hüfte. Zwei der metallenen Deckel wurden bei seinem Aufprall durch die Luft gewirbelt. Ein Bienenstock kippte komplett um.

Die Tiere bildeten eine gewaltige Wolke, eine formlose, schwirrende Masse. Sie waren voller Wut, sie waren stechlustig. Die ersten von ihnen setzten sich auf sein Gesicht und spürten den betörenden Lockstoffen nach. Sie krochen über sein Kinn und seine Wangen, in seinen Mund und in die Nasenlöcher.

Es wurden immer mehr und mehr und mehr …

* * *

Aus einem eher beiläufigen Interesse hatte Herbie seinem Freund eine SMS geschickt und halbherzig nach dem Fortgang der Reparaturarbeiten gefragt. Umgehend hatte er von Köbes mitgeteilt bekommen, dass ihm und der gesamten Religionsgemeinschaft der Bahai heute, am Tag des Märtyrertodes des Bab, leider das Arbeiten untersagt sei.

Herbie hatte zurückgeschrieben: *Könnte dir so ein Märtyrertod gefallen?*

Statt einer Antwort hatte Köbes ihm nur ein Peace-Icon zurückgeschickt.

»Und was steht heute an?«, fragte er Teddy Marco, der im hinteren Teil des Wohnmobils herumlag und die Zeit mit ein bisschen Gezupfe auf seiner neuen Gitarre totschlug.

»Fanclub-Meeting«, kam es einsilbig zurück. »Euskirchen.«

Unser Freund ist seit der Büstenhalteraffäre nicht mehr so gut auf dich zu sprechen. Statt Teddy hatte nun Julius wieder den Beifahrersitz erobert. *Während des waghalsigen Landemanövers von heute Morgen haben wir mit Sicherheit die kompletten Bremsbeläge heruntergeschmirgelt. Ich kenne da eine Werkstatt, in der du sie flugs erneuern lassen könntest.*

Sie waren unterwegs nach Hillesheim, wo Herbie beabsichtigte, zu duschen und ein paar frische Klamotten anzuziehen. Er hatte vorher miterleben dürfen, wie Teddy sich in der Minimaldusche des Wohnmobils abgequält hatte. Dumpfes Poltern und lautstarke Flüche waren zu hören gewesen, und irgendwann war sogar das Wasser unter der Tür durchgeflossen. Darauf konnte er verzichten.

»Es könnte so ein schöner Sommertag sein, Julius«, flüsterte Herbie nach rechts. »Ein bisschen durchs Städtchen bummeln, Eis essen, lecker Käffchen im *Café Sherlock*, am Abend eine feine Pizza von Massimo mit nach Hause nehmen und dann gemütlich Günther Jauch gucken.«

Julius seufzte wehmütig. *Oh ja. Nur wir zwei. Romantisch! Und dann scheitert der Kandidat an der 125.000-Euro-Frage: Wer ist Deutschlands dämlichster Schlagersänger?*

Herbie musste lachen.

»Was ist?«, kam es mürrisch von hinten.

»Nichts.«

Sie rollten auf der Kölner Straße in den Ort hinein, vorbei an den Supermärkten, am Blumenladen und am Optiker, und dann trat Herbie ganz unvermittelt auf die Bremse und lenkte den Wagen rechts ran. Hinten purzelte Teddy Marco wieder mit viel Radau von der Liege.

»Mensch, verdammt! Pass doch mal auf!« Er rappelte sich auf und kam nach vorne gestapft. »Meine gute *Deerbridge*, Mann! Ich wäre beinahe auf sie draufgefallen.«

Alles ist besser als das, was er sonst mit ihr macht.

»Scheiße, warum bremst du denn auch so plötzlich?« Das war nicht mehr der leutselige Gute-Laune-Teddy, der vor drei Tagen in das Wohnmobil geklettert war und dem die Lebensfreude aus allen Poren quoll. Dies hier war ein grantiger Mittsechziger, dessen Nervenkostüm mittlerweile arg zerschlissen war, weil ihm die jüngsten Ereignisse arg zugesetzt hatten.

Er kam nach vorne getrottet und kaute lustlos auf einem belegten Brötchen von der Tanke herum, aus dem Wurst, Ei, Tomate, reichlich Salat und eine unsinnige Menge von Mayonnaise zu allen Seiten herausquollen.

»Jetzt guck doch mal da!« Herbies Finger wies auf einen Parkplatz zur Rechten.

»Autos.«

»Das malvenfarbene. Der Berlingo.«

Teddy Marco kniff die Augen zusammen, um die dezente Beschriftung auf dem Kastenwagen zu entziffern. »*RaumGefühl – Planung und Gestaltung Ihrer LebensRäume*. Das ist doch die Tante aus Ohlerath, oder?«

»Eveline Bleibtreu, genau. Was macht die wohl hier?«

»Einkaufen?«

»Das ist das Katharinen-Stift. Ein Seniorenheim.« Das große Gebäude, vor dem der Wagen abgestellt war, hatte einen freundlichen, gelben Anstrich und war von reichlich Grün umstanden.

»Vielleicht will sie ihre Mutter abschieben?«

Herbie schüttelte zweifelnd den Kopf. »Die schien mir doch noch ganz rüstig zu sein. Und außerdem sind die ja gerade erst zusammen in dieses große Haus gezogen. Finde ich merkwürdig.«

Er lenkte den Wagen auf die Straße zurück. Teddy ließ sich träge auf den Beifahrersitz plumpsen. Er zupfte an seinem T-Shirt und roch daran. »Hm, muffig.«

»Um wie viel Uhr ist dein Fanclub-Treffen?«

»Fünfzehn Uhr. Kaffee, Kuchen und Anfassen.«

»Gut, ich mache dir einen Vorschlag«, sagte Herbie nachdenklich. »Wenn ich gleich bei mir zu Hause geduscht habe, jage ich rasch ein paar von deinen Klamotten durch die Waschmaschine. Wenigstens die T-Shirts. Dann kann Teddy Marco seinen Fans wieder blitzeblank und aprilfrisch gegenübertreten. Übrigens könnte auch deine Lederjacke mal ein paar Tage Pause vertragen.«

»He, das ist mein Erkennungszeichen!«

»Eben. Das ist ja das Fatale. Wäre doch nicht schlecht, wenn du mal nicht dauernd von Hinz und Kunz angequasselt würdest, oder?«

Teddy lutschte sich die Mayonnaise von den Fingern und starrte auf die vorbeieilenden Fassaden Hillesheims. Sein Gesichtsausdruck zeigte, dass er sich das nur sehr schwer vorstellen konnte.

Sie parkten auf dem Graf-Mirbach-Platz.

Hier kommt das Gefährt erst richtig zur Geltung, befand Julius. *Wie ein gigantisches Denkmal aus Metall. Eins, das an irgendetwas ganz Schreckliches erinnern soll.*

Auf den dreißig Metern bis zum Hauseingang erkannte niemanden den Schlagerstar, und als Herbie zehn Minuten später noch einmal zurückkehrte, um die Wäsche zu holen, versicherte er der zerknirscht dreinblickenden Lisa vom Geschenkartikelladen, dass der Camper spätestens bis zum Nachmittag wieder weg sein würde.

Teddy hatte inzwischen den Fernseher eingeschaltet, sich ohne zu fragen ein Bier aus dem Kühlschrank geholt und sich auf das Sofa geflätzt. Als Herbie eine halbe Stunde später wieder aus dem Badezimmer kam, war er bereits vor einer Telenovela eingeschlafen.

Die Waschmaschine lief, und Herbie sah auf die Uhr.

»Könnte klappen«, murmelte er.

Was hast du vor?

»Solange der schläft, könnte ich doch mal schnell zum Katharinen-Stift rüberhuschen.«

Um was zu tun?

»Weiß nicht. Mal gucken, was die Bleibtreu da so macht.«

Julius wiegte skeptisch den Kopf hin und her. *Und Enrico Caruso willst du solange unbeaufsichtigt in deinen vier Wänden lassen?*

»Das Risiko gehe ich ein. Dauert ja nicht lange.«

Also machte sich Herbie auf den Weg. Unterwegs kaufte er noch ein paar Lebensmittel ein. Das Geld ging schon wieder zur Neige, und plötzlich war auch wieder der Schein mit Annettes Nummer weg.

Vorsichtig näherte er sich wenig später dem Haupteingang des Wohnheims. Das Gebäude war so ganz anders, als Herbie sich Altenheime immer vorgestellt hatte. Er konnte sich nur sehr schwer in die Situation hineinversetzen, einen nahen Verwandten in so einer Einrichtung unterbringen zu müssen.

Er versuchte sich vorzustellen, wie es wohl wäre, wenn hier jemand tagein, tagaus auf seinen Besuch warten würde.

Denk nicht mal dran, mein Bester. Julius winkte ab. *Mich kriegst du nicht in so ein Ding.*

»Wenn ich mich so umgucke, wärst du aber nicht der Einzige deiner Art in diesem Laden«, raunte Herbie.

Im Eingangsbereich saßen verstreut ein paar der Bewohner. Die eine löste Kreuzworträtsel, der andere starrte teilnahmslos vor sich hin, und eine weitere Frau redete sehr intensiv mit jemandem, der nicht da war.

»Siehst du da irgendwen, Julius?«

Ja, aber den kenne ich nicht. Lass uns weitergehen, sonst quatscht er mich noch an. Er trägt ein Ringelhemd und rote Schuhe.

Alles war geräumig, lichtdurchflutet und in freundlichen Pastellfarben gehalten. Das Einzige, was auf die Funktion des Heims hindeutete, war der nur unterschwellig wahrnehmbare Geruch von alten Menschen und Medikamenten.

Eine junge Pflegerin mit allerlei Piercings schob eine alte Frau im Rollstuhl vorbei.

»Ist niemand an der Rezeption?«, fragte sie freundlich. »Kann ich Ihnen helfen?« Auf ihrem Namensschildchen stand *Chantal*.

Herbie schrak zusammen. »Helfen? Ach … nein … Ich wollte eigentlich nur …«

Einziehen und dich durch die Gegend rollen lassen.

»Da draußen steht ein Wagen. So ein Firmenwagen … *RaumGefühl* …« Er fummelte unbeholfen an seiner Einkaufstüte herum.

»Ach, der gehört der Frau Bleibtreu. Die Innenarchitektin. Die ist vor einer Dreiviertelstunde gekommen. Was ist denn mit dem Wagen? Ist was passiert?«

Die alte Frau im Rollstuhl reckte im selben Augenblick erregt den Kopf herum. »Ach, ist das wahr? Die Frau Bleibtreu ist heute wieder da?« Ein freudiges Leuchten blitzte in ihren wässrigen Augen auf.

»Frau Bleibtreu gestaltet zurzeit die einzelnen Etagen«, erklärte die junge Frau. »Darauf ist sie so ein bisschen spezialisiert. Das hat sie auch schon in mehreren anderen Wohnheimen gemacht.«

»Wir lieben es, wenn sie kommt!«, sagte die alte Frau verzückt.

Die junge Pflegerin legte der Frau sanft die Hand auf die Schulter. »Sie malt die Elemente auf die Wand. Als Wiedererkennungsmerkmal für die Bewohner. Die Farben, verstehen Sie? Blaue Wellen für fließendes Wasser, rote Flammen für loderndes Feuer …«

Und eine Lederjacke in Orange für schlechte Musik.

»Äh, ja, ich kenne die Elemente, ich …«

»Und wir gucken ihr dann immer zu, wie sie malt«, erzählte die Seniorin beglückt. »Sie kommt schon seit ein paar Wochen immer wieder her, und es ist so schön, sich mit ihr zu unterhalten und zu sehen, wie wunderschön sie das macht!«

Julius inspizierte mit großem Interesse den Rollstuhl. *Man könnte ihn tieferlegen und dicke Socken aufziehen lassen. Ordentlich getunt geht das Ding sicher ab wie eine Rakete.*

»Ja, aber das geht heute leider nicht, Frau Poensgen. Sie wissen ja, dass wir beiden Hübschen jetzt noch was vorhaben, nicht wahr. Aber morgen nach dem Mittagessen ist die Frau Bleibtreu ja wieder da, und dann bringe ich sie auf die Station.«

»Sie malt gerade das Feuer«, jubilierte die alte Frau. »Sie ist so talentiert.«

Hinter dem Empfangstisch war jetzt auch wieder jemand aufgetaucht. »Guten Morgen, wollten Sie zu mir?«

Zögernd trat Herbie näher.

Mit einem Gruß verabschiedete sich die Pflegerin, und die alte Dame winkte ihm im Davonrollen fast huldvoll zu, wie die Queen in ihrer Staatskarosse.

»Wollen Sie jemanden besuchen?«

Herbie schüttelte den Kopf. »Äh, nein, ich kenne hier niemanden. Es ist nur so, dass ich …«

»Ach, eine Anmeldung?«, fragte die Dame an der Rezeption lächelnd und mit schief gelegtem Kopf. Er musste ihr ein wenig verwirrt vorkommen.

Herbie blickte hilfesuchend zu Julius. Was ihm überhaupt nicht weiterhalf.

»Wie heißt denn der oder die Verwandte?« Sie zückte ihre Schreibutensilien.

Los, trau dich. Julius machte ein paar treibende Bewegungen mit den Händen. Kämpfe nicht länger gegen dein Unterbewusstsein an. Es muss doch langsam mal raus. Spuck es endlich aus, Herbert Feldmann!

»Nun ja, es ist meine Tante. Henriette Hellbrecht.«

17. Kapitel

Teddys offensichtlicher Undank kümmerte ihn im Moment wenig. Herbie war viel zu aufgeregt, denn er hatte endlich die ersehnte Auskunft von Annette per SMS erhalten: Paul-Ernst Wrobels Auto war unter einer Adresse in Schwerfen gemeldet.

Und sie schickte noch eine weitere Nachricht hinterher: *Ich habe was im Wohnmobil vergessen!* Das erwähnte Herbie seinem Beifahrer gegenüber lieber nicht. Sie waren inzwischen unterwegs nach Euskirchen.

»Oh Mann, das T-Shirt ist total verfärbt.«

Teddy Marco in Pink! Na, da bin ich aber mal gespannt, ob er damit ein paar neue Fans heißmacht.

»Wie lange dauert denn so ein Treffen?«

»Ich denke in einem Stündchen sind wir damit durch.« Teddy betrachtete seinen Bauch, über dem sich das verfärbte Shirt wölbte.

»Echt? Eine ganze Stunde?« Herbie juckte es in den Fingern, den seltsamen Bienenonkel aufzusuchen. »Geht das nicht schneller?«

»Rosa und Orange ... das beißt sich doch total«, maulte Teddy.

»Verkauf es als neuen Teddy-Marco-Trend«, schlug Herbie vor. »Dann tragen es alle!«

Er ließ Teddy vor dem Alten Casino in der Nähe des Bahnhofs raus und brauchte danach eine halbe Ewigkeit, um einen Parkplatz zu finden.

Schon als er sich dem Veranstaltungsort näherte, dudelte durch die offene Tür ein munteres Potpourri der großen Teddy-Marco-Hits.

Julius schien schon mächtig gespannt auf das vor ihnen liegende Event zu sein. *Ringadingdong! Jetzt wollen wir mal eine kesse Sohle aufs Parkett legen, was? Oh, schau mal da!*

Vor dem Eingang prangte ein lebensgroßer Pappaufsteller von Teddy Marco. Er war an den Rändern ganz ausgefranst und mit Tesafilm geflickt.

Sicher hat er in seinem Pappkameradenleben schon sehr viel Liebe und Zuneigung erfahren.

Herbie hatte am Eingang Mühe, unter Beweis zu stellen, dass er wirklich und wahrhaftig der Chauffeur des großen Schlagerstars war. Er hatte keine Lust, als Nicht-Teddy-Marco-Fanclub-Mitglied acht Euro Eintritt zu blechen.

Der Festsaal des Alten Casinos war einmal die Gute Stube Euskirchens gewesen, die lange Jahre leer gestanden und ein finsteres Dasein geführt hatte. Einige Jahre zuvor hatte sich ein emsiger Verein gegründet, der sich auf die Fahne geschrieben hatte, das Baudenkmal vor dem Verfall zu retten, und mittlerweile war wieder alles fein herausgeputzt und wurde für die unterschiedlichsten kulturellen Darbietungen genutzt. Das Fischgrätparkett glänzte, und die Wände und Decken waren aufwendig restauriert worden.

Die etwa vierzig Fans sahen etwas verloren aus, aber sie und ihr Idol, so schien es, waren sich selbst genug.

Teddy schäkerte und quasselte, er schrieb Autogramme und betrachtete mit einer Mischung aus scheinbar ehrfürchtigem Staunen und fassungsloser Ergriffenheit knapp zwanzig Portraits, die seine Anhänger höchstselbst fabriziert hatten und die an ein paar Stellwänden präsentiert wurden. Teddy Marco erstrahlte dort in Kohle, Pastell, Öl, Blei und Aquarell. Auf dem ein oder anderen Bild war er sogar fast zu erkennen. Das Absonderlichste war sicherlich eine aufwendige Intarsienarbeit aus abgeflämmten Streichhölzern. Teddy Marco war hin und weg und sang zum Dank sogar ein kleines Liedchen *unplugged.*

Das Geschlecht der Fans war erwartungsgemäß zu einem übergroßen Prozentsatz weiblich, aber das Alter deckte die ganze Palette ab. Eine Mutter schob ihre Tochter vor, die vielleicht fünf oder sechs Jahre alt sein mochte und die einen artigen Knicks machte.

Und dann erlebte Herbie einen anderen Teddy Marco. Er ging in die Hocke, nahm die Hand des Kindes, und dann begann er zu singen, und das kleine Piepsstimmchen kam hinzu, und gemeinsam trällerten sie:

Ringadingdong – mein Herz schlägt wild,
Ringadingdong – bei deinem Bild.
Ringadingdong – was zeigt die Uhr?
Ringadingdong – wo bleibst du nur?

Teddys Blick begegnete in diesem Moment dem von Herbie. Er war fest und entschlossen. Seine Mimik war geradezu feierlich, und da war plötzlich nichts Lächerliches mehr an der Figur des Sängers, nichts, über das man sich hätte lustig machen können.

Er erhob sich, zog langsam die berühmte, orangefarbene Lederjacke aus und hängte sie schließlich ganz ohne große Geste dem Mädchen über die schmalen Schultern.

»Hier, die ist für dich«, sagte er sanft.

Es waren weniger als vierzig Menschen im Saal, aber der Jubel, der im nächsten Moment losbrach, klang nach vierzigtausend.

* * *

Als sie Schwerfen erreichten, war es bereits später Nachmittag. Herbie verglich die Adresse auf dem Display seines Handys mit den Straßenschildern. Floisdorfer Straße, das war hier. Sie hatten den Ortsausgang erreicht. Es ging ein wenig bergan. Rechterhand standen ein paar ältere Häuser, dort waren die geraden Hausnummern. 28 – hier wohnte Dr. Paul-Ernst Wrobel.

Teddy Marco war während der ganzen Fahrt von Euskirchen hierher ungewöhnlich still gewesen. Es war diesmal jedoch offenbar kein Groll wie am Vormittag, der ihn hatte verstummen lassen. Er war eher nachdenklich, in sich gekehrt. Den Ellenbogen hatte er auf die Innenverkleidung der Seitentür gelegt, den rechten Fuß auf das Armaturenbrett gestellt, und mit der Hand stützte er das Kinn ab. So hatte er die ganze Zeit nahezu bewegungslos dagesessen und in die Ferne gestarrt.

»So, da wären wir«, sagte Herbie.

Teddy sah ihn so überrascht an, als wäre er gerade aus einer Trance erwacht. »Wo?«

»Bei unserem Bienenmann. Schon vergessen?« Er setzte den Blinker und parkte das Wohnmobil am Straßenrand. »Kommst du mit?«

»Was soll ich denn da?«

»Okay, dann lass mich wenigstens durch«, schnaufte Herbie verärgert und kletterte über Teddys Beine hinweg zur Beifahrertür. Er sprang hinaus und stiefelte zu der kleinen Mauer, die das Grundstück umfasste. Er drückte einen Klingelknopf und wartete mit verschränkten Armen.

So, und was willst du ihn denn nun fragen, den Bienenmann?

»Ich werde ihm auf den Kopf zusagen, dass er es gestern auf Frau Bleibtreu und ihre Mutter abgesehen hat«, sagte Herbie aus dem Mundwinkel, sodass Teddy es vom Wagen aus nicht sehen konnte. »Und ich werde ihm das Foto des Toten zeigen. Da bin ich jetzt schon auf die Reaktion gespannt.«

Es geschah nichts. Herbie fühlte sich auf fatale Weise an den Hausbesuch des Vorabends in Ohlerath erinnert. Schließlich klingelte er ein zweites Mal.

Mach dir nichts draus. Es liegt nicht an dir. Die Leute sind hier so.

Verärgert stampfte Herbie mit dem Fuß auf. »Der kann sich da drinnen verschanzen, solange er will. Mich wird der so schnell nicht los.« Er ging mit weit ausholenden Schritten zurück zum Wohnmobil und kletterte umständlich wieder hinein.

»Und jetzt?«

»Wir versuchen es von der Rückseite!«

Herbie startete und lenkte das Wohnmobil langsam an dem Grundstück mit dem kleinen Häuschen vorbei. Nach ein paar Metern bog er rechts in einen Feldweg ein. Mit großer Kraftanstrengung ließ er dabei das Lenkrad rotieren.

Das Gelände stieg an. Der Camper schaukelte bei jedem Schlagloch in dem unbefestigten Weg hin und her. Ein paar Meter weiter oberhalb fanden sie sich schließlich auf einer großen, weiten Ebene wieder.

Na toll. Julius legte wie ein Indianer die flache Hand an die Stirn. *Endlose Weite. Fünf Tagesritte bis zum Horizont. Nicht gerade der Platz, der prädestiniert ist, um unbemerkt ein Fahrzeug abzustellen.*

»Egal«, beschied Herbie. »Wir lassen den Wagen hier stehen. Wir sind Touristen.«

Mit hiesigem Kennzeichen.

»Wir gehen spazieren.«

An einem der malerischsten Plätze der Nordeifel.

»Ich will diesem Herrn Wrobel mal zeigen, wie das so ist, wenn man unter Beobachtung steht.«

»Na gut, wenn du meinst.« Diesmal stieg Teddy zusammen mit ihm aus. »Vertreten wir uns ein bisschen die Beine.«

Sie stiefelten entlang des Feldrains, der an das Grundstück grenzte.

»So eine riesige Weide«, sagte Teddy und ließ den Blick schweifen. »Warum fährt der dann mit seinen

Bienen durch die Gegend? Der hat doch alles vor der Haustür.«

»Siehst du hier irgendwo Blüten? Das ist ein Feld, das wird regelmäßig gemäht. Da gibt es für die Bienen nichts zu ernten.«

»Aha.«

Auch hier gab es, ähnlich wie bei den Bleibtreu-Damen, jede Menge Strauchwerk, das den Garten mannshoch abschirmte. Ein rückwärtiges Gartentor hingegen gab es nicht.

Herbie stemmte die Hände in die Seiten und blickte suchend die Grundstücksgrenze hinauf und hinunter.

»Und jetzt?«, fragte Teddy.

Jetzt schreit er gleich so was wie: Herr Wrobel!

»Herr Wrobel!« Herbie traute sich nicht, mit voller Lautstärke zu rufen, aus Furcht, die Nachbarn könnten auf sie aufmerksam werden.

Vom Grundstück her erfolgte keinerlei Reaktion. Sie lauschten in die Stille. Nur das Geräusch einiger unterhalb des Hauses vorbeifahrender Autos war zu hören.

Teddy bog ein paar Zweige auseinander. »Wenn du mich fragst, kommen wir da durch.«

Herbie brauchte nur einen kurzen Moment, um nachzudenken. Schließlich nickte er entschlossen. »Also gut.«

Als hätte er nur das entsprechende Kommando abgewartet, begann Teddy Marco, sich durch die Büsche zu kämpfen. Es war dichtes Gestrüpp. Herbie vermutete Holunder oder Liguster. Irgendetwas stark Wucherndes auf jeden Fall. Als Teddy auf der anderen Seite angekommen war, stolperte er aus dem Gestrüpp heraus auf die dahinterliegende Wiese, als hätte die Hecke ihn regelrecht ausgespuckt. Herbie folgte ihm ein paar Sekunden später nach. Sie blickten sich suchend um.

»Herr Wrobel?«

Da waren zwei reichlich verrostete Wäschestangen, an denen Reste von Kunststoffleinen herabbaumelten, und ein kleines, im Gras eingelassenes Becken, das mit winzigen, viereckigen, blauen Kacheln ausgekleidet war und in dem fauliges Wasser voller altem Laub stand.

»Herr Wrobel?«, rief Herbie erneut. »Wir hätten da mal ein paar Fragen an Sie!«

Du tust ja gerade so, als wärst du Inspector Barnaby vom CID Causton. Pirschen die sich nicht auch immer von hinten durch den Garten heran?

Ein paar Stachelbeer- und Johannisbeersträucher bildeten eine kleine Mauer mitten auf der Rasenfläche, und dahinter waren einige Bienenstöcke zu erahnen. Sie zählten drei Stück.

Ein emsiges Summen war zu hören. Wieso waren die Kästen nicht abgedeckt? Große, quadratische Deckel aus glänzendem Metall lagen auf der Wiese. Als sie die Obststräucher umrundeten, erkannten sie, dass einer der Kästen zur Seite gekippt war.

Und dann sahen sie zwei Beine, die zwischen den Behausungen herausragten. Sie gehörten zu dem Körper eines Mannes in Imkerkleidung, dessen Kopf unter einer Unmenge friedlich umeinander krabbelnder Bienen nicht zu sehen war.

»Herr Wrobel«, sagte Herbie fassungslos. Teddy Marcos Hand krallte sich von hinten in seine Schulter. Es tat ein bisschen weh.

So, dann zeig ihm mal das Foto des Toten. Da bin ich aber auf die Reaktion gespannt.

18. Kapitel

Nur ein paar Meter von ihnen entfernt waren die noch immer herumwuselnden Bienen damit beschäftigt, die neue Situation zu erfassen und sich anders auszurichten. Ihre Behausungen waren grob in Unordnung gebracht worden. Eine Unordnung, die weit über das regelmäßige Herausziehen der Waben und den Diebstahl ihrer Vorräte hinausging. Ein Kasten war komplett umgekippt. Alles war jetzt anders. Der Einflugschlitz lag schräg, der Deckel fehlte, sie waren verwirrt.

Und zu allem Überfluss lag der Mann, der sie täglich besuchte, bewegungslos zwischen ihren Wohnstätten auf dem Boden. Er roch anders als sonst. Da war kein Rauch diesmal. Ein betörender Duft lockte sie auf seinen Kopf. Sie stachen ihn nicht. Sie wollten ihn nicht verletzen. Sie wurden langsam ruhiger.

Julius war der Erste, der Worte für das Horrorszenario fand, das sie eine Viertelstunde zuvor im Garten von Dr. Paul-Ernst Wrobel vorgefunden hatten: *Da bekommt der Begriff Bienensterben doch eine ganz andere Bedeutung.*

»Das glaube ich nicht«, stammelte Teddy immer wieder. »Das glaube ich einfach nicht.« Er war kraftlos auf einer alten Holzbank in sich zusammengesackt und hatte eine derart blasse Gesichtsfarbe angenommen, dass Herbie schon begann, sich echte Sorgen um ihn zu machen. »Wie schrecklich. Schrecklich, schrecklich, schrecklich!«

Um nicht zu sagen schrecklich.

»Ich habe mir ja schon oft überlegt, wie ich mal abtreten will, wenn es irgendwann so weit ist«, murmelte Teddy tonlos. »Auf der Bühne muss es nicht unbedingt sein. Wäre natürlich schön, aber muss nicht sein. Im Bett wäre okay, dann aber bitte nicht allein, sondern mit …«

»Teddy, jetzt brems dich bitte mal!« Herbie klatschte laut in die Hände. »Du bist gesund, dir geht es gut, der Heino singt noch mit achtundsiebzig, der Heesters hat noch mit hundertacht geträllert, das toppst du locker! Es geht hier um den Toten, der da bei den Bienenstöcken liegt!«

»Ja, du hast recht.« Teddy fuhr sich mit den Händen übers Gesicht. »Mit so was habe ich keine Erfahrung. Entschuldige. So ein furchtbarer Unfall.«

»Ach was!«, sagte Herbie mit einem Kopfschütteln. »Nonsens! Das war doch kein *Unfall!*«

»Dein *Gefühl* wieder mal?«

»Ja, genau, mein Gefühl! Das brauchst du gar nicht so abfällig zu sagen. Ich spüre es, da steckt etwas ganz anderes dahinter als ein popeliger Unfall!«

»Popelig? Na, erlaube mal.«

»Schon gut, schon gut, du hast ja recht. Es ist schlimm.« Herbie begann, auf dem kleinen, mit Steinplatten bedeckten Platz auf und ab zu gehen. »Sehr schlimm sogar. Aber vor allem ist es doch bizarr. Der erste Tote liegt im Outlet-Städtchen wie eine umgekippte Modepuppe mitten im Schaufenster. Gewissermaßen auf dem Präsentierteller. Der zweite steckt hier im munteren Bienengewusel zwischen seinen Kisten fest. Das ist doch grotesk!«

Teddy sog die Luft zwischen den Zähnen ein. »Also dass du da nach dem Puls hast fühlen können, wo doch all diese Viecher … Brrr.« Er schüttelte sich. »Ich werde im Leben keinen Honig mehr essen können.«

»Na, wenn das deine einzige Sorge ist …« Herbie war an die Gartentür herangetreten und betrachtete sie nachdenklich. Er tippte mit dem Ellenbogen dagegen. »Bloß keine Fingerabdrücke«, murmelte er.

»Du willst doch da nicht reingehen!«

Julius seufzte lang und tief. *Ach, mein lieber Teddy Marco, wenn du mich doch nur sehen und hören könntest. Ich könnte dir Dinge erzählen … Herbert Feldmann tut niemals das, was man gemeinhin tun sollte. Eigentlich macht er immer das exakte Gegenteil!*

»Geh da bloß nicht rein, hörst du!«

Doch Herbie war bereits im Wohnzimmer. Teddy Marco folgte ihm zögernd. »Ich halte das für keine gute Idee, *Buddy*.«

»Mag sein, mag sein. Da kann ich aber im Moment leider keine Rücksicht drauf nehmen. Mein *Gefühl*, weißt du.«

»Was suchst du denn überhaupt?«

»Wer ist dieser Wrobel, vielmehr: Wer war er? Wir wissen nichts über ihn, außer, dass er Bienen gezüchtet hat, dass er heimlich die beiden Frauen ausspioniert hat und dass er … dass er … Na ja, eigentlich war es das schon.«

»Und dass er Beethoven-Fan war«, ergänzte Teddy Marco.

Herbie blickte ihn fragend an. »Beethoven-Fan?«

»Ja, er hat kleine Schildchen auf den Bienenkästen. Elise, Leonore, Adelaide.«

»Das sind Frauennamen. Na und?«

»*Leonore* ist die einzige Oper von Beethoven. *Adelaide* ist so ein Lied, dessen Melodie er geschrieben hat, und *Für Elise* muss ich ja wohl nicht erklären.«

Beeindruckendes Kreuzworträtselwissen, muss man schon sagen.

»Ja denkst du denn, ich kenne mich nur mit Schlagertralala aus? Ich liebe Musik. Auch Klassik!«

Herbie guckte immer noch skeptisch.

»Okay, wenn du mir nicht glaubst, dann guck dahin …« Eine Beethoven-Büste stand auf dem Sideboard. »… dahin …« Zahllose Schallplattenhüllen füllten die Regale. Neben einem Plattenspieler lag eine Papphülle. »… und dahin …« Die großformatige Kopie eines Ölporträts hing im protzigen Barockrahmen über dem Sofa.

»Okay, das überzeugt mich. Sehr gut, Watson«, sagte Herbie mit einem zögerlichen Nicken.

Hätte ich dir auch sagen können. Julius betrachtete die Reproduktion des Musikers und grinste. *Die olle, taube Nuss.*

Wo in der Wohnung von Paul-Ernst Wrobel kein Beethoven war, waren dafür Bienen. Fotografien, historische Kupferstiche, ein Bienen-Mobile über dem Fernseher …

Teddy fühlte sich offenbar ausgesprochen unwohl bei dem Gedanken daran, unbefugt die Wohnung eines Toten zu durchschnüffeln. »Wir müssten jetzt aber mal langsam die Notrufnummer wählen, oder?«

»Kein Handyempfang«, sagte Herbie, ohne auf sein Handy zu sehen. Er betrachtete eingehend die Bilder. »Und deshalb suche ich hier erst mal irgendwo ein Telefon.«

»An der Wand?«

»Man kann nie wissen.«

»Aber da vorne steht es doch!« Teddy wies auf das Sideboard.

»Jaja. Langsam, langsam …« Herbie bewegte sich vorsichtig Schritt für Schritt durch den Raum und inspizierte alles. Er spähte in den Nebenraum. »Ah, das Büro.« Dann verschwand er um die Ecke. »Hier ist doch sicher auch noch irgendwo ein Telefon.«

»Verflucht, dann rufe ich jetzt eben die Polizei an!«, polterte Teddy und kramte sein Mobiltelefon aus der Hosentasche.

»Den Rettungsdienst!«, kam Herbies Stimme aus dem Büro.

»Wieso das denn? Du denkst doch, es wäre ein Verbrechen.«

»Was ich denke, interessiert hier nicht. Der Notarzt wird gebraucht!«

»Aber der Alte ist doch tot!« Als Teddy durch die Tür nach nebenan guckte, war Herbie gerade dabei, mit spitzen Fingern irgendwelche Papiere auf dem Schreibtisch auseinanderzupflücken.

»Kann man da sicher sein?«, brummte er halbherzig.

»Na hör mal, der Mann verwandelt sich da draußen gerade in seinen eigenen Bienenstock. Der ist so was von tot! Du hast keinen Puls mehr gefühlt! Rufst du jetzt an oder nicht?«

»Jaja, Momentchen noch.« Herbie hatte damit begonnen, mit seinem Handy den übervollen Schreibtisch, die Regale und die Wände zu fotografieren. »Sobald mein Gerät frei ist. Das sieht hier zwar alles reichlich unordentlich aus, aber es macht mir nicht den Eindruck, als wäre die Wohnung durchsucht worden.«

»So, das reicht jetzt!« Teddy tippte entnervt die 112, und nach ein paar Sekunden Wartezeit blaffte er in den Apparat: »Guten Tag, hier gibt es einen Notfall. Ein Verletzter liegt hier. Bei seinen Bienen … Ja, genau, Bienenkästen … In Schwerfen.« Er nannte die Adresse. »Ob er noch lebt?« Er schielte ratlos zu Herbie hinüber, der aber immer noch keine Notiz von ihm nahm. »Weiß ich nicht … die Bienen … Er bewegt sich jedenfalls nicht mehr.« Dann schien am anderen Ende eine Frage gestellt zu werden, die ihm Unbehagen bereitete. »Ich? Äh … Herbert Feldmann!«

Als er das Gespräch beendet hatte, entließ er laut pustend die Luft aus den Lungen. »Sind unterwegs.

»Na, Dankeschön«, sagte Herbie, triefend vor Sarkasmus. »Da hätte ich auch gleich selbst anrufen können.«

»Wolltest du aber nicht.«

»Hätte ich schon noch gemacht. Ich war hier noch nicht fertig mit … mit …« Er machte eine weit ausholende Handbewegung. »Jedenfalls hätte ich schon noch angerufen.«

Aber wenn der Bluthund Herbie erst mal eine Fährte in der Nase hat, kann ihn nichts ablenken.

»Du machst dich besser aus dem Staub. Verkriech dich am besten im Wohnmobil. Wir wollen doch nicht, dass Teddy Marco unnötig aktenkundig wird, oder?«

Herbie sah auf die Uhr. »Gut, dann sollte mir noch ein Viertelstündchen bleiben. Das ist nicht besonders viel, um sich hier gründlich umzusehen. Und währenddessen kann ich mir noch überlegen, was ich denen sage, warum ich überhaupt hier bin.«

Wir kommen von der Bienen-Seelsorge, weil wir erfahren haben, dass Herr Wrobel seine Bienen schlägt.

»Erzählst du ihnen was von Wrobels Spannerei bei den beiden Frauen?«

Herbie sah ihn strafend an, ohne darauf zu antworten. Dann widmete er sich wieder dem Bilderrahmen, der schon wenige Momente zuvor seine Aufmerksamkeit erregt hatte. »Interessant«, murmelte er. »CLEROPA & CO. Sagt dir das was?«

»Was soll das sein?« Teddy betrachtete mit zusammengekniffenen Augen das kleine Stück Papier hinter Glas. Es nahm sich regelrecht winzig aus in dem Rahmen. Dem Grad der Vergilbung nach musste es schon sehr alt sein, allem Anschein nach handelte es sich um eine Zeitungsannonce. Teddy ging ganz nahe heran, um das Kleingedruckte entziffern zu können. »*Haushaltsauflösungen und Entrümpelungen,* Telefonnummer in Bonn«, las er laut. »Seltsam.«

»Sieh mal hier.« Herbie zeigte auf eine gerahmte Urkunde. »Die hat Dr. Wrobel zum Abschied vom Museum Schnütgen in Köln bekommen. Da war er wohl bis zu seiner Pensionierung stellvertretender Leiter, wenn ich das richtig sehe.«

Sie untersuchten den Inhalt der Regale und die Bücher und Papiere, die in verschieden dicken Sedimentschichten selbst auf der Fensterbank und der kleinen Sitzgruppe lagen.

Wenn sie sich auch nur annähernd einen Überblick über Dr. Wrobel und sein langes Leben hätten verschaffen wollen, hätte es sicher mehrere Tage gedauert.

»Hat in Bonn studiert«, sagte Herbie. »Promotionsurkunde. Und hier: Ein Foto vom jungen Wrobel im Laufdress. Stattlicher Mann. Ich finde, im Alter hatte er was Vogelartiges.«

Teddy betrachtete währenddessen mit schief gelegtem Kopf ein sehr breites Aquarell in einem hellen Holzrahmen, das direkt über dem Schreibtisch hing. Es zeigte mehrere Blüten, auf denen natürlich Bienen saßen, die sich an dem Nektar gütlich taten. Das Bild wirkte kindlich-naiv. Es gab keine Signatur. Die Blüten, die in einer Reihe nebeneinanderstanden, sahen aus wie deutlich zu klein ausgefallene Margeriten. Oder die Bienen waren zu groß geraten. Irgendwie passte es gar nicht hierher, und er schob seine Finger dahinter, um zu prüfen, ob sich dort vielleicht ein Safe oder so etwas befand. Dem war aber nicht so.

Herbie unterzog jetzt eine Reihe von kleinen, historisch anmutenden Messingfiguren auf dem oberen Brett des Regals einer näheren Prüfung, wozu er auf einen kleinen Holzschemel stieg. Sie taten all dies mit äußerster Vorsicht und dem Bestreben, möglichst keinerlei Fingerabdrücke zu hinterlassen.

Ihr seid so drollig, ihr zwei, wie ihr so durch die Gegend schleicht und die Wände anstarrt. Wie modernes Tanztheater ohne Ton.

Der Ton folgte im nächsten Augenblick in schriller Form des Telefons. Herbie und Teddy schraken simultan mit einem Aufschrei zusammen. Fast wäre Herbie vom Hocker gestürzt. Er ruderte wie wild mit den Armen und fing sich im letzten Moment.

Es klingelte zwei Mal, und dann sprang irgendwo unter den Papieren auf dem Schreibtisch mit einem lauten Klacken ein Anrufbeantworter an, und die Stimme des Toten ließ ihnen das Blut in den Adern gefrieren: »Dies ist der Anrufbeantworter von Dr. Paul-Ernst Wrobel. Hinterlassen Sie bitte eine Nachricht nach dem Signalton.«

Dann fiepte es laut, und eine Frauenstimme ertönte: »Guten Tag, Herr Dr. Wrobel, hier spricht Keil vom Notariat Dr. Günzel in Bonn. Ich habe jetzt noch einmal vorsichtshalber bei Herrn Dr. Günzel nachgefragt, und der bedauert es außerordentlich, hat mir aber noch einmal bestätigt, dass wir Herrn Mechoff nicht zu einem gemeinsamen Termin haben bewegen können. Herr Mechoff hat ausdrücklich betont, dass er mit keinem von Ihnen in Kontakt treten möchte. Wenn Sie dazu noch Fragen haben, können Sie mich gerne noch einmal anrufen. Auf Wiederhören.«

Ein Piepen, ein Klacken, dann herrschte wieder Stille.

»Ha, Mechoff!«, sagte Herbie triumphierend. »Schon wieder dieser Name! Wrobel hatte uns doch für Abgesandte dieses ominösen Roland Mechoff gehalten. Und Wrobel hatte Angst gehabt. Da stimmt doch was nicht.«

Er schob mit dem ausgestreckten Zeigefinger Papiere und Briefumschläge hin und her. »Ich wusste doch, dass hier irgendwo ein Telefon ist.« Mit dem Ellenbogen räumte er schließlich einen Stapel von Bienen-Fachzeitschriften beiseite, wobei einige Exemplare lautstark zu Boden flatterten. Da dort bereits andere Papiere lagen, kümmerte Herbie sich nicht weiter darum. An der Stelle, die er freigelegt hatte, stand tatsächlich das Telefon. Es war ein altmodisches Gerät mit einem Hörer. Immerhin hatte es keine Wählscheibe mehr. Herbie zögerte kurz und blickte Teddy und Julius einen Moment lang nachdenklich an. Seine Zungenspitze fuhr aufgeregt über die Lippen.

»Was hast du vor?«, fragte Teddy.

»Wirst du gleich sehen.« Herbie drehte sich ein paar Mal hin und her und schickte suchend den Blick durch den Raum. Auf dem kleinen Tischchen bei der Sitzgruppe wurde er fündig. Er nahm das Brillenputztuch, das dort zwischen allerlei anderen Utensilien gelegen hatte, und ging zurück zum Telefon. Dann hob er mit dem Tuch den Hörer ab, fischte sich einen der Bleistifte aus der Ablage, atmete tief durch und drückte schließlich mit dem stumpfen Ende des Stifts auf die Wahlwiederholungstaste.

Mit einer Handbewegung winkte er Teddy näher heran. Gemeinsam lauschten sie, was aus der Muschel drang. Es tutete fünf Mal.

Dann wurde am anderen Ende klappernd ein Hörer abgehoben. Es war eine alte, heisere Männerstimme, die sich meldete. Sie sagte sehr langsam und mit einem rasselnden Atem zwischen den einzelnen Worten: »Ja, hallo … Wer ist da?«

Und jetzt pass genau auf, was er als Nächstes macht! Sein Gefühl! Julius faltete erwartungsvoll die Hände vor den gespitzten Lippen.

»Herr Mechoff?«, sagte Herbie zaghaft.

Es dauerte einige Sekunden, bevor der Mann am anderen Ende mit einem lauernden Unterton antwortete: »Roland Mechoff, ja. Und wer sind Sie? Wieso rufen Sie von Pauls Nummer an?«

In diesem Moment fuhr draußen mit großem Getöse der Rettungswagen vor.

Als Herbie nicht gleich antwortete, wurde am anderen Ende aufgelegt.

Herbie blickte in den Hörer und dann zu Teddy. »Du machst dich jetzt besser aus dem Staub. Versteck dich im Wohnmobil. Wir wollen doch nicht, dass der berühmte Teddy Marco aktenkundig wird.«

19. Kapitel

Sie fuhren durch die hereinbrechende Dunkelheit. Die Sommernacht war warm, und sie hatten die Fenster heruntergekurbelt. So weit es ging.

Der Notarzt hatte dieselbe Diagnose gestellt wie Herbie schon zwanzig Minuten zuvor. Dr. Paul-Ernst Wrobel war tot. Nicht, dass Herbie daran gezweifelt hätte, aber es war ein Gefühl der Bestätigung, das ihn beruhigte. Er hatte angegeben, sich mit dem Wohnmobil verfahren zu haben. Als er ausgestiegen sei, um nach dem Weg zu fragen, hätte er merkwürdige Geräusche gehört. Zum Glück hatte sich keiner der Rettungssanitäter diesen Terminus näher erläutern lassen. Auch die Polizei, die, nachdem der Notarzt Wrobels Tod festgestellt hatte, herbeigerufen worden war, hatte keinen Verdacht geschöpft. Sie hatten seine Personalien aufgenommen und angekündigt, dass in den nächsten Tagen noch Formalitäten zu erledigen seien.

Julius hatte aufmerksam die Bemühungen der Rettungssanitäter beobachtet, die ohne spezielle Imkerkleidung ihre Mühe hatten, Wrobels Leichnam zu untersuchen. *Nun guckt mal, die emsigen Bienchen.*

Herbie hatte nicht gewusst, wen er denn nun meinte.

Im Wohnmobil hatte Teddy ungeduldig auf ihn gewartet und lustlos in einer billigen Koran-Ausgabe herumgeblättert.

Seit ihrer Ankunft in Schwerfen waren jetzt beinahe drei Stunden vergangen.

»Wenn man wenigstens die Telefonnummer hätte sehen können.« Herbie schlug verärgert auf das Lenkrad. »Wie haben die Leute früher nur gelebt? Immerhin hat es ziemlich lange geklackert. Also mit Vorwahl.«

Das grenzt die Möglichkeiten des Wohnorts von Herrn Mechoff natürlich schon mal enorm ein!

Auch Teddy tat zwischendurch so, als beteiligte er sich an der Spurensuche. »Dann ruf doch mal die Nummer von dieser komischen Zeitungsannonce an.«

Herbie honorierte diesen Vorschlag mit einem anerkennenden Nicken. Er rief das Foto, das er von dem gerahmten Zeitungsschnipsel gemacht hatte, auf seinem Handy auf, las sie laut vor und wählte, während er mit den Ellenbogen weiter das Wohnmobil lenkte.

»Die Nummer ist garantiert uralt. Würde mich wundern, wenn da noch der Teilnehmer von damals drangeht.« Dass sich wieder die Stimme des alten Mannes melden würde, erwartete er nicht. Aber einen Versuch war es wert. In der Leitung tutete es lange. Herbie ließ es durchklingeln, aber niemand hob ab.

»Wohin fahren wir?«, fragte Teddy.

»Nach Hillesheim. Ich will in meinem eigenen Bett schlafen. Und du hast dann das ganze Wohnmobil für dich.«

Teddy Marco sagte eine Weile nichts mehr. Sein Schweigen wurde richtiggehend angespannt.

»Was ist mit dir?«

»Ach, nichts.«

»Du hast doch was!«

Julius grunzte belustigt. *Wenn du und ich nicht schon das alte Ehepaar wären, dann würde ich jetzt sagen, ihr seid eins. Als Nächstes kommt: Was denkst du gerade?*

»Ach, weißt du, es ist wegen heute Nacht … Also wegen letzter Nacht …«

Für einen Moment richtete Herbie den Blick nach rechts und musste grinsen. Teddy hatte den Mund verkniffen und knetete seine Finger.

»Hast du etwa … Angst?«

»Schon ein bisschen.«

»Aber du glaubst mir doch nicht, wenn ich sage, dass uns jemand absichtlich mit der Blechlawine talwärts geschickt hat.«

»Tu ich ja auch nicht.«

»Aber Schiss hast du trotzdem?«

Als Antwort kam nur ein vieldeutiges Brummen.

»Was soll ich also tun?«, fragte Herbie.

Wieder ein Brummen.

»Zu dir oder zu mir?« Er konnte ein Kichern kaum noch unterdrücken.

Auch Teddy begann jetzt leise zu glucksen und prustete schließlich laut los. »Dass ich mal mit einem Mann über so was …«

Plötzlich knallte es, und Herbie verriss ganz kurz, aber heftig das Steuer.

Teddy schrie laut auf. »Was war das?«

»Keine Ahnung.« Herbie bremste den Camper herunter.

»Die schießen auf uns, garantiert! Mit einer Panzerfaust oder so was Ähnlichem.«

Und so etwas würde man auch schon brauchen, um diese Kampfpanzer-Missgeburt von der Straße zu fegen.

Jetzt erhob Herbie die Stimme, um Teddy zur Ruhe zu bringen. »He, he, he, komm mal runter, Teddy, Kumpel! Kein Mensch bombardiert uns. Wir haben irgendwas erwischt.«

»Erwischt?«

»Platt gefahren, mitgenommen, überrollt …« Er kurbelte die Scheibe herunter und reckte den Kopf hinaus. Im schwächer werdenden Abendlicht erkannte er etliche Meter weiter hinter dem Wagen ein kleines, dunkles Häufchen auf der Fahrbahn. »Ein Karnickel oder eine Katze.«

Soll ja beides gleich schmecken.

»Oh nein«, heulte Teddy Marco und vergrub das Gesicht in den Händen.

* * *

Sie blickten in die züngelnden Kerzenflammen, die einen goldenen Schein durch die Nacht schickten. Sie saßen auf dem Boden vor dem Wohnmobil. Es war gemütlich. Sie waren satt. Teddy wirkte entspannt und zupfte leise auf den Saiten seiner Gitarre herum.

Auch wenn sie es gerne getan hätten, konnten sie unmöglich ein Lagerfeuer anzünden. Sie befanden sich auf einem asphaltierten Stellplatz hinter der Weiherhalle am Ortsrand von Blankenheim. »Es war nicht tot, es war nur betäubt, und dann ist es weggehoppelt«, sagte Herbie.

Teddy war immer noch skeptisch. »Aber es ist verletzt, und es stirbt jetzt sicher qualvoll.«

Julius hatte seine ganz eigene Vision: *Es ist jedenfalls nicht schnell genug, und der Fuchs erwischt es, und weil der Fuchs zu vollgefressen ist, wird er vom Jäger erschossen, und seine Familie muss verhungern. Ihr habt eine Kette der Gewalt in Gang gesetzt.*

Nach dem Karnickel waren mit Teddy völlig die Nerven durchgegangen. Dass er alleine im Camper übernachtete, war von diesem Moment an völlig ausgeschlossen gewesen. Zähneknirschend hatte sich Herbie darauf eingelassen, einen Platz nahe bei irgendwelchen anderen Fahrzeugen aufzusuchen. Von der Autobahn waren sie auf die B51 abgebogen. Auf dem erstbesten Parkplatz standen neben mehreren LKWs zwei Wohnmobile mit roten Herzchen, und sie waren beide der Ansicht, dass das nur zu unnötigen Verwechslungen und peinlichen Situationen führen konnte. Dann war Herbie der Stellplatz am Ahrufer eingefallen. Rechts und links standen jeweils ein weiteres Wohnmobil. Ein neunundzwanzig Jahre alter Knaus Traveller mit verwelktem Charme, der zwei knallsympathischen Holländern namens Hendrik und Aaltje gehörte, die ihnen Bauchspeck und Würstchen vom Grill spendiert hatten. Und auf der anderen Seite ein versnobtes Paar aus Würzburg mit ihrem gigantischen Angebermobil, das den verheißungsvollen Namen Concorde Cruiser 890 RLL Iveco Daily trug.

Beim Anblick des Letzteren hatte Julius sofort nach der eingebauten Garage Ausschau gehalten, in der das eigentliche Campingmobil parken musste.

»Ein siebenarmiger Leuchter«, sagte Teddy. »Jüdisch, oder? Ist dein Freund Jude?«

»Wahrscheinlich auch, ja.«

»Es ist verdammt gemütlich«, seufzte Teddy. »Mit Gunter Gabriel habe ich mal eine Nacht auf dem Deck seines Hausboots verbracht. Auch schon tot, der Gunter.«

»Und Chris Roberts.«

»Ja, irgendwie alle.«

»Aber du bist noch eine Weile da.«

»Wollen wir hoffen.« Teddy zupfte eine leise Melodie.

»Wie geht es denn bei dir nun weiter?«, fragte Herbie nach einer Weile. »Ich meine, auftrittsmäßig.«

»Da gibt es noch zwei, drei Auftritte, die ich vor mir habe. Prümer Sommer, Waldfest Tondorf … alles hübsch in der Nähe. Und wenn das vorbei ist, geht's ab nach Spanien. In Denia haben Doreen und ich ein Haus. Mal gucken, was dann kommt. Wenn sie weiter so rumspinnt, ist es am Ende wirklich … na, am Ende.«

»Hast du eigentlich Kinder?«

Teddy schnaubte. »Jedenfalls keine, von denen ich weiß.«

Er spielte leise weiter. Mit sehr viel Gefühl. Eine Weile schwiegen sie.

»Vielleicht hätte ich mal besser ein paar Kinder gemacht. Dann wüsste ich wenigstens, wofür das alles gut ist. Man hätte zum Schluss das Gefühl, dass man selbst geht, aber dass da ein Stückchen von einem übrig bleibt. Weißt du, ich habe nie den richtig großen Jahrhunderthit gelandet. Ringadingdong, okay, ganz nett. Jeder kennt es, jeder kann es mitgrölen, aber das war's dann auch schon. Der Ralph Siegel hätte fast mal was für mich geschrieben. Das hätte was werden können. Aber ich habe mich dann doch anders entschieden. War wohl alles vorherbestimmt, so wie es jetzt ist.«

Herbie lauschte der Melodie und hing seinen Gedanken nach.

»Der Mann im Schaufenster tut mir leid«, sagte Teddy unvermittelt. »Der war nach irgendwas auf der Suche.«

»Ja, natürlich, nach dem Haus, in dem Eveline Bleibtreu wohnt. Und einen Namen hatte er noch genannt. Welchen?«

»Wo ist Hildegard?«, hat er gerufen. »Wo ist Hildegard?«

»Vermutlich heißt Evelines Mutter so.«

Nicht weit entfernt ertönte ein Geräusch. Teddy schrak zusammen. »Was war das?«

Herbie legte beruhigend die Hand auf seinen Arm. »Der dicke Holländer schnarcht.«

Er hat immerhin zwei Stück Bauchspeck, drei Würstchen und sechs Flaschen Bitburger in sich drin. Dass da Geräusche entstehen, ist unvermeidbar.

Herbie konnte Julius in der Dunkelheit kaum erkennen. Nur ab und zu fiel ein wenig Licht der flackernden Kerzenflammen auf sein Gesicht.

»Gut zu wissen, dass wir nicht wieder allein hier in der Pampa rumstehen.« Teddy spielte leise weiter.

»Dass du auch klassische Musik spielen kannst, hätte ich gar nicht gedacht.«

»Ich habe dir doch gesagt, dass es für mich nicht nur dieses ewige Schlagertralala gibt. Ich habe sogar mal in einer Jazzband gespielt. Vor tausend Jahren.« Es klang ein bisschen wehmütig.

»Und das da? Ist das Beethoven?«

Teddy machte ein belustigtes Geräusch. »Nein, ist nur so eine Melodie. Das hier ist Beethoven.« Er spielte jetzt etwas anderes. Die Finger seiner Linken huschten flink über den Gitarrenhals und die der anderen Hand zupften sanft die Saiten über dem Schallloch.

»Ach, *Für Elise*. Kenn ich. Klingt sehr ähnlich. Vom Stil her, meine ich.«

Herzlich willkommen zu einer neuen Ausgabe von »Erkennen Sie die Melodie«!

Jetzt stimmte Teddy wieder die erste Melodie an. »Keine Ahnung, woher ich es habe. Hm ... B-Dur ... nein, so geht es weiter.« Er korrigierte die letzten Töne. »Ja, so ist es richtig.«

Herbie war plötzlich sehr still geworden. Er murmelte: »Ich habe das gehört. Erst kürzlich. Heute oder gestern.«

Teddy nickte heftig. »Sag ich ja, ich auch.«

»Aber wo? Spiel weiter, spiel weiter!«

Und Teddy wiederholte die Melodie. Sie war nicht besonders lang, wahrscheinlich nur ein Bruchstück. War es im Radio gelaufen? Hatte es jemand gesummt? Gesungen? Nein, gepfiffen!

»Eveline Bleibtreu!«, sagte er, erleichtert darüber, dass es ihm eingefallen war.

»Stimmt!« Teddy setzte erneut an. Es war eine fröhliche, sehr sanfte Melodie. Sie perlte dahin und verwandelte die Atmosphäre der lauen Sommernacht in eine

Ahnung von einem bald anbrechenden Tag, von etwas Neuem, das beginnen würde. Es klang nach Hoffnung.

Abrupt hörte Teddy mit seinem Spiel auf. »Dein Handy!«, sagte er aufgeregt. »Hol mal dein Handy raus!«

»Aber ...«

»Nun mach schon!«

Herbie wunderte sich. Woher kam mit einem Mal diese Hektik? Er musste sich ein wenig strecken, um es aus der Tasche seiner engen Hose zu bekommen.

»Die Fotos aus Wrobels Wohnung!«, sagte Teddy aufgeregt. »Zeig sie mal! Schnell!«

Herbie tat, wie ihm geheißen. Er rief die Bilder auf. Es waren zwölf Stück, die er im Haus aufgenommen hatte. Selbst vom toten Wrobel hatte er ein Bild gemacht, aber das vermied er anzusehen.

Du schämst dich eigentlich sogar ein bisschen dafür, dass du es gemacht hat, stimmt's, alter Knabe? Herbie hörte Julius' Stimme ganz dicht bei seinem Ohr. Manchmal kam ihm sein Begleiter so vor wie sein wandelndes schlechtes Gewissen. *Ich denke, du wirst es wahrscheinlich sowieso demnächst löschen.*

»So, hier sind sie!«

Teddy nahm ihm fast grob das Mobiltelefon aus der Hand und wischte mit seinem Finger von einem Foto zum nächsten. Endlich schien er das eine Bild gefunden zu haben, nach dem er gesucht hatte. »Hier! Guck es dir an!«

Es war das seltsame Bienengemälde über dem Schreibtisch. »Die Bienen!« Teddy tippte mit dem Finger auf jede einzelne von ihnen und gab dazu Töne von sich. »Es sind Noten!«

»Noten?«

»Dieses komische Aquarell ist nichts anderes als ein riesiges Notenblatt!« Er drückte Herbie das Telefon in die Hand, kramte in seiner Hosentasche herum und holte einen Zettel hervor. Prüfend ließ er den Blick darüber wandern. »Alte Tankquittung.« Dann holte er aus der anderen Hosentasche einen Eddingstift. Er präsentierte ihn grinsend und sagte: »Immer autogrammbereit!« Im Schein des Kerzenleuchters zog er fünf kleine Linien über das Papier.

Absetzen kann er bei seinem beispielhaften Schwarzgeld-Modell ja sowieso nichts.

»Bisschen grob mit Edding und dem ollen Papier, aber ich hab nichts anderes.«

Dann spielte er erneut die Melodie auf der Gitarre. Langsam und deutlich. Und für jeden Ton malte er eine Note aufs Papier.

Herbie verglich den Zettel mit den Bienen.

»Du hast recht«, hauchte er. »Es ist dieselbe Melodie!«

Er trank sein Bier leer und starrte in die Nacht. »Komische Dinge passieren da«, sagte er und gähnte. »Evelin Bleibtreu summt bei der Gartenarbeit eine Melodie vor sich hin, die bei Wrobel an der Wand hängt – in Form eines Bienenbilds. Exakt dieselben Noten! Die verwandelt doch nicht umsonst jemand in munter summende Bienchen. Richtig komisch.«

»Ich habe so was noch nie erlebt«, pflichtete ihm Teddy bei.

Julius hob abwehrend die Hände. *Ach, wenn wir mal anfangen würden zu erzählen, was, Herbie-Baby?*

Sie wurden schläfrig. Auch Teddy gähnte herzhaft und rappelte sich irgendwann auf. Herbie pustete die sieben Kerzen aus. »Wer geht zuerst ins Bad?«

»Ich pinkel draußen.«

Eine Viertelstunde später löschten sie das Licht, und da Herbie beim Streichholzziehen verloren hatte, schlief er diesmal auf dem Boden. Es war hart und unbequem, und trotzdem übermannte ihn schon bald der Schlaf.

Das Letzte, an das er dachte, bevor er wegdämmerte, war der Firmenname CLEROPA & CO. Danach würde er sich erkundigen müssen. Ob es diese Firma heute noch gab?

Dann umfing ihn traumlose Schwärze.

* * *

Es war kurz nach zwei, als er wieder aufwachte. Sein Mund war trocken wie die Wüste Gobi, und in dem Wohnmobil war es so stickig wie im Affenhaus.

Leise krabbelte er unter der Decke hervor und schlich sich auf Zehenspitzen durch die Tür hinaus. Auch draußen war die Nacht alles andere als kühl und erfrischend, aber hier roch es wenigstens nicht nach den Ausdünstungen zweier erwachsener Männer, deren Schweiß die Luft schwängerte.

Herbie machte ein paar ziellose Schritte durch die stockfinstere Nacht.

Da vernahm er mit einem Mal ein Rascheln und ein schnaufendes Geräusch dicht vor sich.

»Na so was, kannst du auch nicht schlafen, Julius?«

»Hä? Wen meinst du mit Julius?«

Herbie war es, als führen tausend Volt durch seinen Körper. »Teddy, sag mal, bist du noch ganz bei Trost?«, zischte er leise, um keinen in den anderen Wohnmobilen aufzuwecken.

»Ich muss schon wieder pinkeln. Wer ist Julius?«

»Niemand. Ein Traum. Ich habe geträumt.«

Na, dankeschön. Es schmerzt, immer und immer wieder verleugnet zu werden, weißt du das? Ich stehe übrigens hinter dir.

»Mann, Mann, Mann, hab ich einen Brand.« Herbie ging in die Hocke und begann, den Boden abzutasten. Irgendwo hier neben der Eingangstür musste noch eine Flasche Bier stehen. Sein Durst war grausam. Das Grillfleisch war höllisch gewürzt gewesen.

Er hörte das leise Tapsen von Teddys Füßen. Dann ein leises Plätschern. Dann wieder Stille.

Und dann waren da andere Schritte. Noch waren sie weiter entfernt. Kleine Steinchen knirschten unter festen Sohlen. Sie kamen näher.

Das Tapsen von Teddys Füßen hörte abrupt auf. Vermutlich lauschte er ebenso in die Dunkelheit hinein wie er.

Die Schritte waren jetzt ganz nah.

Wer mag es sein? Der Würger von Blankenheim?

Eine Taschenlampe flammte jäh auf. Ihr Licht war durch ein Tuch gedämpft, aber es reichte, um Herbie und Teddy sofort abwehrend die Arme hochreißen zu lassen.

Als der Lichtkegel sie erfasste, wurde er auch schon sofort wieder gelöscht. Die Schritte wurden hektisch, entfernten sich wieder. Wer immer es war, er lief weg.

In diesem Moment brüllte Teddy los. Es klang wie »Angriff!« oder »Attacke!«, jedenfalls schien er sich selbst Mut einflößen zu wollen.

Als Herbie endlich begriff, dass er hinter dem nächtlichen Besucher herrannte, ging im Würzburger Wohnmobilpalast das Licht an, und die Tür wurde aufgestoßen. »Ja geht's noch, ihr Penner?«, brüllte der Mann. »Ist jetzt vielleicht bald mal Ruhe?«

Es klirrte, als irgendetwas Gläsernes zerbrach, und als Herbie im schwachen Licht des Wohnmobils in die Richtung lief, in die Teddy und der andere verschwunden waren, wäre er beinahe in die Scherben einer zerborstenen Flasche hineingetreten. Keine Bierflasche. Klares Glas, ein Fetzen Stoff, Flüssigkeit. Es roch scharf nach Benzin.

Etwas weiter lag Teddy am Boden und hielt sich den Unterleib vor Schmerzen.

»Verdammte Scheiße«, presste er gepeinigt hervor. »Die Sau hat zugetreten.«

Julius beugte sich über den Verletzten und machte eine wedelnde Handbewegung. *Huiuiui, mitten in die Kronjuwelen, fürchte ich.*

Teddy wand sich hin und her.

»Du hast ihn in die Flucht geschlagen, Teddy, du hast ihn tatsächlich verjagt. Das war großartig, Mann!« Er klopfte ihm anerkennend auf die Schulter.

»Ich habe sein Gesicht gesehen.«

»Wirklich? Wer war es?«

»Keine Ahnung. Irgendein junger Typ. Er hat einen Schnurrbart, so einen bis zum Kinn.«

20. Kapitel

Aus der Titanic unter den Wohnmobilen wurde ihnen auf kleinen Melamin-Tellerchen Rührei mit frischem Schnittlauch und kleinen Frühlingszwiebeln serviert. Von der anderen Seite kredenzte Holland köstlich süßen Vla aus dem Tetrapak und dazu echt antiken Amsterdamer.

Die gesamte Nachbarschaft nahm großen Anteil am Ungemach, das die beiden Mitcamper aus dem Rostmobil in der Nacht ereilt hatte, und wollte ihnen das Frühstück besonders nett machen.

Wie eine kleine Campingfamilie. Rührend.

Teddy Marco saß zwar immer noch mit zusammengekniffenen Beinen da, aber ansonsten hatten sie den Schrecken des nächtlichen Überfalls weitestgehend verdaut.

»Ich hätte ihn ja gleich kaltgemacht«, betonte der Kapitän des Luxusliners ein weiteres Mal. »Junge, Junge, das hätte ich wissen müssen.«

»Mein Mann hat immer eine Gaspistole dabei!« Seine Frau nickte heftig und hatte die Augen dramatisch aufgerissen.

»Ja, das habe ich. Man kann ja nie wissen. Aber meine Frau und ich hatte ja heute Nacht nun mal die Ohren verstopft, weil … ähm …« Er wollte offenbar nicht weiter auf Teddys musikalische Spätvorstellung eingehen.

»Un ihr wollt niet informiere die Politie?« Hendrik konnte es nicht verstehen.

»Ach was«, sagte Teddy mit einer wegwerfenden Handbewegung.

Herbie und er hatten sich darauf geeinigt, die Sache herunterzuspielen. Ein weiterer Kontakt zur Polizei könnte einer zu viel sein. Das war ihnen zu heiß.

»Ist doch nichts passiert«, pflichtete ihm Herbie bei. »Man weiß ja auch überhaupt nicht, ob der wirklich vorhatte, irgendwas anzustellen.«

Nein, vielleicht hat der ja nur Benzin aus dem Tank in die Flasche abgezapft. Nur ein bisschen. Für sein Feuerzeug.

In Wirklichkeit waren Herbie und Teddy im höchsten Maße alarmiert.

Bei Herbie hatte sich sogar eine Art grimmiger Entschlossenheit eingestellt. »Wir kriegen den Dreckskerl«, raunte er Teddy zu. »Früher oder später kriegen wir ihn!«

»Aber wer tut denn so was?«, fragte die Würzburger Nobelcamperin. »Ein Verrückter?«

Das darf man sich getrost fragen. Das hässlichste der drei Wohnmobile abzufackeln, grenzt ja an Leichenschändung. Der Concorde Cruiser 890 RLL Iveco Daily hätte doch viel schöner und länger gebrannt!

Hendrik, Aaltje und die beiden Würzburger, die ihre Namen so genuschelt hatten, dass man sie nicht hatte verstehen können, waren fassungslos. Und da es sich bei ihnen allem Anschein nach um ausgesprochen schlichte Gemüter handelte, einigten sie sich darauf, dass es sich vermutlich um einen verhinderten islamistischen Anschlag handelte.

»Das war ein Gefährder«, sagte die Würzburgerin. »Die sind ja jetzt überall.«

»Wer is die rosa Mann da auf deine Bauch?«, fragte Aaltje und zeigte auf Teddys T-Shirt.

»Keine Ahnung«, sagte der nur und zündete sich ein Zigarillo an.

Eine quäkende Melodie ertönte. Mitten in das sonnenbeschienene Idyll des Frühstücks im Freien platzte in diesem Moment ein Telefonanruf für Herbie.

»Oh, guten Morgen, Tante Hettie.«

Sie lief sofort zur vollen Form auf: »Sag mal, bist du eigentlich völlig meschugge?«

Herbie erhob sich und entfernte sich ein paar Schritte vom Wohnmobil und von den anderen.

Julius tat erstaunt. *Aber das weiß sie doch.*

Fast hätte Herbie geantwortet: Das weißt du doch.

»Ach, was frage ich?«, keifte seine Tante am anderen Ende der Leitung. »Das weiß ich doch! Aber jetzt hast du endgültig den Bogen überspannt, du Kretin! Was habe ich nicht schon alles mitmachen müssen! Warum hat mich das Schicksal so hart gestraft, als es dich mir aufhalste! Ich bin ja schon einiges von dir gewöhnt, aber das war jetzt der sprichwörtliche Tropfen, der das Fass zum Überlaufen gebracht hat! Das wird dieses Mal Konsequenzen haben, du Nichtsnutz, du Versager, du Null!« Ihre Stimme war so laut und schrill, dass die anderen zu Herbie herüberguckten.

»Aber was soll ich denn jetzt schon wieder …«

»Was fällt dir ein, mich im Altenheim anzumelden?«

Jetzt überleg dir gut, was du ihr antwortest. Davon hängt dein Leben ab. Sag etwas Nettes, Freundliches.

»Aber Tantchen! Das ist doch kein Altenheim, das ist ein schönes, gepflegtes Wohnheim für *Best Ager.*«

Julius vergrub das Gesicht in beiden Händen.

»Was? Was?« Ihre Stimme überschlug sich. »Das ist mir doch egal, du Niete! Was hast du dir dabei gedacht?«

»Ich …«

»Was du dir dabei gedacht hast, will ich wissen!«

»Das ist ein Versehen. Ich habe dich doch gar nicht angemeldet, sondern …«

Im Hintergrund hatten die anderen inzwischen damit begonnen, die Sachen wegzuräumen.

»Ich lasse dein Konto sperren! Ich werde deine Wohnung kündigen, ich …«

»Aber Tantchen …«

Sie legte auf.

Auflegen ist eigentlich gar nicht der richtige Ausdruck. Julius legte die Stirn in Falten. *Sie wirft auf. Sie schleudert auf. Sie rammt auf!*

Die Würzburger hatten unterdessen ihre Edelklappstühle zusammengefaltet und verstaut und die Holländer ihren Resopaltisch mit den aufgequollenen Kanten. Es herrschte allgemeine Aufbruchsstimmung.

Teddy war ins Wohnmobil verschwunden. Als Herbie ihm missmutig hinterherstapfte, wedelte er die Zigarilloschwaden beiseite. »Das ist ein Nichtraucherwagen«, maulte er.

»Ach, aber Räucherstäbchen darf man, ja?«

Teddy zog sich ein anderes T-Shirt an. In großen, fetten Lettern stand darauf *Ringadingdong*. Dann betrachtete er eingehend sein Erscheinungsbild im schmalen Spiegel des Wandschranks.

»Weißt du was, wir fahren noch einmal nach Ohlerath!«, beschied Herbie. »Zufällig weiß ich, dass Eveline Bleibtreu heute Nachmittag im Katharinen-Stift in Hillesheim wieder die Wände bepinselt. Das ist doch eine gute Gelegenheit, ihrer Mutter mal einen Besuch abzustatten, findest du nicht? Ich würde mich gerne ein bisschen mit ihr unterhalten.«

Teddy posierte immer noch vor dem Spiegel. »Schon komisch, so ganz ohne Lederjacke«, sagte er und drehte sich hin und her. »Die Fans brauchen so ein Erkennungszeichen, weißt du? Der Heino mit seiner Brille, der Wolle Petry mit seinen Bändchen, der Roberto Blanco mit der … also die Haut … diese …« Er hatte die Baskenmütze hervorgeholt und stülpte sie sich über die Miniplifrisur. »Wie wär's denn hiermit?« Er lachte albern. »Oh Mann, sieht das behämmert aus.«

Er nahm die Mütze wieder ab, wendete sie in den Händen und murmelte plötzlich: »Was haben wir denn hier?«

Da war der Zipfel eines Papierchens, der unter dem innenliegenden Lederband herausguckte. Er zupfte daran und hielt schließlich einen kleinen, zusammengefalteten Zettel in der Hand.

Als er ihn auseinandergefingert hatte, las er ihn und reichte ihn an Herbie weiter.

Dort stand, mit Kugelschreiber hingekritzelt:

Ich bin Gottfried Bräutigam.

Ich bin am 3.9.1935 in Marburg geboren.

Ich lebe im Haus Hachenberg in Biedenkopf.

Herbie nahm ihm die Mütze aus der Hand und untersuchte das Lederband. Dort fand er einen weiteren Zettel:

Gottfried Bräutigam

Gottfried Bräutigam

Gottfried Bräutigam

Dieser Name stand dort insgesamt nicht weniger als dreizehn Mal in einer kleinen, zittrigen Schreibschrift geschrieben.

Und schließlich war da noch ein weiteres Papierchen auf der anderen Seite der Mütze unter dem Saum versteckt:

Gottfried Bräutigam

Gottfried Bräutigam

Gottfried Bräutigam … insgesamt sechzehn Mal.

Julius lugte über Herbies Schulter und runzelte die Stirn. *Hmmm, wenn man nur herausfinden könnte, wie dieser Alte hieß.*

»Haus Hachenberg in Biedenkopf«, murmelte Herbie. »Und immer wieder der Name … Warum schreibt man so was? Wenn das mal kein Demenzpatient war.«

Teddy Marco war dazu übergegangen, seine Löckchen wieder in Form zu bürsten, und sagte, mit einer gehörigen Portion Stolz in der Stimme: »Tja, da hätte ich ja einen wichtigen Fund gemacht, oder?«

Herbie nickte. »Immerhin wird das helfen, endlich den Toten zu identifizieren. Ich habe allerdings noch keine Ahnung, wie wir diese Information weitergeben sollen, ohne dass bekannt wird, wie wir drangekommen sind.«

Herbie kratzte sich am Kopf und starrte wieder auf die drei Zettel. »Biedenkopf … hm.«

»Das ist in Hessen. Da bin ich mal aufgetreten, in der Stadthalle. Zusammen mit …«

»Jaja«, fuhr Herbie ungeduldig dazwischen. »Aber warum ist der von Biedenkopf nach Münstereifel gekommen? Es muss doch auf irgendeine Art und Weise mit den anderen Alten zusammenhängen. Ich sehe da ein richtiges Senioren-Quartett vor mir: Gottfried Bräutigam, Paul-Ernst Wrobel, Roland Mechoff und Hildegard Bleibtreu. Drei Männer, eine Frau. Alle in etwa im gleichen Alter. Was verbindet sie sonst noch?« Herbie wedelte mit den Armen. Er wurde immer erregter, je öfter er alle Teile dieses Rätsels hin und her drehte, wendete und neu sortierte.

Eine laute, vierstimmige Fanfare verkündete die Abreise der rollenden Würzburger Residenz und ein fast gleichzeitiges, blechernes Krächzen des Nostalgiemobils aus Holland. Teddy trat in die offene Tür und reckte zum Abschied beide Daumen in die Höhe.

»Du könntest ruhig mal winken«, rief er.

»Keine Zeit«, sagte Herbie und biss auf dem Fingernagel seines Daumens herum. »Ich muss denken!«

Auweia, das kann natürlich eine Weile dauern. Was denkst du denn da so Denkwürdiges?

»Ich habe das Gefühl, dass ich irgendetwas vergessen habe.«

Mach keinen Quatsch. Was ist es? Wenn es dir wieder einfällt, schreib es auf, damit du es nicht vergisst. Schreib zu-

erst mal: Ich heiße Herbert Feldmann. Ich heiße Herbert Feldmann. Ich heiße …

»Die Telefonnummer! Von der Zeitungsannonce aus Wrobels Wohnung.« Er schlug die Faust in die Hand und holte sein Handy heraus. Der Akkustand war bedenklich niedrig. Es wurde höchste Zeit, dass er wieder nach Hause kam, um ihn aufzuladen.

»Ich werde Mechoff anrufen!«

»Mechoff?« Teddy hatte sich zu ihm umgedreht und trank aus der Klangschale. Der Kaffee darin war mittlerweile kalt und bitter. Er schüttete den verbliebenen Rest aus dem Wagen und warf die Schale in die Spüle. Es klang warm und wohltönend, wie ein kleiner, asiatischer Gong.

»Ja, Mechoff. Mein Gefühl, Teddy, mein Gefühl.«

Statt einer Antwort grunzte Teddy nur.

Herbie drückte die Wahlwiederholungstaste. Mit kleinen Pieptönen wurde erneut die Nummer des vorherigen Abends gewählt.

Wenn diesmal jemand dranging, würde sich Mechoff melden, garantiert. Herbie war sich ganz sicher.

Am anderen Ende wurde abgehoben. »Einen wunderschönen guten Morgen, die *Pension Schwälbchen* am Apparat, was kann ich für Sie tun?«

21. Kapitel

Mit dem Wohnmobil durch das sommerliche Bonn zu fahren, war schlichtweg die Hölle. Ohne Navigationssystem, ohne Straßenkarte, aber dafür mit einer gewaltigen Überbreite und mit zumindest einer Seitenscheibe, die sich nur halb öffnen ließ. Durch Teddys Seitenscheibe drangen zudem die fahrzeugeigenen Abgase herein, die aus unerfindlichen Gründen zum größten Teil nicht den vorgesehenen Weg durch den Auspuff nahmen, sondern sich gleich durch die Ritzen der Motorhaube ihren Weg nach draußen bahnten.

Hat er nicht gesagt, dass er Bonn wie seine Westentasche kennt? Julius hockte mit gespreizten Armen zwischen ihnen, die Ellenbogen auf ihre Rücklehnen gelegt. *Ich fürchte, sein orangefarbenes Proletenkostüm hat Derartiges niemals besessen.*

Herbie hätte zu gerne etwas erwidert, wie man es vorlauten Beifahrern gerne sagt: Schnall dich an, halt die Klappe und lass mich in Ruhe.

Julius hatte recht. Teddy hatte groß getönt »Das finden wir! Ich bin zigmal in Bonn aufgetreten. Rheinterrassen, Brotfabrik und sechs Mal allein in der Biskuithalle.« Aber insgesamt schien das alles schon lange zurückzuliegen, denn Teddys Informationen beschränkten sich im Folgenden auf Sätze wie »Hier war noch nie eine Einbahnstraße« oder »Hier war früher eine Kreuzung, garantiert«.

Huch, der Rhein? Wann ist der denn hierhin verlegt worden?

Dass er dann irgendwann bei dem Versuch, in seinem Handy eine hilfreiche Wegbeschreibung zu finden, völlig abzutauchen schien, fand Herbie gar nicht so schlimm. Eigentlich war das Gegenteil der Fall.

Entgegen aller Erwartungen fand er doch irgendwann die Buschstraße im Bonner Süden und blickte dem Schrecken der Parkplatzsuche ins Auge. Die Straße war nur einseitig mit mehrgeschossigen Gründerzeithäusern bebaut. Zur Linken lagen die Grünanlagen des Museums König. Herbie kurvte insgesamt acht Mal um den Häuserblock, bis er irgendwann einen Parkplatz fand, den gerade ein knallblauer Twingo räumte.

»Das schaffe ich nie«, murmelte er.

Aber sicher doch! Das schaffst du! Was soll schon passieren? Den Mercedes schiebst du dir mit der Stoßstange ein bisschen zurecht, und der Baum … na, guck doch mal, davon gibt es doch nun wirklich genug hier.

Geschlagene dreizehn Minuten brauchte er zum Einparken, und als er sich am Ende des Manövers schweißgebadet bei Teddy bedankte, der während der ganzen Zeit unablässig in sein Mobiltelefon gestarrt hatte, hielt dieser ihm wortlos das Display hin.

Teddy Marco – Absturz eines großen Schlagerstars, las er auf der Internetseite des Kölner Express. *Seine Lebensgefährtin Doreen B. packt aus: »Ich habe Angst um Teddy. Er säuft, hat den Führerschein abgeben müssen, und jetzt ist er pleite und völlig am Ende!«*

»Diese verdammte Kuh«, hauchte Teddy fassungslos. »Die will mich fertigmachen.«

Fakten, alles Fakten. Julius rümpfte verächtlich die Nase. *Nur das »groß« bei Schlagerstar würde ich unter Fake News einsortieren.*

»Oh Mann, Teddy, das tut mir leid«, sagte Herbie teilnahmsvoll. »Das hast du nicht verdient.« Er meinte es tatsächlich ernst. Und während er über den in einer Art Schockstarre auf dem Beifahrersitz verharrenden Teddy zur Beifahrertür kletterte, plapperte er weiter: »Wir tun jetzt was, um dich abzulenken. Wir klären endlich den Fall um den toten Mann im Schaufenster. Das machen wir, okay? Du machst mit, oder? Wir besuchen jetzt diese Frau Hagen in der *Pension Schwälbchen*, einverstanden, Teddy? Teddy?«

Er stand auf der Straße und öffnete die Arme wie bei einem Kind, das sich nicht traute, vom Beckenrand zu springen. »Teddy?«

Wortlos ließ sich sein Beifahrer vom Sitz gleiten und trat zur Seite, während Herbie abschloss.

»Verdammte Dreckskuh«, waren die einzigen Worte, die er sprach, während sie auf das Haus mit der Nummer 14 zugingen.

Die *Pension Schwälbchen* befand sich dort, wo Schwälbchen im Allgemeinen nisten. Hoch oben unterm Dach.

Das ist ja mal so richtig was für Bonn-Touristen, die ansonsten zum Kraxeln in die Alpen gereist wären. Julius war, wie immer, nicht im Mindesten außer Atem, als sie oben ankamen. Herbie dafür schon. Einen Aufzug gab es natürlich nicht. *Gut, dass wir nur mit kleinem Gepäck reisen, was?* Er deutete auf Teddy Marco, der sich noch eine Etage tiefer befand und nur langsam die Treppe heraufgetrottet kam.

Die obere Etage samt Dachgeschoss war von einer Eigentumswohnung in eine Pension mit fünf Zimmern umfunktioniert worden, wie ihnen Frau Hagen, eine kugelrunde, kleine Endfünfzigerin erklärte. »Wir sind richtig multikulti! Zurzeit haben wir ein Pärchen aus Neuseeland hier, einen Amerikaner, eine Finnin, einen Professor aus Prag und einen Asiaten, von dem ich einfach nicht rauskriege, wo er herkommt. Er spricht kein Deutsch, kein Englisch und kein Französisch. Aber es klappt. Er zeigt immer auf alles.«

Das Etablissement war ein Traum in Pastell. Es gab keine noch so winzige Ecke und kein Möbelstück, das nicht farbig gestaltet war. Kein Tüpfelchen Weiß, alles in gedeckten, milden Tönen.

Im zur Straße hin gelegenen Frühstückszimmer schenkte Frau Hagen ihnen einen Kaffee aus.

»Das ist ja lustig, dass Sie diese alte Anzeige gefunden haben«, sagte Frau Hagen glucksend. Sie schien überhaupt ein ausgesprochen fröhlicher Mensch zu sein. Auch ihre Kleidung war ein flatterndes Ensemble in Blassgrün, Sand und Flieder. »Und wie war das noch mal? Sie schreiben für …«

»Wir schreiben nicht, wir bereiten eine Sendung vor. Eine Recherche für einen Fernsehbeitrag über das Bonner Studentenleben in den Sechzigern.«

Wofür du wahrlich prädestiniert bist, mein Bester. Du hast noch nie eine Uni von innen gesehen. Hoffentlich stellt sie ein paar Detailfragen.

»Haben Sie denn auch in Bonn studiert?« Frau Hagen hielt das Milchkännchen über Herbies Tasse. »Milch?«

»Ja, in … nein, danke, keine Milch. In Trier.«

»Ehrlich?« Frau Hagen quiekte begeistert auf. »Ich auch.« Das Milchkännchen wanderte zu Teddys Tasse. »Und Sie?«

Überrascht blickte Teddy von seinem Handy auf. »Hm? Nein, danke.«

»Ich meine, haben Sie auch in Trier studiert?«

»Äh … ich? Nein.«

Genau diese Art von Fragen hatte ich mir erhofft!

Herbie machte einen raschen Versuch, das Steuer herumzureißen, bevor es brenzlig wurde. »Sie haben mir am Telefon gesagt, dass Sie die Nichte von Roland Mechoff sind.«

»Um sieben oder acht Ecken. Wirklich ganz weit entfernt. Zucker?« Die kleine Zange mit dem Klümpchen schwebte über seinem Kaffee.

»Nein, danke. Und Herr Mechoff hat hier gewohnt, sagen Sie?«

»Ja, genau. Zusammen mit ein paar anderen Studenten. Das war eine richtig klassische WG. Ich habe in Trier ja auch in einer WG gewohnt. Sie auch? Zucker?« Jetzt hatte sie Teddys Tasse angesteuert.

»Hm? Äh … Ja.«

»In einer WG? Wirklich?«

»Nein, Zucker, bitte.«

»Ach so.« Sie ließ den Würfel in seinen Kaffee plumpsen.

»Oh ja, das WG-Leben habe ich geliebt. Richtiggehend geliebt habe ich das! Vielleicht habe ich deshalb auch diese Pension eröffnet. Es ist so schön, mit so vielen Menschen zusammenzuleben. Man kann immer ein Schwätzchen halten, und …«

Herbie intervenierte. »Haben Sie Ihrem Onkel …«

»Um sieben oder acht Ecken, wie gesagt.«

»Haben Sie ihm die Wohnung abgekauft?«

»Oh nein, dafür hätte mein Geld nicht gereicht. Sie gehört ihm immer noch. Aber das läuft alles ganz unkompliziert. Er weiß, dass ich mich um alles kümmere. Wenn wir einmal im Jahr voneinander hören, ist das oft.«

»Wo wohnt er?«

»In der Eifel.«

»Ach, und wo?«

»Nicht weit entfernt von Kall.«

»Tatsächlich? Wo denn genau?«

»In einem Ort namens Steinfeld. Besteht aus einem alten Kloster und einem winzigen Wohngebiet. Und er muss sehr oft ins Krankenhaus nach Mechernich. Onkel Roland ist sehr schwer krank, wissen Sie. Aber müssen Sie sich denn keine Notizen machen?«

»Ach, das merke ich mir alles. Ich habe ja auch noch meinen Kollegen dabei.«

Julius klatschte begeistert in die Hände. *Die beiden Computergehirne.*

Frau Hagen betrachtete Teddy Marco einen Moment lang mit gerunzelter Stirn. »Ich habe Ihren Kollegen schon mal irgendwo gesehen, glaube ich.«

Ja, auf der heutigen Titelseite des Express. *Er säuft und ist pleite.*

»Das kann schon sein. Er moderiert die ein oder andere Magazinsendung im Privatfernsehen. Zurück zum Thema, Frau Hagen: die WG Ihres Onkels!«

»Um sieben oder …«

»Jaja. Was könnten Sie uns und den Zuschauern denn darüber erzählen?«

»Es waren vier«, sagte sie eifrig und begann an den Fingern abzuzählen. »Drei Männer und eine Frau. Mein Onkel Roland – also ich sage immer Onkel, obwohl … Sie wissen schon, nicht wahr?«

Herbie nickte ergeben.

»Dann der Clemens Reuter und schließlich noch einer, der hieß Paul, soweit ich weiß … Paul-Irgendwas … ein doppelter Vorname.«

»Und eine Frau, sagten Sie?«

»Ja, aber von der weiß ich leider auch nicht den Namen. Warten Sie mal!« Sie sprang vom Stuhl auf und eilte aus dem Raum. Als sie zurückkehrte, hielt sie eine gerahmte Fotografie in den Händen. »Das haben wir in der Küche hängen. Quasi als Reminiszenz an die alten Zeiten hier in der Wohnung.«

Herbie erkannte Paul-Ernst Wrobel sofort. Zwar hatte der Mann auf dem Bild noch dichtes Haar, aber die Gesichtszüge waren schon damals scharf geschnitten gewesen, die Nase wie der Schnabel eines Vogels nach vorne gewölbt.

Die Fotografie war schon alt, die Farben ins Gelblich-Grüne verschossen. Die Hemden der jungen Männer hatten spitze, lange Krägen, und der eng anliegende Pullover der Frau war bunt geringelt.

»Das da ist Onkel Roland.« Frau Hagen tippte auf den Mann ganz links.

Ich glaube, sie hat vergessen zu erwähnen, dass sie um sieben oder …

Herbie funkelte ihn böse an. Frau Hagen folgte irritiert seinem Blick, der in die Richtung einer Vase auf der Anrichte ging.

Der Mann war kleiner als die anderen. Schlank, mit üppigen, blonden Koteletten. Er lehnte sich an die Schulter eines anderen Mannes, der von Aussehen und Statur genau das Gegenteil von ihm war. Ein überaus bärtiger, schwarzhaariger Mann im Cordjackett und mit kugelrundem Bauch. »Das war Clemens Reuter.« Frau Hagen senkte vertraulich die Stimme. »Er und Onkel Roland hatten ein … na, der Rheinländer sagt Fisternöll dazu.«

»Ein Verhältnis? Sie waren ein Paar?«

»Ja, mein Onkel ist homosexuell. Schon immer. Also, solange ich denken kann. Er und Clemens haben später zusammengewohnt, als die WG schon nicht mehr existierte. Der Clemens ist dann in den Achtzigern gestorben. Aids, wissen Sie.«

Herbie nickte verständig.

»Heute lebt Onkel Roland ja auch wieder mit einem Mann zusammen. Viel jünger als er ist der. Die haben sogar eine eingetragene Lebensgemeinschaft, also so richtig mit allem Drum und Dran. Und jetzt, wo die auch … also wo alle plötzlich richtig heiraten dürfen, da haben die zwei auch gleich … also … geheiratet. Hört sich doch immer noch komisch an, oder? Zwei Männer … Hochzeit … ich weiß nicht.«

Herbie speicherte aufgeregt alle Informationen, die ihn erreichten. Diese Frau Hagen und ihr Wissen waren Gold wert!

»Ach ja, wie heißt denn der Mann … also der Gatte …«

»Heiner heißt er, Heiner Henn. Ein ganz netter. Wie schon gesagt, ich habe ja keinen engen Kontakt zu meinem Onkel. Den Heiner habe ich, glaube ich, nur zwei Mal gesehen. Hat so einen Schnurrbart, wie sie früher auch schon mal modern waren …«

Schnurrbart! Herbie dachte an die vergangene Nacht und daran, wie Teddy den Flüchtenden beschrieben hatte. Ein Schnurrbart, der bis zum Kinn hinunterreichte.

Teddy kriegte offenbar nicht das Mindeste von ihrer Unterhaltung mit.

»Das ist wunderbar, was Sie alles wissen, Frau Hagen. Nicht wahr, Teddy?«

Statt einer Antwort hielt Teddy ihm das Handy hin. Auch bei Focus Online war es jetzt für jedermann zu lesen: *Suff und Armut – Teddy Marco am Ende!*

Frau Hagen plauderte weiter. »Wie gesagt, die Frau kenne ich nicht.«

Wir dafür schon, was? Julius zwinkerte Herbie verräterisch zu.

Oh ja, Herbie kannte sie. Hildegard Bleibtreu, die damals sicherlich einen anderen Nachnamen gehabt hatte. Auch wenn die Fotografie über fünfzig Jahre alt war, waren ihre Gesichtszüge doch deutlich zu erkennen.

Wo aber war der Mann, dessen Tod sie seit einigen Tagen so sehr beschäftigte? Wo war der Tote aus dem Schaufenster?

»Schauen Sie mal, der ganze Krempel da drum herum.« Frau Hagen ließ den Zeigefinger kreisen. »Das Foto ist wahrscheinlich hier unten in der Garage gemacht worden. Ich kann mich noch daran erinnern, wie ich als Kind manchmal unten war. Lauter Gerümpel, alles Kram, den sie aus alten Häusern herausgeholt haben. Die vier haben richtiggehend damit gehandelt.«

»Genau, da war ja diese Annonce, durch die wir auf Ihre Telefonnummer aufmerksam wurden.«

Sie gluckste amüsiert. »Ja, unglaublich, oder? Dieselbe Telefonnummer, nach all den vielen Jahren. Ich weiß gar nicht, wie das überhaupt gekommen ist. Wo doch alle anderen Nummern … na ja, ist ja auch egal.« Sie hielt die Tülle der Kaffeekanne über Herbies Tasse. »Noch Kaffee?«

»Nein, danke.« Er sah auf die Uhr. Es ging auf Mittag zu. Zeit, dass sie wieder in die Eifel kamen. »Was hat Ihr Onkel denn studiert?«

»Geschichte. Und der Clemens hat Kunst studiert. Und die Frau, die hat, glaube ich, irgendwas mit Musik studiert. Hier stand auch ein altes Klavier, von dem ich mir gar nicht denken kann, wie das bis hier hochgeschafft worden sein soll. Bei diesem Paul-Soundso kann ich mich nicht erinnern, was es gewesen sein könnte. Und Sie?« Die Kaffeekanne zeigte auf Teddys Tasse.

»Nein, danke.«

»Nein, was Sie studiert haben? Ich habe es vorhin nicht mitgekriegt.«

»Ich? … äh …«

In diesem Moment klappte im Hintergrund eine Tür. Der Asiate kam die Treppe herunter. Ein kleiner, seitengescheitelter Mann mittleren Alters in Flatterhose und Sandalen.

»Hello«, sagte Frau Hagen lauter als nötig. »You want coffee?« Sie zeigte auf die Kanne. »Coffee? Kaffe? Café?«

Der Mann lachte fröhlich auf und plapperte etwas Unverständliches.

»Ich sage es ja«, erklärte Frau Hagen und wandte sich wieder ihren beiden Besuchern zu. »Ich verstehe kein Wort.«

Auf einmal stockte der Redefluss des Mannes, und er starrte Teddy Marco mit großen Augen an. Dann öffnete er den Mund, und ihm entfleuchte ein Laut des ungläubigen Staunens. Sein Finger wies auf Teddys *Ringadingdong*-T-Shirt, und seine Lippen formten die Silben: Te…ddy … Mar…co?«

Teddy erwachte aus seiner Lethargie, und ein scheues Lächeln stahl sich auf sein Gesicht. Er nickte zaghaft.

»Teddy Marco!«, jubelte der Asiate und fummelte sein Handy aus seiner Umhängetasche. Er plapperte unablässig asiatisches Kauderwelsch, in das er immer wieder den Namen *Teddy Marco* und den Begriff *Ringadingdong* einflocht.

Pass auf, der führt jetzt gleich einen balinesischen Hochzeitstanz auf!

Zur Erklärung schenkte Herbie Frau Hagen ein schiefes Grinsen und sagte: »Die Magazin-Sendung *Ringadingdong* meines Kollegen ist im fernöstlichen Fernsehen sehr beliebt, wie wir gehört haben.« Er erhob sich und trieb Teddy zur Eile an, weil er Sorge hatte, die Situation könne zum Schluss doch noch entgleisen. Dass der Mann begeistert eine Serie von Fotos und Selfies mit Teddy Marco schoss, verzögerte ihren Abgang ein wenig.

»Wenn ich Ihren Onkel nun kontaktieren wollte, um ihm die ein oder andere Frage zu stellen, wie müsste ich das anstellen?«

Sie verzog säuerlich das Gesicht. »Ich habe mir schon gedacht, dass Sie das fragen würden. Wie gesagt, er ist sehr krank, und eigentlich braucht er seine Ruhe …«

»Vielleicht würde er sich freuen, ein bisschen über seine WG-Zeit erzählen zu können. So wie Sie ja auch!«

Ihre Miene hellte sich auf. »Sie haben recht!« Mit flatternden Ärmeln huschte sie zu einer Kommode im Flur, auf der auch das Telefon ruhte. Dort schrieb sie etwas auf einen Zettel und kehrte zurück. »Unter dieser Nummer können Sie ihn erreichen.«

Herbie nickte der kleinen, kugelrunden Frau dankbar zu. »Ich werde Ihren Onkel nur anrufen, wenn es unbedingt nötig sein sollte.«

Und es ist unbedingt nötig, habe ich recht? Julius war bereits durch die offene Tür ins Treppenhaus hinausgegangen.

Der Asiate verbeugte sich ein ums andere Mal vor Teddy Marco und nahm schließlich sogar dessen rechte Hand und legte sie sich auf den Hinterkopf.

Segne ihn, Heiliger Teddy. Und dann meldest du dich mit deiner neu gegründeten Religionsgemeinschaft bei dem Autoschänder in Zingsheim.

»Wann wird Ihr Beitrag denn gesendet?«, rief Frau Hagen hinter ihnen her, als sie bereits auf dem Weg die Treppe hinunter waren.

»Nächsten oder übernächsten Monat. Dieses Jahr jedenfalls noch. Vielleicht aber auch erst nächstes Frühjahr«, antwortete Herbie wenig präzise.

»Und wenn Sie mal in Bonn ein Dach überm Kopf suchen, dann rufen Sie ruhig an. Fünfundsiebzig Euro die Nacht inklusive Frühstück!«

Herbie winkte nur fröhlich zu ihr hinauf und beschleunigte seinen Schritt.

Teddy Marco blieb plötzlich auf dem Treppenabsatz zwischen erstem und zweitem Stock stehen und zeigte wieder einmal das Display seines Handys. »Jetzt guck mal, was ich hier gefunden habe«, sagte er tonlos.

»Herrgott noch mal, Teddy, ich weiß es! Es tut mir wirklich leid für dich, und ich verstehe, dass du sauer auf diese Frau bist, aber …«

Auf dem Display war jedoch keine weitere Katastrophennachricht über den alkoholkranken Schlagerdino Teddy Marco und dessen drohenden Untergang zu sehen, sondern vielmehr eine Suchmeldung aus Hessen: *Vermisst! Bewohner des Seniorenheims Haus Hachenberg in Biedenkopf vor vier Tagen nicht von Spaziergang zurückgekehrt. Wer hat diesen Mann gesehen?*

Das Foto ließ keinen Zweifel daran, dass es Gottfried Bräutigam war, der verschwunden war. Diese Bestätigung hätte Herbie nicht gebraucht. Was ihn an der darunter gezeigten Nachricht viel mehr interessierte, war nur ein kleiner, unbedeutend erscheinender Nebensatz.

22. Kapitel

Herbie kniff die Augen zusammen, um besser sehen zu können. »Mist, wir hätten ein Fernglas mitnehmen müssen.«

Wenn es als Ritualwerkzeug zu so einer dödeligen Sekte gehört, findet sich ja vielleicht eins im gebenedeiten Wohnmobil.

Sie standen bei den Bienenkästen, genau an der Stelle, an der sie zwei Tage zuvor auf Dr. Paul-Ernst Wrobel gestoßen waren. Es kam ihnen so vor, als läge das schon eine Ewigkeit zurück.

Der Ausblick auf das Haus der Bleibtreus war immer noch bestens, ja im Licht der frühen Nachmittagssonne war alles sogar noch besser zu sehen, aber die Entfernung war zu groß, als dass sie die Einzelheiten mit der notwendigen Deutlichkeit hätten erkennen können.

Was sie sahen, waren zwei Frauen im Garten. Die eine war Hildegard Bleibtreu. Sie hantierte mit einer Hacke oder etwas Ähnlichem in einem Beet herum. Die andere war eine kleine Frau mit kurzen, sehr dunklen Haaren, die mit einer Art Kittelschürze bekleidet war, an einem Gartentisch saß und irgendeine Arbeit mit

Sieben und Schüsseln verrichtete. Ab und zu blickte sie auf, gestikulierte und rief etwas zu der alten Frau hinüber.

»Ich tippe auf eine Haushaltshilfe oder so was«, meinte Herbie. »Jemand, der bei der alten Frau ist, wenn Eveline Bleibtreu unterwegs ist.«

»Blöd«, murrte Teddy. »Du wolltest doch allein mit ihr sprechen.«

»Und das werde ich auch, Teddy, das werde ich.«

Herbie wirkte sehr entschlossen. Er wies mit einem Ruck seines Kinns bergauf und sagte: »Los, wir versuchen das mal zu zweit.«

Während sie den Feldweg hinaufgingen, erläuterte Herbie seinen Plan.

»Du klingelst an der Haustür, und zwar so oft, bis irgendwer reagiert. Während diese Frau dann kommt, um nachzusehen, wer da so einen Terz macht, pirsche ich mich von hinten an und greife mir Frau Bleibtreu.«

»Ich weiß nicht so recht.« Teddy machte immer noch einen demotivierten Eindruck. Die Tatsache, dass seine Doreen zum großen Gegenschlag ausgeholt hatte, schien ihm enorm zugesetzt zu haben. »Was soll ich denn mit der reden?«

Sing ihr ein Liedchen vor. Oh, nein, besser nicht, denn wir wollen ja nicht, dass sie gleich wieder die Tür schließt.

»Lass mal überlegen. Du machst eine Umfrage. Nein, du kommst von den Zeugen Jehovas. Nein, nicht noch mehr Religion. Du fragst nach dem Weg zu … ach Mann, denk dir doch irgendwas aus.«

»Okay«, brummte Teddy halbherzig. »Mir wird schon was einfallen.

An der Ecke des Grundstücks trennten sie sich. Herbie schickte Teddy mit dem hochgereckten Daumen noch einen aufmunternden Gruß hinterher, während er auf die Einfahrt zutrottete.

Dass er's vergeigt, scheint mir außer Frage zu stehen. Julius stülpte die Unterlippe vor. *Man weiß nur nicht, ob gründlich oder nur so halbwegs.*

»Gib ihm eine Chance, Julius. Er ist eben ein bisschen durch den Wind.«

Du auch. Aber du hast ja noch mich.

Herbie ließ das unkommentiert.

Nach einigen Metern erreichte er die Stelle, an der in der dichten Hecke verborgen das Törchen zum Garten lag.

Er legte die Hände auf die etwa in Brusthöhe befindliche Querstange und lauschte angestrengt.

Da waren Stimmen. Zumindest eine. Ein leicht quakendes Organ mit einem unüberhörbaren Akzent. Was sie sprach, konnte Herbie nicht verstehen. Es schien eine Art ununterbrochenes Geplapper zu sein, bei dem es nicht darauf anzukommen schien, ob jemand antwortete oder nicht.

Jetzt könnte aber langsam das Haustürklingeln kommen.

»Könnte es«, wisperte Herbie. »Aber noch höre ich nichts.«

Ich will ja nicht vorlaut sein, aber ist es nicht so, dass Eveline Bleibtreu es vorgestern auch nicht gehört hat?

Herbie blickte ihn schief an.

Na? Geht dein schöner Plan schon in diesem frühen Stadium in die Binsen?

Herbie legte den Finger auf die Lippen. »Ich glaube, ich höre es.«

Die Frau quasselte unverdrossen weiter. Ja, das war eindeutig ein osteuropäischer Zungenschlag. Sie lachte derb. Und plapperte wieder in einem fort.

Da war es wieder. Ein deutliches Klingeln an der Haustür. Der klassische Dreiklang-Gong!

Die Frau schien das jedoch nicht zu interessieren. Sie palaverte ununterbrochen weiter und schien sich gerade mächtig über etwas aufzuregen.

Warum ging sie denn verdammt noch mal nicht endlich zur Haustür? »Sie telefoniert. Ja, Julius, ich glaube, sie telefoniert. Wahrscheinlich mit einer Landsmännin.«

Das kann dauern.

Es läutete erneut. Diesmal schien Teddy den Klingelknopf gar nicht mehr loslassen zu wollen.

»Du meine Güte«, zischte Herbie wütend. »Ich höre es doch ganz deutlich bis hierhin!«

Und endlich unterbrach die Frau abrupt ihren Sermon. Jetzt war das Klingeln noch klarer zu hören.

»Momänt, kommän!«, rief sie mit einem verärgerten Unterton. »Frau Constanzäää! Bleibän hier! Marta gehän kurz zu Tür. Jemand geklingält. Kommen gleich zurück. Frau Constanzä! Habän gehört?«

Als Antwort kam ein schwaches »Ja, ich habe es gehört, Marta.«

»Bleibän in Gartän! Bin gleich wiedär da!«

»Jaja.«

»Constanze?« Herbie sah seinen Begleiter mit zusammengezogenen Augenbrauen an. »Wieso heißt sie denn Constanze?«

Ich will mich nicht zu weit aus dem Fenster lehnen, aber das scheint ein Einfall ihrer Eltern gewesen zu sein. Sie werden sich im Umfeld der Geburt mit der Entscheidung konfrontiert gesehen haben, ihrer Tochter einen klangvollen Vornamen …

»Natürlich, CLEROPA & CO!«, entfuhr es Herbie. »Das CLE steht für Clemens Reuter, das RO für Roland Mechoff, das PA für Paul-Ernst Wrobel und das CO für Constanze.«

Er stellte einen Fuß zwischen zwei der senkrechten Stangen auf den unteren Rahmen und stemmte sich hoch.

»Aber wer, verdammt noch mal, ist Hildegard?«, ächzte er, während er Anlauf nahm. Das andere Bein versuchte er mit Effet über das Törchen zu schwingen. Mit der Kniekehle blieb er hängen.

Soll ich Haltungsnoten vergeben?

»Du könntest mir drüber helfen.«

Selbst wenn ich es könnte, würde ich es nicht tun. Es ist so lustig, dir zuzugucken.

Mit einem reichlich uneleganten Plumpsen landete Herbie schließlich auf der anderen Seite des Törchens und strauchelte erst einmal seitwärts in die Büsche.

In einem Slapstickfilm würde jetzt das Tor aufschwingen. Hast du überhaupt probiert, ob es verschlossen war?

»Klar war das verschlossen!« Sicher war er sich allerdings nicht. Er taumelte kurz, fing sich schließlich und sprang eilends die Steinstufen hinauf.

Er durfte keine Zeit verlieren! Die Polin oder Ungarin oder Tschechin oder was auch immer konnte jeden Moment wieder zurückkommen.

Es dauerte nur einen kurzen Moment, bis er sich halbwegs auf dem Gelände orientiert hatte. Schließlich war es erst zwei Tage her, dass er hier gewesen war. Da drüben war das Gewächshaus, dort unten der kleine Teich bei der großen Kastanie. Wo aber war Frau Bleibtreu?

Es sind nicht allzu viele alte Frauen hier. Du kannst sie nicht verwechseln, auch wenn sie sich sehr ähneln.

Da stand sie, am Rande eines üppig blühenden Blumenbeets. Sie trug Gartenhandschuhe und Gummistiefel. Für einen Moment hielt Herbie inne und betrachtete sie etwas genauer, als es die knappe Zeit eigentlich erlaubte. Die weißen Haare hatte sie auf dem Hinterkopf zusammengeknotet. Mit ihrer Kleidung und dem Gartengerät in ihrer Hand, mit dem Zinkeimer und der Schubkarre sah sie aus wie eine englische Cottagegärtnerin, soeben einem Rosamunde-Pilcher-Film entsprungen. Aber irgendetwas stimmte an dem Bild nicht. Ihre Bewegungen waren langsam, bedächtig. Da lagen Blüten auf dem Rasen. Leuchtendes Rot und sattes Gelb.

Vorsichtig näherte er sich der alten Frau und sagte, als er nicht mehr weit von ihr entfernt war, sehr sanft, um sie nicht zu erschrecken: »Frau Bleibtreu?«

Sie drehte sich zu ihm um. Hinter ihrer Brille suchten zwei wasserblaue Augen in seinem Gesicht nach irgendetwas, anhand dessen sie erkennen konnte, wer da vor ihr stand.

»Ich bin Herbert Feldmann«, sagte er und hatte schon in einer beschwichtigenden Geste die Hände gehoben, für den Fall, dass sie losschreien wollte. »Vorgestern war ich schon einmal hier, bei Ihrer Tochter.«

Frau Bleibtreu nickte zögernd. Alles, was sie tat, schien sie mit Bedacht zu tun. Sie strahlte eine allumfassende Unsicherheit aus.

»Herr Feldmann? Kennen wir uns?«

»Nein, eher nicht. Ich kenne aber Ihre Tochter Eveline.«

»Eveline, ja.«

»Das ist wirklich sehr schön, was Sie da machen.« Er deutete auf das prachtvoll zusammengestellte Blumenbeet. Stauden in leuchtenden Farben, kunstvoll arrangiert, sodass jede Pflanze bestens zur Geltung kam. Eingefasst war das Ganze mit einer kleinen, knöchelhohen Bruchsteinmauer.

Frau Bleibtreu blickte auf das Beet und wackelte nachdenklich mit dem Kopf hin und her. »Finden Sie?«

Herbie nickte eifrig und sagte nachdrücklich: »Aber natürlich. Sehr kunstvoll. Ich habe schon gehört, dass Sie eine wahre Blumenfee sind ... Constanze.«

Was kommt als Nächstes, du Charmeur? Ein Heiratsantrag?

Ihr Kopf wandte sich ihm wieder zu. »Ach, wissen Sie, junger Mann ...« Sie seufzte schwer. »Ich kann das nicht.«

»Was meinen Sie?«

»Diese ganzen Blumen und all das. Mir liegt das nicht. Ich habe so was noch nie gekonnt.« Sie deutete auf die abgetrennten Blüten auf dem Gras. »Es will mir einfach nicht gelingen.«

Sie kam vorsichtig ein paar Schritte näher und reckte den Hals, um ihm ganz nahe etwas zuflüstern zu können. »Ich habe Blumen schon immer ganz schrecklich gefunden.«

Herbie starrte sie verständnislos an.

»Das können Sie nicht verstehen, oder? Keiner kann es verstehen. Bei mir zu Hause habe ich nur ein paar künstliche Palmen gehabt, die man ab und an mal abstauben musste.«

Herbie wollte etwas sagen, aber er wusste nicht, was es hätte sein können. Tausend Dinge drehten sich in seinem Kopf. Er dachte an den Namen Constanze, er dachte an die Blumen, die junge Studententruppe und an junge und alte Menschen und an die Veränderungen, die in Gesichtern vor sich ging. Er dachte an Julius' Bemerkung von vorhin: »... auch wenn sie sich sehr ähneln«, und an den Halbsatz, den er in der Meldung auf Teddys Handy gelesen hatte: »Die Klinikleitung ist mittlerweile unter starken Druck geraten, weil sich in jüngster Vergangenheit ein weiterer Vermisstenfall ereignet hat, der immer noch nicht aufgeklärt werden konnte.«

»Hildegard?«, hauchte er.

Wie wäre es an dieser Stelle mit einer Zeile aus einem schmalzigen Teddy-Marco-Song: »Es wird klar, was war verschwommen!«

Die Lippen der alten Frau begannen zu zittern. Ihre Hände in den Gartenhandschuhen krampften sich um den Stiel der Harke. Ihre blauen Augen wanderten wirr umher, suchten irgendwo Halt. Sie kämpfte einen Kampf mit der Erinnerung. Sie versuchte, die wahren Dinge von denen zu trennen, die sie sich nur als Wahrheit einbildete. Und sie grub in den Bruchstücken ihrer Erinnerung und versuchte verzweifelt, sie wieder zusammenzusetzen.

Die Augen füllten sich mit Tränen.

»Hildegard ... Ja, so heiße ich. Hildegard.« Sie streckte ihm in einer flehentlichen Geste die rechte Hand entgegen. »Haben Sie eine Nachricht von Götz für mich?«

Die quäkende Stimme der Zugehfrau zerschnitt plötzlich die Stille: »Frau Constanzä! Wo sind Sie?«

Herbie fuhr herum. Die Frau mit den kurzen, schwarzen Haaren schickte sich an, ihren alten Platz an dem Gartentisch einzunehmen. Gerade, als sie sich zu ihnen umdrehte, duckte Herbie sich gerade noch rechtzeitig hinter ein wild wucherndes Weißdorngestrüpp.

»Ah, da Sie sind. War Mann an Türä. Abär nicht där mit Schnurrbart, vor dem Frau Evelinä immär warnän.«

Herbie schickte aus seiner hockenden Position der alten Frau einen beschwörenden Blick. Sie war viel zu sehr mit den Wirrnissen ihrer eigenen Gedanken beschäftigt, als dass sie Anstalten gemacht hätte, ihn zu verraten.

Er pirschte sich langsam hinter dem Gestrüpp die leichte Anhöhe hinauf, sodass er den östlichen Giebel des Hauses erreichte. Dort angekommen, konnte er erst einmal aufatmen. »Julius, ich kann das alles nicht glauben. Das ist die Frau, die der verwirrte Mann gesucht hat. Die, die vor ihm aus dem hessischen Seniorenheim verschwunden ist, Hildegard. Er nannte sie Hildegard. Ich weiß noch nicht, warum sie hier ist und nicht in Biedenkopf, aber eins ist sicher: Sie ist nicht Constanze Bleibtreu!«

Weiter oben wurde das Grundstück von einer hohen Mauer begrenzt. »Verdammt, da komme ich nicht drüber.«

Och, schade. Willst du es nicht wenigstens versuchen?

»Nein, will ich nicht!« Er schlich am Haus entlang wieder zurück zur Hausecke, hinter der die Polin anscheinend ein neues Telefonat begonnen hatte. Derbes

Lachen erklang und danach wieder pausenloses Gequassel in einer fremden Sprache.

»Sie fragte nach Götz!«, wisperte Herbie aufgeregt. »Schon zum zweiten Mal, Julius! Erinnerst du dich? Als wir vorgestern hier waren, hat sie auch nach Götz gefragt.«

Und wer könnte das sein? Götz?

»Das ist die Kurzform von Gottfried. Sie wartet auf eine Nachricht von Gottfried Bräutigam!«

Na, da kann sie lange warten.

»Du bist herzlos, Julius.« Herbie presste sich mit dem Rücken gegen die Hauswand und linste um die Ecke. Die Frau saß da, vor sich eine Schüssel voll Kartoffeln und ein Küchenmesserchen. Von beidem schien sie keinen Gebrauch machen zu wollen. Sie hatte alle Hände voll mit Telefonieren und Rauchen zu tun.

Herbie blickte zu der alten Frau hinüber, die völlig in Gedanken versunken neben dem Blumenbeet stand und vor sich hin starrte. Sie tat ihm in diesem Moment unendlich leid, und er verspürte eine unglaubliche Wut auf sich selbst, weil er ihr den Boden unter den Füßen weggerissen zu haben schien.

Jeder tut das, was er kann. Du verstörst eben mit viel Geschick alte Frauen.

An der Polin würde er nicht ungesehen vorbeikommen. Seine einzige Chance, wieder abzuhauen, lag in der Terrassentür, der sie den Rücken zugekehrt hatte. Wenn er durch sie ins Souterrain gelangte, würde er sich durchs Haus aus dem Staub machen können.

Zu seinem großen Glück war sie so sehr in ihr Telefonat vertieft, dass sie gar nicht bemerkte, wie er um die

Hausecke huschte und auf Zehenspitzen die Terrasse überquerte. Es ging ganz leicht. Ohne dass sie etwas davon mitbekommen hätte, schlüpfte er durch die offenstehende Glastür ins Innere.

Hausfriedensbruch. Nein, kleine Korrektur, Hausfriedensbruch war es schon, als du übers Törchen geplumpst bist. Das hier wäre jetzt wohl Einbruch, oder?

Er fand sich in einem dunklen Flur wieder, von dem rechts und links Türen abgingen. Eine Stahltür – dahinter vermutete er einen Heizungsraum oder so etwas. Eine Tür mit einer länglichen Scheibe aus Milchglas – die Waschküche womöglich. Diese Häuser waren alle ähnlich konzipiert. Geradeaus endete der Flur mit einer nach oben führenden Treppe. Als er sie hinauflief, gab er sich keine Mühe, über Gebühr leise zu sein. Er glaubte nicht, dass sich außer ihm noch jemand im Haus befand.

Er gelangte in eine großzügige Diele. Rechts war die Haustür. Geschafft.

So, und jetzt nichts wie raus!

Zur Linken konnte er durch einen großen Durchgang in das Wohnzimmer blicken. Von seiner Position aus erkannte er auch das riesige Panoramafenster, das er vom Waldrand aus hatte erkennen können.

Ich sagte: Und jetzt nichts wie raus!

Und ein Klavier stand dort. Ein altes Instrument aus dunklem Holz. Herbie musste an die Pension in Bonn denken und an Frau Hagens Erzählung von einem Klavier, das in der Wohngemeinschaft der Studenten gestanden hatte. Die Frau auf dem Foto – Constanze, so wusste er jetzt – hatte Musik studiert. Zögernd näherte er sich dem großen, hölzernen Kasten.

Was ist denn nur so schwer zu verstehen an »Nichts wie raus«?

Tatsächlich standen im Wohnzimmer noch zahlreiche Umzugskisten. Manche von ihnen waren geöffnet und halb ausgeräumt, manche in den Zimmerecken zu Türmen zusammengeschoben. Neben dem Klavier stapelten sich Bücher. Auf einem großen Esszimmertisch waren Unmengen von Porzellan aufgestellt. Ein Teil davon war noch mit Zeitungspapier umwickelt.

Ah, ich verstehe. Du denkst wohl, so ein zünftiger Einbruch lohnt sich doch erst, wenn du noch was mitgehen lässt, stimmt's?

Herbie steuerte das Klavier an. Auf dem Notenhalter über der Klaviatur stand ein einzelnes Blatt.

Und jetzt spielst du uns einen Walzer, oder was?

»Siehst du irgendwo weitere Noten, Julius?«

Julius blickte sich mit übertriebener Geste um und spähte in alle Ecken des Raumes. *Nein, da kann ich dir nicht helfen, mein Bester. Du musst dich mit diesem Blatt begnügen.*

»Das tue ich, Julius. Das tue ich.« Herbie beugte sich über das einzelne Blatt und nahm es in die Hand.

Es handelte sich um eine Fotokopie. Eine schlechte, sehr alte Fotokopie. Eine Fotokopie von der Art, wie sie früher ausgesehen hatten, mit starken, schwarzen Schattierungen. Sie war vermutlich noch mit einem alten Thermokopierer hergestellt worden. Eine Klarsichthülle behütete das spröde Papier, das an den Rändern schon ganz ausgefranst war, davor, noch weiter abzunutzen.

Es handelte sich um ein Notenblatt. Die Linien darauf waren allem Anschein nach mit der Hand gezogen.

Auch die Noten waren winzig und sahen aus wie rasch, aber mit geübter Hand hingeworfen.

Was soll das heißen? Das da oben? Der Titel?

Es fiel Herbie nicht leicht, die alte Schrift gleich auf Anhieb zu entziffern. Er ging mit der Klarsichthülle zum Fenster, wo die Lichtverhältnisse besser waren.

»Abendlied«, las er vor. »Meiner liebsten und theuersten Freundin Eleonore komponiert und gewidmet, zum Zwecke dass sie sich meiner fürderhin beim Zubettgehen erinnern möge.«

Es überraschte ihn kaum noch, dass die ersten Takte des Stücks mit der Notenfolge übereinstimmten, die ihnen schon zweimal begegnet war. Es war immerhin die Melodie, die Wrobel im Bienencode über seinem Schreibtisch hängen hatte, und es war die Melodie, die Eveline Bleibtreu gepfiffen hatte. Herbie hatte sie gleich wieder im Kopf, und auch wenn er völlig unmusikalisch war, gelang es ihm, sie mit den auf- und absteigenden, kleinen Punkten in eine Übereinstimmung zu bringen.

»Dieses Lied, Julius. Immer wieder dieses Lied!«

Ja, bei mir ist es auch schon ein richtiger Ohrwurm.

Herbies Blick fiel in diesem Moment über den Rand des Notenblatts durch das Fenster auf den Waldrand in der Ferne. Dort unten war Teddy Marco zu sehen. Er ruderte wie wild mit den Armen. Herbie hob den Arm und winkte zurück. »Alles gut, Teddybuddy«, murmelte er. »Hast du gut gemacht. Hat alles geklappt.«

Dann widmete er sich wieder dem Blatt, und wo es ihm gelungen war, die Überschrift zu entziffern, fiel es ihm nun umso leichter, den Namenszug zu lesen, mit dem der Verfasser dieses Musikstücks laut Datumsangabe im Jahre 1787 sein kleines Werk unterzeichnet hatte.

Was Herbie las, ließ ihn den Atem anhalten.

»Ich fasse es nicht! Hier steht der Name Ludwig van …«

»Beethoven!«, erklang im nächsten Augenblick eine eiskalte Stimme hinter ihm.

23. Kapitel

Eveline Bleibtreu hielt eine klobige, schwarz glänzende Waffe in der Hand. »Es ist nur eine Signalpistole. Sie hat meinem Vater gehört. Keine Ahnung, warum er so ein Ding besessen hat. Ob Sie's glauben oder nicht, aber es ist mir erst kürzlich beim Umzug wieder in die Hände gefallen.« Sie betrachtete das metallene Ding in ihrer Hand mit einem fast ungläubigen Blick.

Herbie machte einen Schritt auf sie zu, und sie richtete sofort wieder den Lauf der Waffe auf ihn. »Es ist nur Leuchtmunition, aber ich habe gehört, dass sie verheerende Verletzungen herbeiführen kann.«

Julius sah sorgenvoll aus. *Mach keinen Quatsch, mein Alter. Ich habe keine Lust, dich hier als menschliches Glühwürmchen zu erleben.*

»Sie werden mich womöglich für einen gewöhnlichen Einbrecher halten, Frau Bleibtreu, aber ich …«

»Verschonen Sie mich mit Ihren Märchen, Herr Feldmann.« Es war deutlich zu hören, dass sie sich um einen abgeklärten Ton bemühte, aber es gelang ihr nicht in ausreichendem Maße. »Ich weiß, wer Sie schickt, und ich weiß auch, was Sie vorhaben.«

»Ach ja?« Er blickte unsicher zu Julius hinüber.

Ich weiß auch nicht, was sie meint.

»Was ist mit dem anderen? Dem Typen mit dem Schnurrbart?«

»Sie meinen Heiner?«

»Ja, den schwulen Freund von Mechoff. Wechselt ihr euch jetzt ab? Ist das Ganze so anstrengend?«

»Sie verstehen da was falsch!« Herbie deutete zum Fenster. »Da unten am Waldrand steht mein Kumpel. Wenn mir was passiert ... Also, falls Sie auf die Idee kommen sollten, mir mit diesem Ding wirklich etwas antun zu wollen ... Das wollen Sie doch nicht, oder?«

»Es ist keine Frage des Wollens«, sagte sie mit schmalen Lippen. »Wir kommen so langsam an einen Punkt, an dem es keine Alternative mehr gibt.« Sie machte drei schnelle Schritte zur Seite und warf einen Blick durch das Fenster. »Netter Versuch«, sagte sie lächelnd.

Herbie blickte zum Wald hinunter. Keine Spur mehr von Teddy Marco.

Na Mahlzeit. Der Knabe hat sich verdünnisiert.

»Das war heute das letzte Mal, dass Sie versucht haben, meiner Mutter etwas anzutun. Sie werden Sie hübsch in Ruhe lassen, hören Sie! Meine Mutter wird sehr, sehr alt werden! Mechoffs Tage sind gezählt, Wrobel ist ein Wrack, und daher wird sie diejenige sein, die als Letzte übrigbleibt.«

Herbie riss die Hand mit der Klarsichthülle in die Höhe. »Ist es das hier? Geht es darum? Ein altes Notenblatt?«

Sie lachte trocken auf. »Jetzt tun Sie nicht so unwissend. Sie wissen genau, was diese Noten wert sind. Wenn das Abendlied demnächst aus dem Tresor geholt wird, ist es ein kleines Vermögen wert!« Entschlossen wies sie ihm mit einer Bewegung der Waffe den Weg. »Und jetzt los mit Ihnen. Die Treppe runter, und dann werde ich Sie so lange aus dem Verkehr ziehen, bis das alles erledigt ist.«

»Bis was erledigt ist?«, schrie Herbie jetzt voller Verzweiflung. »Worum dreht sich diese ganze, irre Sache eigentlich? Sagen Sie es mir!«

Sie sah ihn überrascht an und schien plötzlich zu begreifen, dass da tatsächlich jemand vor ihr stand, der lediglich den leisen Hauch einer Ahnung besaß, worum sich alles drehte. Sie rückte ihre Brille zurecht. »Sie kommen also nicht von Mechoff?«

»Aber nein! Jetzt glauben Sie mir doch endlich! Es ist nur, weil dieser alte Mann tot im Schaufenster gelegen hat und weil mein Freund Teddy Angst hat, man könnte ihn verdächtigen. Da ist dieser Typ mit dem Schnurrbart, der versucht hat, unser Wohnmobil abzufackeln, und es ergibt alles irgendwie überhaupt keinen richtigen Sinn. Das ist doch völlig verrückt!«

Julius betrachtete ihn von der Seite. *Das sagen die Leute übrigens auch immer über dich, aber das weißt du, oder?*

Eveline Bleibtreus Blick wanderte über Herbies Gesicht. Ihr Mund stand einen kleinen Spalt weit offen, und die Zunge fuhr nervös über die Lippen. »Das stimmt. Es klingt alles völlig verrückt«, sagte sie schließlich mit belegter Stimme. »Wie es scheint, haben Sie eine Menge herausgefunden. Zu viel.« Wieder wies sie mit dem Lauf der Waffe auf die Diele. »Los, zur Kellertreppe.«

»Was ist mit Constanze?«

»Halten Sie den Mund! Los, gehen Sie!«

Julius nickte ihm aufmunternd zu. *Das bringt sie aus dem Konzept. Weiter so!*

»Was ist mit Ihrer Mutter? Wo verstecken Sie sie?«

Augenblicklich vollzog sich eine Wandlung in der kleinen Frau. Die kalte Fassade fiel von einem Moment auf den anderen, und zum Vorschein kam die unsichere Person, die sie in Wirklichkeit war. Eine einsame, auf sich allein gestellte, hilflose Frau.

Ihr Kinn begann zu zittern, ihre Augen füllten sich mit Tränen, und sie ließ langsam die Hand mit der Waffe sinken. Mit einem dumpfen Poltern fiel die Leuchtpistole auf den Parkettboden, und Eveline Bleibtreu nahm ihre Brille ab. Mit der freien Hand fuhr sie sich übers Gesicht. Ihre Schultern zuckten zu einem leisen Schluchzen.

»Meine Mutter ist tot.«

Sie schwankte, und Herbie konnte gerade noch nach vorne springen, als ihre Knie nachgaben und sie drohte, zu Boden zu stürzen. Behutsam leitete er sie zu einem Stuhl und half ihr, sich darauf niederzulassen.

Als er in die Küche lief, um ein Glas Wasser zu holen, hob er vorsichtshalber die Waffe auf und steckte sie ein.

Wenige Sekunden später kehrte er ins Wohnzimmer zurück und stellte fest, dass Eveline Bleibtreu sich bereits wieder ein wenig gefasst hatte. Sie trank das Wasser mit gierigen Schlucken und atmete tief durch.

So, und jetzt sind wir aber mal gespannt. Julius hatte seinen gewaltigen Körper auf einem der Umzugskartons platziert, und Herbie wunderte sich, dass der sich nicht unter seinem Freund zusammenfaltete.

»Sagt Ihnen der Begriff Tontine etwas?«, fragte Eveline Bleibtreu.

Klingt wie ein Schlagersänger. Tony Tontine.

»Ich will Ihnen den Begriff erklären. Aber dazu muss ich vorne anfangen. Meine Mutter teilte sich in ihrer Studentenzeit eine Wohnung mit drei Männern.«

»Mit Mechoff, Wrobel und Reuter.«

Sie blickte zu ihm auf. »Ich dachte es mir schon. Sie wissen viel.«

Herbie nickte bescheiden. »Ich weiß eine Menge, aber Sie wissen ein bisschen mehr als ich. Und dieses bisschen würde ich jetzt gerne von Ihnen erfahren.«

»Um sich das Studium zu finanzieren, haben sie alte Häuser entrümpelt, regelrecht leergeräumt. Und das, was nicht auf den Müll wanderte, haben sie dann auf Flohmärkten verkauft. Echte Antiquitäten konnten sie manchmal an entsprechende Händler verkaufen. Das war alles lange vor den ebay-Zeiten, wissen Sie. Andere Studenten kellnerten in Bars und Cafés. Sie hatten ihr persönliches Konzept gefunden.« Sie umfasste das Wasserglas mit beiden Händen und betrachtete es mit schief gelegtem Kopf, strich über seinen Rand, drehte es auf dem Schoß hin und her. »Meine Mutter hat mir erzählt, wie alles gekommen ist. Wie sie damals dieses Haus in Bad Neuenahr ausgeräumt haben. Da waren Unmengen von alten Papieren. Sie kannten sich ja alle ein wenig damit aus, das waren ja alles kluge, junge Leute. Die studierten. Und die fanden also unter all diesem Kram ein Notenblatt. Heute würde man vermuten, dass das womöglich jemand gefälscht hat, aber damals … Beethoven soll in jungen Jahren häufig in Bad Neuenahr zu Gast gewesen sein. Bei der Familie Breuning. Und Eleonore …« Ihr Finger wies auf das Papier, das Herbie kurz vorher auf den Tisch mit dem Porzellan geworfen hatte. »Eleonore von Breuning gilt gemeinhin als Beethovens erste Liebe. Es gibt ein paar Briefe von ihm an sie, aber dass er ihr ein Lied komponiert haben soll, das ist völlig unbekannt. Ich glaube, meine Mutter, die damals Musik studierte, ist gleich von Anfang an im Bilde gewesen, welche Sensation dieser Fund darstellte. Und das Notenblatt gehört ihnen, den vier jungen Studenten. Wie es in dieses Haus gekommen ist, wem das Haus gehörte, all das entzieht sich meiner Kenntnis. Sie haben es jedenfalls mit dem Auftrag, das Haus leerzuräumen, rechtmäßig erworben.« Sie trank wieder und nickte Herbie mit einem bitteren Lächeln zu.

»Aber sie haben es nicht gleich zu Geld gemacht, stimmt's?«, fragte er. »Es gibt da diesen Notar Dr. Günzel in Bonn.«

Jetzt red doch nicht dauernd dazwischen!

»Ganz genau. Dr. Günzel. Ich frage Sie jetzt nicht, woher Sie all das wissen. Noch heute liegt das Papier beim Notar. Ich habe Sie ja gefragt, ob Ihnen der Begriff Tontine etwas sagt. Der italienische Bankier Tonti hat im 17. Jahrhundert eine Art Erblotterie erfunden. Mehrere Personen zahlen etwas in einen Topf ein, das Geld vermehrt sich im Laufe der Jahre, und am Ende bekommt derjenige alles, der als Letzter übrig bleibt. Die übliche Erbenregelung wird ausgehebelt. Keine Angehörigen werden berücksichtigt. Am Schluss macht ein einzelner Beteiligter das große Geld. Der allerdings darf es danach ruhig vererben.

Meine Mutter hat es mir immer so geschildert, dass es ein großes Abenteuer für die vier Studenten war. Sie hatten sich wohl richtiggehend in diese verrückte Sache verliebt. Sie müssen einander sehr vertraut haben, um sich gemeinsam auf dieses Spiel einzulassen ... früher jedenfalls.

Nun, den vieren war offenbar klar, dass sie in ein paar Jahrzehnten noch mehr Geld für diesen Fund kriegen würden als in jenen Tagen. Der Wert würde beständig steigen, wenn sie nur die Geduld aufbringen konnten zu warten. Und so unterschrieben sie diesen Kontrakt. Eine risikolose Anlage ... für den Letzten.«

»Und weil Ihre Mutter tot ist ...«

»Sind nur noch Wrobel und Mechoff im Spiel. So sieht es aus. Mechoff ist sterbenskrank, das weiß ich. Mit Sicherheit macht er es nicht mehr lange. Wrobel ist auch nicht mehr taufrisch. Mal sehen, wer von beiden das Rennen macht. Das sah vor drei Monaten noch anders aus. Da strotzte meine Mutter nur so vor Lebensmut und Gesundheit. ›Kauf das Haus, Kind‹, hat sie gesagt. ›Kauf es für uns und mach dir keine Sorgen wegen des Geldes.‹ Sie hat mir alles erzählt. Mechoff und Wrobel werde sie auf jeden Fall überleben, da war sie sich ganz sicher. Und ich auch. Dann haben wir diesen entsetzlich hohen Kredit aufgenommen. Tja, nun ist doch alles anders gekommen.«

Julius hatte sich erhoben und spazierte mit bedächtigen Schritten um Eveline Bleibtreu herum. Herbie konnte nicht erkennen, was in seinem Kopf vor sich ging.

»Wie ist Ihre Mutter gestorben, Frau Bleibtreu?«, fragte er.

»Es war Mechoff. Anders kann es nicht sein. Ich habe ein Stück Draht am Teich gefunden, das gehörte da nicht hin. Eine nagelneue Spule aus dem Baumarkt. Vermutlich hat er eine Stolperfalle fabriziert. Irgendetwas, über das meine Mutter … Sie ist … der Teich … Sie hat sich so darauf gefreut, diesen Garten in ihr Paradies zu verwandeln …« Der Rest ihrer Worte ging wieder in ein Schluchzen über.

Herbie schickte sich an, ihr tröstend die Hand auf die Schulter zu legen, aber Julius wedelte mit dem ausgestreckten Zeigefinger. *Tu das nicht! Sie hat dein Mitleid nicht verdient. Du ahnst doch auch, was jetzt noch kommen wird, oder?*

Julius hatte recht. Herbie hatte Mitleid mit ihr, aber ihre Geschichte war noch nicht zu Ende, und er ahnte, dass jetzt gleich etwas Ungeheuerliches folgen würde.

Eveline Bleibtreu hatte ein Papiertaschentuch aus ihrer Hosentasche gekramt und sich kräftig geschnäuzt. Schließlich stand sie abrupt auf und ging zu einer kleinen Kommode neben dem Durchgang zur Diele. Zwischen allerlei dort abgelegten Sachen holte sie einen kleinen Goldrahmen hervor. Sie kehrte zurück und hielt ihn Herbie vor die Nase. »Schauen Sie, ist es nicht verblüffend? Sagen Sie selbst, wer ist das? Meine Mutter oder Frau Saebisch?«

»Frau Saebisch?«

»Hildegard Saebisch. Sie war Bewohnerin in einem Altenheim in Biedenkopf.«

»Haus Hachenberg.«

Sie lächelte ihn schwach an. Da war eine Spur von Bewunderung in ihrem Blick.

»Ganz recht, Haus Hachenberg. Wissen Sie, wenn ich in diesen Heimen die Wände bemale, ist das immer ein ganz besonderes Ereignis für die Bewohner. Sie sitzen dann stundenlang bei mir auf ihren Stühlen, Sesseln oder in ihren Rollstühlen und schauen zu, wie die Bilder entstehen. Bei Frau Saebisch war ich gleich fasziniert davon, wie sehr sie meiner Mutter ähnelte. Ich habe sie vor einem guten Jahr zum ersten Mal gesehen. Ich will nicht leugnen, dass es leichter ist, alte Frauen mit ungefärbten, weißen Haaren und ganz herkömmlichen Frisuren miteinander zu verwechseln. Auch gleiche Statur und ähnliche Kleidung machen viel aus. Es ist jedenfalls leichter, als wenn es sich um extravagante, außergewöhnliche Frauentypen mit gefärbtem Haar und auffallenden Klamotten handelt.« Sie lachte leise. »Meine Mutter hat sich immer beklagt, sie habe so ein durchschnittliches Äußeres. Wahrscheinlich hatte sie nicht ganz Unrecht.«

»Und als Ihre Mutter starb, beschlossen Sie einfach, diese alte Frau, Hildegard Sa…«

»Saebisch.«

»Sie beschlossen, sie … ja, wie soll ich es nennen … auszuleihen?« Er legte ein Höchstmaß an Verachtung in seine Worte. »Das ist niederträchtig.«

Julius nickte. *Da hast du aber noch recht freundliche Worte gefunden.*

»Aber wieso?« Sie erhob die Stimme, und Zornesfalten malten sich zwischen ihren Augenbrauen ab. Sie stampfte mit dem Fuß auf. »Meine Mutter ist die rechtmäßige Besitzerin des Abendlieds! Sie war diejenige, die seinen Wert als Erste richtig einschätzen konnte. Und sie war auch diejenige, die bis zum Schluss kerngesund geblieben ist. Sie wäre mindestens hundert Jahre alt geworden …«

»Wenn sie nicht vorher gestorben wäre!«

»Umgebracht wurde sie!« Eveline Bleibtreu wurde immer lauter, fast hysterisch.

»Dafür haben Sie keinen Beweis!«

»Ach nein? Vierzehn Tage vor ihrem Tod hat jemand versucht, Wrobel vor den Zug zu stoßen! Er rief hier an und beschuldigte meine Mutter dahinterzustecken!«

Herbie musste daran denken, was dieser ominöse Heiner bei Teddy und ihm versucht hatte, und an das, was er vermutlich mit Wrobel angestellt hatte.

Vermutlich hat sie recht. Dieser Heiner-Heini scheint zu allem fähig zu sein. Womöglich auch dazu, eine alte Frau im Teich zu versenken.

»Wrobel ist tot«, sagte Herbie leise. »Wir haben ihn gestern gefunden. Bei seinen Bienen!«

Zuerst sah sie ihn mit schreckgeweiteten Augen an, und dann lachte sie schrill auf. »Mechoff! Er war es! Er hat es doch noch geschafft! Mechoff, dieser Teufel!« Ihr Gesicht näherte sich dem von Herbie bis auf wenige Zentimeter. »Aber er hat noch nicht gewonnen, hören Sie?«

»Hören Sie, das geht doch nicht. Man kann doch nicht so einfach einen Menschen … ersetzen.«

Sie kicherte plötzlich geradezu mädchenhaft. »Es war so leicht! Es war so kin-der-leicht!«

Meinst du nicht auch, dass die Gute ein bisschen überfordert ist? Ich sehe da eine kleine Spur von Irrsinn aufblitzen.

Mit weit ausholenden Gesten breitete Eveline Bleibtreu die Geschichte ihres genialen Schachzugs vor Herbie aus. »Wir waren ja gerade erst hier eingezogen. Meine Mutter musste ohnehin den Hausarzt wechseln. Die alten Kontakte lagen auf Eis. Nach Wrobels Anruf hatten wir uns hier regelrecht versteckt, verstehen Sie? Es war ja nicht so, dass meine Mutter völlig sorglos auf das nahende Ende ihrer Tontine blickte. Sie rechnete damit, dass es auf der letzten noch vor ihr liegenden Distanz durchaus noch zu Schwierigkeiten kommen könnte.« Sie ging zu einem Karton und kramte darin herum. Schließlich förderte sie eine Flasche zutage. »Auch einen Cognac?«

Herbie schüttelte den Kopf. Sie schenkte sich zwei Finger hoch in ihr Wasserglas hinein und stürzte den Cognac hinunter. Dann fuhr sie fort: »Frau Saebisch ist wirklich ein wahrer Schatz. Ich mag sie richtig gerne. Die Arme ist dement und braucht viel Zuwendung. Ich kümmere mich gut um sie. Wenn ich nicht da bin, passt Marta auf sie auf. Ich sage ihr jeden Tag, wer sie ist. Jeden Tag schärfe ich ihr ihren Namen ein. Und das Wichtigste ist: Mechoff und sein schnurrbärtiger Freund glauben, dass meine Mutter noch am Leben ist! Mechoff wird sterben! Elend und mit Schmerzen, so wie er es verdient hat!«

»Sie haben diese Frau entführt.«

»Ach, kommen Sie! Sie ist ja fast freiwillig in mein Auto gestiegen! Es war ein Klacks! Sie spazierte durch den kleinen Park hinter dem Wohnheim. Sie hatte großes Vertrauen zu mir, das kam mir zupass. Und – schwups – schon saß sie bei mir im Auto. Keiner hat etwas davon mitgekriegt.«

Herbie lachte höhnisch auf. »Denken Sie! Der Mitbewohner von Hildegard Saebisch, der alte Gottfried Bräutigam, hat Ihr Auto gesehen! Und auf Ihrem Firmenwagen haben Sie schön deutlich Ihre Adresse draufstehen! Ihre alte Münstereifeler Adresse. Und zu ebendieser alten Adresse hat sich der verwirrte Mann auf den Weg gemacht. Und genau an dieser alten Adresse ist er auch gestorben!«

Eveline Bleibtreu sah ihn fassungslos an. »Sie sagen das ja gerade so, als ob es meine Schuld wäre.«

»Wessen denn sonst?«

Eine kurze Weile herrschte bleierne Stille.

»Wo ist Ihre Mutter jetzt?«

Sie ging langsam zu dem großen Panoramafenster und legte den Kopf leicht schief. Ihr Blick richtete sich auf einen Punkt ein wenig weiter unten im Garten. Als Herbie die Stelle erkannte, die sie fixierte, erfasste ihn das nackte Grauen, und seine Nackenhaare richteten sich auf.

Ach du meine Güte, das Blumenbeet! Julius war neben sie getreten und legte das bärtige Kinn auf die Brust, wie ein Psychiater, der eine bittere Diagnose zu fällen hat. *Ich korrigiere mich, mein Bester. Das ist nicht eine kleine Spur von Irrsinn, das ist galoppierender Wahnsinn.*

Aus der Ferne drang plötzlich Geschrei an ihre Ohren. Eveline Bleibtreus Kopf fuhr zu Herbie herum, und sie blickten sich kurz an. Dann legte sie einen metallenen Hebel um und öffnete das gewaltige Kippfenster einen Spalt weit. Das Schreien wurde lauter, und die Polin erschien unten auf der Terrasse.

»Bittä!«, schrie sie zu ihnen hinauf. »Kommän schnäll! Frau Constanzä sein wäg! Bittä!« Die Polin rang die Hände. »Tor stehen offen und von Frau Constanzä keine Spur nirgänds!«

»Er hat sie entführt«, sagte Eveline Bleibtreu tonlos.

Herbie machte einen entschlossenen Schritt auf sie zu, und beinahe hätte er die Hand erhoben, um ihr eine schallende Ohrfeige zu versetzen. Aber er bremste sich im letzten Moment. »Oh, ja, und wenn er sie auch noch umbringt, sind Sie schuld an ihrem Tod. Am Tod einer unschuldigen, wehrlosen, alten Frau!« Voller Wut trat er den Stuhl um, auf dem noch vor wenigen Minuten die völlig entkräftete Eveline Bleibtreu gesessen hatte.

Dann rannte er los.

24. Kapitel

Als er die kleinen Treppenstufen hinunterstrauchelte, näherte sich bereits dröhnendes Motorengeräusch von rechts. Das Wohnmobil kam über den unbefestigten Feldweg auf ihn zugedonnert und kam inmitten einer gewaltigen Staubwolke direkt vor ihm zum Stehen.

Teddy schrie ihm durch das halb geöffnete Seitenfenster zu: »Es ist dieser Typ mit dem fiesen Schnurrbart!«

Herbie umrundete das Fahrzeug und sprang durch die Seitentür in das Führerhaus. Julius war bereits drinnen und feuerte ihn an. *Jetzt bummel hier mal nicht rum. Das ist doch kein Kindergartenausflug!*

»Der Typ ist irre. Total irre! Er hat die alte Frau in sein Auto geschubst und ist da rauf!«, erklärte Teddy fassungslos und deutete den Feldweg entlang, der sich auf der nächsten Anhöhe in den Wald hineinschlängelte.

»In den Wald?«

»Sag ich doch, da rauf ist er!«

»Aber wenn er mit ihr abhauen will, ist das doch der völlig falsche Weg!« Und dann kam Herbie ein schrecklicher Gedanke. »Na klar, er will gar nicht mit ihr abhauen. Er will nur alles so arrangieren, als wäre es ein Unfall. Nur ein paar Hundert Meter vom Haus entfernt. Ach du Scheiße. So wie bei Wrobel und bei Constanze.«

»Constanze?«

»Erkläre ich dir später. Los, gib Gas, Teddy!«

Der Motor heulte auf wie ein Sauriermonster in einem japanischen B-Movie, und das Wohnmobil krachte den Feldweg entlang. Es galoppierte regelrecht, so als gäbe Teddy ihm die Sporen. Im Heck des Wagens lösten sich unterdessen erste Schrauben, und eine Schrankwand flog durch den Raum.

»Ich habe alles von unten mit angesehen. Diese Eveline Bleibtreu ist vorne reingegangen, und ich habe versucht, dich zu warnen.«

»Jaja«, sagte Herbie ein wenig betreten. »Habe ich natürlich gleich mitgekriegt. War aber alles okay.«

Okay? Julius pumpte empört Luft in seinen Brustkorb. *Na hör mal! Hättest du mal besser acht auf die Signale deines Freundes gegeben, hätte diese Schnepfe dich nicht mit der Pistole bedroht!*

Die Pistole! Herbies Hand fuhr zur Hosentasche, aus der der Kolben der sperrigen Signalwaffe herausragte. Es wurde ihm ausgesprochen unwohl bei dem Gedanken daran, dass er so ein gefährliches Gerät mit sich herumschleppte.

»Und dann tauchte dieser Kerl mit seinem Auto auf. Er ist durch das Gartentörchen rein und kam kurze Zeit später mit der Alten raus. Einfach so mitgenommen hat er die.«

Julius schürzte die Lippen. *Schon wieder? Die Arme, na ja, vielleicht gewöhnt sie sich ja irgendwann daran.*

»Wie viel Vorsprung haben sie?«, fragte Herbie.

Der Wagen schoss jetzt auf dem immer enger und holpriger werdenden Weg zwischen den ersten Bäumen in den Wald hinein. Zweige peitschten gegen die Windschutzscheibe, Äste splitterten an den Seitenfenstern vorbei.

»Schwer zu sagen. Zehn Minuten vielleicht. Ich bin gleich hochgerannt und hab den Wagen geholt. Ich habe mich vielleicht beeilt, Mann.«

Teddy hingen die kleinen Löckchen in die verschwitzte Stirn. Unter den Achseln hatte er Schweißflecken so groß wie Helgoland. Er starrte angestrengt nach vorne und hielt das heftig schlackernde Lenkrad mit beiden Händen fest gepackt.

Herbie schrak jäh zusammen, als mit einem hässlichen Knirschen der rechte Seitenspiegel abgerissen wurde.

Hui, das macht unser Gefährt doch gleich viel windschlüpfriger, was?

Der Wagen sprang im gestreckten Galopp über eine Bodenwelle, und im Heck wurde das Lattenrost aus der hölzernen Einfassung geschleudert.

»Du fährst ja, als ginge es um dein eigenes Leben«, sagte Herbie anerkennend und versuchte krampfhaft, sich irgendwo festzuhalten.

»Ach, weißt du«, knurrte Teddy grimmig. »Jetzt, wo ich den Führerschein doch sowieso schon los bin …«

Weiter vorne sahen sie plötzlich etwas Silbernes zwischen den Bäumen glänzen.

»Da, der Wagen!«, rief Teddy und trat heftig auf die Bremse. Das Wohnmobil glitt auf dem modrigen Laubteppich mit einem gewaltigen Schwung zur Seite, ein tief hängender Ast prallte krachend gegen die Windschutzscheibe, und ein Netz von zigtausend Rissen fraß sich blitzartig durch das Glas.

Als der Motor ausging, hörte Herbie zunächst nichts außer seinem hämmernden Herzschlag. Er starrte einige Augenblicke lang ohne zu atmen auf das Wirrwarr von winzigen Splittern, das wie durch ein Wunder nicht auseinanderbröckelte.

Schließlich stieß er die Seitentür auf und glitt kraftlos hinaus.

»Das wird mir langsam zu viel, Julius. Für solche Dinge bin ich nicht geschaffen«, stammelte er, während er um den Wagen herumtorkelte.

Mich wundert das überhaupt nicht. Du machst dir ja schon auf dem Kettenkarussell in die Hosen.

Die Türen des silbernen Nissan Micra standen offen. Von Heiner und Hildegard Saebisch war keine Spur zu sehen.

Herbie lief zu dem Wagen hin und warf hastig einen Blick hinein. Er war leer. Nichts außer einer zerbeulten Colabüchse und ein paar leeren Schokoriegel-Verpackungen auf dem Rücksitz.

»Wo sind sie hin, Julius? Siehst du was?«

Julius blickte sich um. *Also da wären zunächst mal etliche Bäume. Große, kleine …*

Herbie stieß einen wütenden Schrei aus.

Glaub mir, ich würde dir helfen, wenn ich könnte.

Ziellos machte Herbie ein paar Schritte um das Auto herum. Jede seiner Bewegungen wurde von dem lauten Geraschel des Laubs begleitet.

Dann lauschte er in die Stille hinein.

Plötzlich wurde ein anderes knisterndes Geräusch laut, und als Herbie herumfuhr, sah er, dass inzwischen auch Teddy ausgestiegen war und durch den Blätterteppich auf ihn zukam.

»Ruhe, verdammt!«, rief Herbie wütend. »Bleib, wo du bist!«

Erschrocken hielt Teddy inne und verharrte bewegungslos.

Herbie horchte wieder angestrengt in den Wald hinein. Und dann vernahm er ein leises Wimmern.

Ohne einen weiteren Gedanken daran zu verschwenden, wie er am sinnvollsten würde vorgehen müssen, rannte er los, direkt in die Richtung, aus der das Geräusch gekommen war. Er wollte jetzt nur noch eins: Er wollte nicht zu spät kommen!

Einige Meter weiter sah er sie.

Der Mann war etwa so groß wie er selbst. Dieses Mal trug er nicht die schwarze Kleidung, die er in der vergangenen Nacht auf dem Parkplatz angehabt hatte. Er trug eine enge Jeans, eine beigefarbene Wildlederjacke und elegante, dunkelbraune Lederhandschuhe. Einer dieser Lederhandschuhe wurde brutal auf den Mund der alten Frau gepresst. In dem anderen lag ein Küchenmesser mittlerer Größe.

»Verzieh dich!«, sagte Heiner in einer hohen, beinahe singenden Stimme. Sein Schnurrbart war tatsächlich so einer, wie ihn alle beschrieben hatten. Und jetzt fiel Herbie auch wieder ein, was ihm die ganze Zeit entfallen war. Diesen Fu-Manchu-Bart hatte er erst kürzlich aus nächster Nähe gesehen. Der Mann war im *Café T* gewesen, als der ganze Trubel um den Toten im Schaufenster geherrscht hatte. Dieser Kerl, der Constanze Bleibtreu und Paul-Ernst Wrobel auf dem Gewissen hatte, war ganz nah bei ihm gewesen. Ein skrupelloser Mörder, zum Greifen nahe.

Ich sag's dir: Schreib alles auf kleine Zettelchen und steck sie dir in die Mütze!

»Verdammt, hat die blöde Polenschlampe mich vorhin doch gesehen? Ich dachte echt, die hätte vor lauter Telefoniererei gar nichts mitgekriegt. Oder wie hast du mich hier gefunden? Los, sag schon.«

Solche Fragen beantworten wir nur in Anwesenheit unseres Anwalts.

Heiner wartete keine Antwort ab. »Pass auf, ich gebe dir nur diese eine Chance, dich zu verpissen«, sagte er mit einem gefährlich lauernden Unterton. »Ich muss das hier zu Ende bringen. Geht nicht anders. Und wenn die gute Constanze erst ein paar Schritte weiter dahinten über diese Wurzel gestürzt ist und sich dabei den alten Schädel zertrümmert hat, dann werden wir zwei Hübschen uns in Ruhe darüber unterhalten, wie wir miteinander ins Geschäft kommen, okay?«

Eher lernt ein Schwein Rückenschwimmen, als dass wir mit dir Geschäfte machen. Julius stemmte empört die Hände in die Seiten.

Hildegard Saebisch zuckte hin und her und taumelte von einem Bein auf das andere. Die Gummistiefel, die sie immer noch trug, schienen ihr eine zusätzliche Last zu sein. Es war ein bejammernswerter Anblick.

Herbie beschloss, es auf die naive Tour zu versuchen. »Was meinst du damit? Geschäfte machen …«

»Du kriegst was ab. Ich regle das.«

»Weiß Mechoff eigentlich, was du hier tust?«

Jetzt formten sich rechts und links des Schnurrbarts kleine, runde Bäckchen. Heiner zeigte eine Reihe makelloser Zähne. »Ach was. Der ist doch viel zu zimperlich. Roland ist eine alte, weinerliche Tucke. Der hat doch gar keinen Ehrgeiz mehr.«

Herbie grinste ihn jetzt fast vertraulich an. »Dafür du umso mehr, was?« Er schlenderte ein wenig auf den jungen Mann und die in seinem Arm zappelnde Frau zu. »Was springt denn da so raus, bei diesem Notenblatt? Was denkst du?«

»Na, ist schon ordentlich was wert, kannst du mir glauben. So zwei- bis dreihunderttausend mindestens. Es ist eine der frühesten Kompositionen vom ollen Ludwig. Völlig unbekannt. Unter Garantie die ganz große Sensation!«

Als Herbie jetzt noch näher kam, reckte Heiner abwehrend das Messer nach vorne.

»He, he, he, keine Fisematenten! Ich muss mich erst um die liebe Constanze kümmern.”

Mit einem leisen Kichern schüttelte Herbie jetzt den Kopf. »Das alles wäre kein Problem, wenn …«

»Wenn was?«

»Wenn du nicht so unfassbar blöd wärst, Heiner.«

»Was meinst du?« Sein Gegenüber spuckte die Worte regelrecht aus. Die alte Frau versuchte immer wieder mit ihren blassen Händen den Mund freizubekommen. Sie kratzte und zerrte an der behandschuhten Hand herum, und Herbie zerriss es bei dem Anblick fast das Herz. Trotzdem bemühte er sich, cool zu bleiben.

»Du bist blöd. Aber so richtig saublöd. Und damit meine ich nicht, dass du es zwei Mal nicht geschafft hast, mich mit meinem Wohnmobil zu verschrotten.«

Na, na, mein Junge, ob das jetzt aber ratsam ist, ihn so zu provozieren?

»Ich polier dir gleich die Fresse, hörst du, du Scheißkerl«, keifte Heiner.

Herbie lachte geradezu aufreizend. »Nein, ich meine, deine Blödheit ist wirklich so … einzigartig, so … himmelschreiend, dass du nicht mal merkst, dass das da in deinem Arm überhaupt nicht *die gute Constanze* ist!«

Heiner brauchte einen Moment, um das Gehörte zu verarbeiten. Schließlich blaffte er: »Hä? Spinnst du?«

»Es ist nicht *die gute Constanze*. Es ist *die gute Hildegard*, du Blödmann!«

»Willst du mich ver…«

In diesem Augenblick schaffte es Hildegard, sich dem Klammergriff seiner Linken ein klein wenig zu entwinden. Mit einer dünnen, hohen Stimme, wie er alten Frauen beim Kirchgesang zu eigen ist, presste sie die Worte: »Ich bin Hildegard Saebisch! Ich wohne im Haus Hachenberg in Biedenkopf!«, hervor. Und nach einem tiefen Luftholen, wie bei einer Ertrinkenden, erneut: »Ich bin Hildegard Saebisch! Ich wohne im Haus Hachenberg in Biedenkopf!« Und noch einmal und noch einmal.

»Constanze Bleibtreu ist tot!«, rief Herbie. »Du hast sie umgebracht! Am Teich!«

Heiners Augen weiteten sich. Während er sich bemühte, die alte Frau zum Schweigen zu bringen, kreischte er aufgebracht: »Ja, das habe ich! Ich dachte ja auch, sie wäre tot … aber dann war sie doch wieder …

Ich meine … Verdammte Scheiße, was läuft hier eigentlich ab?«

Als er das Messer in die Höhe reckte, stürzte sich Herbie auf ihn. Mit einem Aufschrei wurde Hildegard Saebisch zur Seite auf den Waldboden geschleudert. Herbie klammerte sich mit beiden Händen um Heiners Handgelenk. Sie stürzten gemeinsam zu Boden und wälzten sich im Laub hin und her.

Das Messer entglitt irgendwann Heiners Griff, und plötzlich hielt Herbie nur noch den leeren Handschuh in der Hand. Mit heftigem Keuchen, unter das sich ein hämisches Lachen mischte, richtete sich Heiner schwankend auf. In seiner Hand hielt er nun etwas anderes. Herbie erkannte die plumpe Form der schwarzen Signalpistole.

Das gefällt mir nicht. Julius steckte sich schon einmal prophylaktisch die Finger in die Ohren. *Nein, das gefällt mir gar nicht!*

Herbie lag keuchend auf dem Rücken. Als der Lauf der Waffe auf ihn gerichtet wurde, versuchte er panisch, mit seinen Händen und Füßen Halt auf dem rutschigen Boden zu finden und nach hinten wegzurobben, aber Heiner japste wütend: »Halt still! Halt sofort still, du verdammtes Stück Scheiße.«

Mit dem Lauf der Waffe auf Herbies Kopf zielend, tastete er sich mit den Füßen nach hinten auf sein Auto zu.

Links neben Herbie wimmerte die arme Hildegard Saebisch, und Herbie streckte den Arm aus. Er ertastete ihre zitternde Hand und drückte sie sanft.

»Das hast du nicht umsonst gemacht, du Scheißkerl«, schnaubte Heiner wütend. »Du kommst hier nicht mehr lebend weg.«

Er setzte sorgfältig Schritt für Schritt nach hinten, warf einen prüfenden Blick über die Schulter und erkannte, dass das Wohnmobil ihm den Weg aus dem Wald versperrte. Er überlegte kurz und wischte sich mit dem Ärmel seiner Jacke über das verschwitzte Gesicht. Ohne die Hand mit der Pistole herunterzunehmen, ging er an seinem Nissan vorbei weiter rückwärts in Richtung Wohnmobil.

Herbie sah zu seiner Überraschung, dass die hintere Tür offen stand. Hatte die unsanfte Bremsung sie aufspringen lassen?

Heiner hatte fast schon das quer stehende Wohnmobil erreicht, als plötzlich mit einer Art Urschrei Teddy aus der Öffnung gesprungen kam. Er holte, so weit es ging, mit seiner kostbaren *Deerbridge Dreadnought* aus und ließ sie mit einer solchen Wucht gegen Heiners Kopf donnern, dass die Holzsplitter nur so durch die Waldluft wirbelten. Es krachte beängstigend laut, und Heiner ging zu Boden. Laub und schwarzer Waldboden stoben auf.

Ringadingdong! Julius quittierte das mit einem anerkennenden Nicken. *Es ist kein Polo und kein Tennis, es ist weder Golf noch Hockey, und dennoch möchte ich sagen: Guter Schlag!*

Teddy warf mit einem lauten Ächzen den nutzlos gewordenen Gitarrenhals hoch durch die Luft hinter sich und ging breitbeinig und mit schweren Schritten auf den am Boden liegenden Heiner zu.

Aber plötzlich richtete sich ruckartig ein Arm im Wildlederärmel auf, und ein ohrenbetäubender Knall brandete mit einem gewaltigen Echo durch den Wald.

Ein greller Feuerstrahl schoss aus dem Lauf der Waffe hervor. Teddy versuchte zwar noch, sich zur Seite zu werfen, aber das grelle Licht erwischte ihn an der rechten Seite des Brustkorbs, zerfetzte dabei das T-Shirt, schoss leicht trudelnd weiter, geradewegs durch die Türöffnung in das Wohnmobil hinein, und dann entlud sich die Explosion im Inneren in einem rotgleißenden Inferno.

25. Kapitel

Roland Mechoff lag auf der Intensivstation. Herbie erhielt zwar keine Auskunft über seinen Zustand, aber dass es sehr ernst um ihn stehen musste, verriet allein der Gesichtsausdruck der Krankenschwester.

Was er den alten Mann überhaupt hätte fragen wollen, hatte Herbie ohnehin nicht gewusst. Sein junger Ehemann hatte bei dem Scharmützel im Wald schließlich unumwunden zugegeben, auf eigene Faust gehandelt zu haben. Um seine ganz persönliche Gier zu befriedigen.

Tja, was manche Leute so antreibt. Julius bummelte an seiner Seite den Krankenhausflur entlang. *Lust … Gier … Neugier … Wie steht es mit dir, alter Knabe? Bist du zufrieden mit dem, was du herausgefunden hast?*

»Wie kann man damit zufrieden sein? Eine entsetzliche Geschichte, wenn du mich fragst. Es haben so viele Leute leiden müssen.« Als eine Krankenschwester sich zu ihm umwandte und nach seinem Gesprächspartner suchte, verstummte er rasch wieder.

Besonders Hildegard Saebischs Schicksal hatte ihn mitgenommen. Diese alte, wehrlose Frau war zum

Spielball in einem zynischen Wettbewerb geworden. Man hatte sie auf besonders skrupellose Weise benutzt und hin und her geschoben wie eine Schachfigur.

Er hatte in den vorangegangenen Nächten kaum schlafen können, weil er immer wieder daran hatte denken müssen, wie es ihr wohl seit jenem verhängnisvollen Nachmittag ergangen sein mochte.

Am Vortag waren er und Julius schließlich in aller Früh in den Zug gestiegen und nach Hessen gereist. Herbies Volvo befand sich immerhin noch immer in der sanften Gewalt des Erleuchteten. Während zahlreicher Drohanrufe bei Köbes hatte sich Herbie Unmengen an unnützem Wissen über alle Sekten des Erdenrunds anhören müssen. Das Schlimme an der Situation war, dass Köbes jetzt Oberwasser hatte. Er machte Herbie für das verantwortlich, was mit seinem Wohnmobil passiert war. Die Signalmunition hatte ganze Arbeit geleistet. Das Gefährt existierte nur noch in Form einer ausgebrannten Metallhülle.

Julius' Kommentar war ausgesprochen launig ausgefallen: *Ich finde, es hat sich kaum verändert. Man sieht vor lauter Ruß den Rost nicht mehr. Hat auch was für sich.*

Mit dem Zug war es eine halbe Weltreise nach Biedenkopf gewesen, und sie konnten von Glück sagen, dass sie hinterher noch den letzten Zug erwischten, der sie gegen Mitternacht wieder zurück in die Eifel brachte.

Es war Herbie ein tiefes Bedürfnis gewesen, Hildegard Saebisch noch einmal zu sehen. Unter einem Vorwand war er in das Seniorenheim hineingegangen und fand sie tatsächlich nach einigem Suchen irgendwann in einem der Aufenthaltsräume. Sie saß inmitten einer Gruppe anderer Senioren und starrte teilnahmslos vor sich hin. Immerhin schien sie unverletzt. Ein junger Pfleger hatte ihr gerade mit einer überaus sanften Geste über den Rücken gestreichelt, und da hatte Herbie gewusst, dass sie es so gut hatte, wie es in ihrer Situation eben noch möglich war.

Beim Hinausgehen waren sie an einem von Eveline Bleibtreus Wandgemälden vorbeigekommen. Wasser.

»Schön«, hatte Herbie ziemlich emotionslos gesagt.

Nass, hatte Julius noch emotionsloser gesagt.

Auf absehbare Zeit würde Eveline Bleibtreu jede Möglichkeit verwehrt sein, ihrem Beruf nachzugehen. Sie würde nicht nur das Haus in Ohlerath verlieren, sondern auch ihre Freiheit.

Da kann sie sich doch hübsch die Zelle auspinseln. Mit Blumen und Bienen und Beethoven und allem Drum und Dran.

Was mit dem kostbaren Notenblatt des Ludwig van Beethoven geschehen würde, entzog sich Herbies Kenntnis. Zurzeit war Mechoff zweifellos der rechtmäßige Besitzer. Allerdings hatten sie stundenlang zu mehreren im *Café T* beieinandergesessen und spekuliert, und die einhellige Meinung war gewesen, dass das Abendlied früher oder später einen Platz in der Sammlung des Bonner Beethovenhauses finden würde.

Jemand hatte schließlich das Klavier gegenüber der Theke aufgeklappt und versucht, die Noten zu spielen, die Herbie mit seinem Handy abfotografiert hatte. Es war ein schönes Lied. Sehr friedvoll, sehr romantisch. Zwischendurch war Herbies Blick von der Madonnenstatue und dem Samowar durch das Fenster auf die andere Seite der Wertherstraße gewandert, und er hatte an den toten Götz Bräutigam gedacht. Auch so ein trauriger Fall.

Und jetzt war er also im Kreiskrankenhaus Mechernich und stieg in den Aufzug, um die Intensivstation wieder zu verlassen.

Auch wenn er Mechoff nicht zu Gesicht bekommen hatte, wusste er, dass der alte Mann ihm sicher leidgetan hätte.

Meine Güte, du wirst so verdammt weich, mein Junge. Julius lehnte sich lässig mit dem Ellenbogen auf den Rollstuhl einer hübschen, jungen Frau, die offenbar das rechte Bein gebrochen hatte. *Windelweich geradezu. So weich wie dein Keks!* Er lachte glucksend über seinen eigenen Witz. *Du hast in den letzten Tagen einfach zu viel mit alten Leuten zu tun gehabt. Such dir mal was Junges, Knackiges. Wie wär's mit der hier? Die kann dir auch nicht weglaufen!*

Herbie spürte, wie er errötete, und drehte sich rasch weg.

Er wollte den Knopf der dritten Etage drücken, aber der leuchtete bereits.

»Sie auch?«, fragte die junge Frau mit einem Strahlen.

»Die drei? Äh ja … ich auch.«

Als der Lift ein paar Sekunden später hielt, konnte sie nicht schnell genug an ihm vorbei auf den Flur der Station hinausrollen.

Oh Mann, vergiss es. Dir hauen ja sogar die Krüppel und Kriegsversehrten ab. Julius schüttelte den Kopf.

Herbie ging den Gang entlang und schaute nach den Zahlen auf den Türen. »Nee, noch weiter hinten«, murmelte er. In seinen Händen wendete er eine Schachtel billiger Pralinen hin und her. Die hatte er im Laden im Erdgeschoss gekauft. Allzu groß war die Investition nicht gewesen, aber große Sprünge konnte er ohnehin bis zum Monatsende nicht mehr machen.

Es sah beinahe so aus, als hätte die junge Frau im Rollstuhl denselben Weg wie sie. Nach einer Abzweigung nach rechts wurde es plötzlich laut. Mehrere Leute bevölkerten den Flur. Es waren fast ausnahmslos Frauen. Frauen in Bademänteln, Frauen in schlabbrigen Jogginganzügen, Frauen mit Gipsarmen, Kopfverbänden oder Krücken. Sie alle standen Schlange vor ein und demselben Zimmer.

Herbie warf Julius einen entnervten Blick zu. »Das darf doch nicht wahr sein«, stöhnte er.

Hand aufs Herz, was hattest du denn erwartet?

Aus der offen stehenden Tür klang munteres Stimmengewirr und fröhliches Gelächter.

Herbie hatte Mühe, sich zwischen den Leuten durchzuquetschen. Julius folgte ihm scheinbar mühelos.

Teddy Marco saß aufrecht in seinem Bett. Um ihn herum begeisterte Menschen, Blumensträuße und Geschenkkörbe. Selbst am Tropf und an dem Metallbügel mit dem Haltegriff hingen kleine Klammeräffchen aus Plüsch, bunte Wimpel, und Herbie glaubte sogar einen Slip erkennen zu können. Es war ein durch und durch lebensfrohes Szenario, das sich vor ihnen ausbreitete. Teddy hatte seine Fans um sich geschart und strahlte pures Glück aus.

Der Schlagerkönig hält Hof. Guck mal da, ist das da vorne nicht sogar die abenteuerlustige Krankenschwester aus Niederelvenich?

Julius hatte recht. Sie hantierte an Teddy herum, und es machte nicht den Eindruck, als geschähe das aus rein medizinischer Sorgfalt.

Teddie lachte unterdessen laut und palaverte und war gerade dabei, mit einer ausgesprochen routiniert wirkenden Bewegung seinen Oberkörper so weit zu entblößen, dass man den Verband bestaunen konnte. Nebenher signierte er mit der anderen Hand einen Gipsarm.

»Ich glaub es nicht! Herbie!«, jubelte er, als er ihn inmitten der Menge entdeckte. »Da bist du ja, alte Säge! Komm her, *Buddy*, komm her zu mir!«

Herbie registrierte, dass ihn die anderen ein wenig neidisch beäugten und sich fragten, womit er sich die Gunst des großen Showstars verdient habe.

Als er das Bett erreichte, gab Teddy ihm klatschend *High Five*, verzog aber auch sofort das Gesicht in erforderlichem Schmerz. »Geht noch nicht so, wie ich will«, sagte er mit dem Anflug einer Leidensmiene. Der sich aber auch gleich wieder verflüchtigte. »Sieh dir das an, Herbie! Da sind sie alle! Alle kommen zu Teddy! *Whaaaam!* Zeitungen, Radio, Fernsehen … alle sind schon gekommen. Alle berichten über diesen Mordfall und mich, wie ich am Ende diesen …« Er griff nach Herbies Hand und drückte sie sehr fest. »Hab ich irgendwie alles dir zu verdanken, Kumpel.« Als Herbie ihm verlegen die kitschige Pralinenschachtel reichte und leise sagte: »Nein, ich muss mich bei dir bedanken, Teddy Kumpel. Du hast mir immerhin da im Wald das Leben gerettet«, kniff Teddy fest die Lippen zusammen. Herbie hatte tatsächlich den Eindruck, dass er mit den Tränen kämpfte.

Im nächsten Moment aber riss er schon wieder die Arme hoch und rief: »*Ringadingdong! Teddy Marco is back!*« Und stöhnte einmal ganz kurz vor Schmerz auf.

»Freut mich zu sehen, dass es dir wieder besser geht«, sagte Herbie mit einem aufrichtigen Lächeln. »Ich hatte mir echt Sorgen gemacht. Das war haarscharf. Dieser Heiner …«

»Was ist mit dem Drecksack? Hast du schon was gehört?«

»Der wird so schnell keine Dummheiten mehr machen können. Ich denke, dass sie ihn für lange, lange Zeit wegsperren werden.« Herbie schaute ein wenig unsicher um sich. All die anwesenden Fans verfolgten gespannt ihren Dialog. Er kam sich vor wie auf der Theaterbühne.

Was ist, Hamlet? Soll ich dir soufflieren?

Teddy schlug ihm auf die Schulter. »Jedenfalls starte ich jetzt noch mal ganz neu durch! Und soll ich dir was sagen: Das größte Glück für mich ist … Da, schau zur Tür. Schau hin, da kommt sie!«

Doreen Blumberger kämpfte sich mit fünf verschieden großen Blumenvasen zwischen den Leuten durch. Sie hatte ein leicht erhitztes Gesicht und lächelte Herbie ein wenig unsicher an.

»Meine Doreen! Wir sind wieder vereint, mein Schneckchen und ich!«

Das Publikum spendete tobenden Applaus.

Als Doreen die Vasen abgestellt hatte, trat sie an Teddys Seite und fuhr ihm mit den Fingern durch die pechschwarzen Löckchen.

»Alles vergeben und vergessen, was?«, sagte Teddy und blickte zu ihr auf.

»Alles vergeben und vergessen«, hauchte sie sanft und gab ihm einen Kuss auf die Nasenspitze.

Julius legte verzückt den Kopf zur Seite. *Sollen wir an dieser Stelle ausblenden? Das ist doch schon mal ein schönes Happy End.*

»Hey, Herbie«, rief Teddy. »Wie sieht's aus? Bist du immer noch mein Chauffeur, wenn ich hier raus bin?«

Er zuckte mit den Schultern. »Wird ein bisschen schwierig werden. Du weißt ja, was mit dem Wohnmobil ist, und mein Auto, das ist …«

»Ach Quatsch, wir nehmen den Maserati! Oder, Schneckchen?« Er sah kurz zu Doreen hoch, die zustimmend nickte. »Wir brausen durch die Gegend und haben Spaß! Die Konzertanfragen rauschen hier momentan im Minutentakt rein, hörst du!«

Nach einem kurzen Seitenblick zu Julius, der in einer Geste der Erschütterung die Hände vor das Gesicht schlug, sagte Herbie lachend: »Okay, warum nicht! Klar, ich mache das! Ich bin dein Chauffeur, Teddy!«

Die Fans spendeten wieder begeisterten Applaus, so als hätte er gerade einen Heiratsantrag angenommen. Herbie konnte der Versuchung nicht widerstehen, einmal huldvoll in alle Richtungen zu nicken.

»Und was das Tollste ist, Herbie: Doreen und ich machen jetzt mit dem Geschäft in Münstereifel gemeinsame Sache. Wir machen eine coole Kombi. Doreen verkauft Lingerie und ich Musikinstrumente.«

Tolles Konzept. Julius verzog spöttisch den Mund. *Wie soll es denn heißen? Noten und Négligés? Mieder and Music? Stars und Strapse?*

»Melodie d'Amour!« Doreen Blumberger breitete begeistert die Arme aus.

Wieder brandete Applaus auf.

»Ist das nicht toll, am Ende wird doch noch alles gut.« Doreen trat auf ihn zu und schüttelte ihm so heftig die Hand, dass die Armreifen um ihr Handgelenk laut rasselten. »Ich habe schon alles mit Ihrer Tante geklärt, Herr Feldmann. Sie ist restlos mit allem einverstanden. Dass mit Teddy jetzt ein so großer Star in ihren Laden einzieht, macht sie sehr, sehr stolz. Sie ist übrigens gerade auf dem Weg hierhin.«

Herbie stutzte. »Tante Hettie kommt her?«

Julius klatschte begeistert in die Hände. *Na, das wird ja eine fröhliche Wiedersehensfeier!*

Doreen nickte eifrig. »Sie will Teddy unbedingt kennenlernen. Vor ein paar Minuten war sie schon im Parkhaus.«

Herbie schluckte laut. »Hier im Parkhaus?«

Höre ich da etwa Panik in deiner Stimme?

Als Nächstes brach ihm der Schweiß aus.

Von irgendwoher hatte Teddy eine Gitarre gezaubert und begann jetzt, eine Melodie auf den Saiten zu zupfen. Herbie erkannte sie, hörte aber nur mit halbem Ohr zu.

Es ist Beethoven, mein Bester. Das Abendlied. Jetzt sei mal nicht so ein Banause und lausche der feinen Melodie!

Aber Herbies Appetit auf Kultur hatte sich von einem Moment auf den nächsten in Nichts aufgelöst. »Ich muss weg, Julius«, zischte er seinem Freund aus dem Mundwinkel zu.

Okay, geordneter Rückzug.

»Erkennst du es?«, rief Teddy fröhlich vom Bett herüber. »Klar erkennst du das. Ich hab es ein bisschen bearbeitet, pass auf!« Der Rhythmus wurde jetzt ein wenig flotter, beinahe rockig.

Herbie setzte sich langsam rückwärts in Bewegung. Er durfte keine Zeit verlieren.

»Und jetzt kommt mein Text dazu! *Abendlied!* Hör zu, Herbie *Baby!* Das wird der ganz große Hit!«

Doreen strahlte ihr Schneckchen an und klatschte begeistert mit.

Wenn leis das Abendlied erklingt,
dann weißt du, wer es für dich singt.
Es weht vom Abendrot zu dir,
und es schenkt dir ein Stück von mir.
Den Kuss, den ich von Ferne schick,
den will ich tausendfach zurück.
Und bald, da reisen wir zu zwei'n
mitten ins Träumeland hinein!

Schlaf ein und träume süß, Doreen!
Ich träum von uns'rem Wiederseh'n.
Schlaf ein und träume süß, Doreen!
Bald werd ich mit dir schlafen geh'n!

Herbie taumelte mitten zwischen den Menschen hindurch auf den Flur hinaus. Alle klatschten begeistert zu dem treibenden Rhythmus und sangen laut *Schlaf ein und träume süß, Doreen …*

»Herbert!« Die Stimme passte nicht zu der fröhlichen Melodie. Sie war gallig und krächzend. »Da bist du ja, du Strolch!«

»Tante Hettie, ich …«

Dass du ihr gegenüber aber auch mal keinen Satz ordentlich zu Ende bringen kannst.

Aber was hätte Herbie auch schon sagen können? Jede Erklärung würde an seiner Tante abperlen.

Sie winkte ihm drohend mit der Krücke. »Jetzt hast du es endgültig auf die Spitze getrieben, du Geisteskranker! Dafür wirst du büßen, hörst du? Büßen!«

Als er in großen Schritten über den Krankenhausflur davonrannte, übertönte ihre Stimme den fröhlichen Gesang: »Was fällt dir Schwachkopf ein, mich in einem Altenheim in Hessen anzumelden?«

Er schaffte es zum Treppenhaus, nahm drei Stufen auf einmal. Im Laufen zog er sein Portemonnaie hervor, um zu prüfen, ob er noch genug Geld für ein Taxi hatte. Er zählte fieberhaft. Das würde nicht reichen!

Aber ganz plötzlich blieb er auf dem Treppenabsatz stehen, und ein ungläubiges Lächeln breitete sich auf seinem Gesicht aus.

He, was hast du? Gibst du etwa auf?

»Ich weiß, wie ich hier wegkomme, Julius!« Er hielt einen Geldschein hoch. Darauf stand die Telefonnummer von Annette vom Straßenverkehrsamt.

Ein paar Worte des Dankes

Ein Dankeschön geht an meinen Autorenkollegen Oliver Buslau, unseren Klassik-Fachmann. Er hat mich ermutigt, was die Sache mit dem … Oh, halt, stop! Wenn das nun einer vor der Auflösung liest … Oliver, Du weißt schon, wozu Du mich ermutigt hast.

Auch meinem Freund Hans Richarz-Hilberg gebührt großer Dank. Als begeisterter und auch begeisternder Imker hat er mich mit den notwendigen Details zu diesem spannenden Thema versorgt.

Dann geht ein Dank an Lotte, Gretel, Hanni, Nanni, Rutherford und Ernst-August, die mich während meiner Schreibphasen im sommerlichen Freiluftbüro fortwährend von der Arbeit abgelenkt haben. Pausen sind wichtig und schärfen den Geist!

Und schließlich danke ich den vielen Herbie-Feldmann-Fans, die mich seit Jahren bedrängen, die Reihe endlich fortzusetzen.

Ab jetzt könnt Ihr wieder anfangen zu quengeln. Ihr seht ja, es hilft!

KBV KRIMINALROMAN

Carola Clasen

EIFELMADONNA

Taschenbuch, 288 Seiten
ISBN 978-3-95441-360-7
10,95 EURO

Ihr Wille geschehe!

Hauptkommissarin Sonja Senger genießt ihren Ruhestand und ist zu einer längeren Reise aufgebrochen, während ihre Nachfolgerin, die junge Kommissarin Frieda Stein, Sonjas einsames Forsthaus mitten im Nationalpark Eifel hütet. Eines Nachts wird dem Landidyll jedoch ein jähes Ende bereitet. Schüsse zerreißen die Stille, und Frieda findet einen toten Mann im Garten.
Ein verlassenes Auto und ein aufmerksamer Nachbar verraten der Mordkommission wenig später die Identität des Toten. Was der Mann aus Euskirchen jedoch mitten in der Nacht beim Forsthaus zu suchen hat, bleibt ein Rätsel. Auch von seinem Mörder fehlt nach wie vor jede Spur.

Frieda Stein versucht verzweifelt Kontakt mit Sonja Senger aufzunehmen, aber die ist einfach nicht zu erreichen …

»Carola Clasen hat die Eifeler Schwester der schrulligen Christie-Heldin Miss Marple erfunden.« (Kölnische Rundschau)

KBV KRIMINALROMAN

Stefan Barz

NIMMERWIEDERSEHEN

Taschenbuch, 272 Seiten
ISBN 978-3-95441-364-5
10,95 EURO

Der neue Roman des Jacques-Berndorf-Preisträgers

Tödliches Klassentreffen in der Eifel

Zwanzig Jahre nach dem Abitur treffen sich die Ehemaligen des Münstereifeler Gymnasiums auf einem abgelegenen Pferdehof, um ihr Jubiläum zu feiern. Cornelius Beck hat eigentlich keine Lust zu feiern. Er ist aus einem ganz anderen Grund zu dem Treffen gekommen: Als einziger glaubt er nicht daran, dass sein bester Freund damals einem Unfall zum Opfer gefallen ist, sondern dass er ermordet wurde. Heute ist er in die Eifel zurückgekehrt, um den Mörder zu einem Geständnis zu zwingen.

Mitten in der Nacht, während die anderen Jubilare feiern, verschwindet Cornelius. Als er wenig später tot auf einem Feld gefunden wird, steckt eine Heugabel in seinem Rücken. Der junge Kommissar Jan Grimberg nimmt die Ermittlungen auf. Kein leichtes Spiel, denn er muss tief in die Vergangenheit eintauchen, und außerdem hat er große Probleme damit, sich mit seinem neuen Partner Jürgen Wagner zu arrangieren, der nur seine Karriere im Blick zu haben scheint.